회사때려치우고 카페합니다

회사 때려치우고 카페 합니다 1

초판 1쇄 발행 2024년 6월 27일

지은이 ㅣ 성상헌
발행인 ㅣ 최원영
편집장 ㅣ 이호준
편집디자인 ㅣ 최은아
영업 ㅣ 김민원 조은걸

펴낸곳 ㅣ ㈜ 디앤씨미디어
등록 ㅣ 2002년 4월 25일 제20-260호
주소 ㅣ 서울시 구로구 디지털로32길 30 코오롱디지털타워빌란트 1301-1308호
전화 ㅣ 02-333-2513(대표)
팩시밀리 ㅣ 02-333-2514
E-mail ㅣ papy_dnc@dncmedia.co.kr
블로그 ㅣ blog.naver.com/gnpdl7

ISBN 979-11-364-5430-0 04810
ISBN 979-11-364-5429-4 (SET)

※ 저자와 협의하여 인지는 붙이지 않습니다.
※ 이 책은 ㈜ 디앤씨미디어(파피루스)가 저작권자와의 계약에 따라 발행한 것으로 본사와 저자의 허락 없이는 어떠한 형태나 수단으로도 내용을 이용할 수 없습니다.

PAPYRUS MODERN FANTASY

회사때려치우고 카페합니다

펩티드 현대판타지 장편소설

CAFE MENU
OPEN DAILY

1장 ·······················7

2장 ······················ 81

3장 ······················153

4장 ······················227

5장 ······················299

1장

할아버지가 돌아가셨다는 연락을 받았다.
"네? 누가요? 우리 할아버지가요?"
―예. 천유진 씨 맞죠? 할아버지 댁 주소는 아실 테니, 그리로 찾아오시면 됩니다.

눈으로 보지 않아 실감이 나지 않는 건가?
믿을 수 없음에 되물었지만 돌아오는 답은 달라지지 않았다.
진짜 할아버지가 돌아가셨다고?
뚝!
전화가 끊기는 소리에 툭! 하고 손이 떨어졌다.
순간 머리가 띵했다.
갑자기 자신을 둘러싼 세상이 붕 뜨는 느낌이었다.

소리가 웅웅거리고 땅이 울렁거렸다.

온몸에 힘이 쭉 빠졌다.

'그러고 보니…….'

문득 얼마 전, 시골에 계신 할아버지에게서 갑자기 전화가 왔던 게 떠올랐다.

'생전 그런 적 없던 분인데.'

언제 자기 보러 올 거냐는 장난 어린 투로 타박을 했다.

그래서 이번 프로젝트만 끝나면 자신이 내려가겠다고 했다.

보통 이렇게 말하면 알겠다고 툴툴거리고 끊었는데, 그날은 좀 달랐다.

맨날 말만 하고 결국 당신께서 도시에 올라와야 겨우 얼굴 비추지 않냐고 더 타박하셨다.

그리고 한참을 붙잡고 이런저런 얘기들을 하셨다.

'그땐 한창 프로젝트 초반이라 정신없어서 어영부영 넘겼는데…….'

깊이 생각하진 않고 그냥 적적하신가 보다 생각했다.

이번엔 진짜 말만 하는 게 아니라 내려가겠다고.

그렇게 꼭꼭 약속을 받고 나서야 연락을 끊을 수 있었다.

그 당시만 해도 딱히 별생각이 없었는데…….

그런데 이젠 그 약속을 지킬 수 없게 됐다.

갔었어야 했는데.

프로젝트고 뭐고. 그게 뭐 그렇게 중요한 거라고.

그때…… 그때 바로 갔더라면…….

뜬구름 같던 사실들이 점점 현실로 와닿자 되레 정신이 멀어지려는 순간!

'이럴 때가 아니야.'

입술을 까득! 깨물며 어떻게든 움직였다.

그리곤 급히 연차 신청서에 대충 휘갈겨서 들고 부장에게 갔다.

와, 미친.

이 와중에 연차를 쓰고 있네.

이게 뭔 짓이야?

그런데 이런 넋 나간 자신조차 제정신으로 만드는 답이 돌아왔다.

"지금 연차를 쓰겠다고? 지금 회사 얼마나 바쁜지 몰라?"

지금 이게 무슨 말이지?

순간 자신이 연차 사유로 휴가라도 적었나 싶어서 봤지만, 아니었다.

정신없는 와중에도 확실히 사유를 적었다.

그럼 부장이 제대로 안 보고 말하는 건가?

역시 그럴 가능성이 높겠지.

부장이 일 제대로 안 하는 거야 익히 알고 있는 사실이니.

어쨌든 지금은 이런 일로 시간을 낭비할 때가 아니었다.

"죄송합니다. 그래도 할아버지 마지막 가시는 길만큼은 잘 보내 드리고 싶습니다. 하던 일은 마무리하는 대로 바로 복귀해서 처리하겠습니다."

이 정도 말했으면 초등학생도 알아듣지 않을까.

하지만.

"어허, 그래도 이 사람! 아직 어려도 팀장이라는 사람이 그렇게 공사 구분 못 해? 다들 바빠서 집에도 못 가고 있는데 팀장이 이런 시즌에 연차를 쓰겠다니. 정신이 있는 거야 없는 거야?!"

하지만 다시 이어진 부장의 말에 깨달았다.

못 알아들은 게 아니었다.

'정신이 없는 건 댁이 아니고?'

그냥 내가 정말 부질없는 짓을 한 거였다.

사람이 아닌 것에 사람 말로 설명하려 하다니.

화가 나기보다 헛웃음이 나왔다.

이런 인간인 건 알고 있었지만 이런 상황에서까지 이럴 줄이야.

현실감이 없다고 해야 하나?

─팀장님 연차 쓴대? 왜?

─아까 전화 들어 보니까 조부상 당하셨대.

─이런…… 근데 지금 그걸 부장이 까고 있는 거예요?

─와, 어떻게 사람이…… 그래도 할아버지 상 당하신 거라는데, 가는 게 당연한 거 아니에요?

─당연히 가야지. 연차도 말이 되니? 당장 가야지. 진

짜, 저 새끼가 사람이냐? 나였으면 들이받았다.

―진짜요. 특히 부장이 팀장님한테 그러면 진짜 안 되지.

어이가 없어서 멍하니 서 있으니 주변에서 웅성거리는 소리가 들렸다.

그 순간 무언가 속에서부터 울컥 올라왔다.

'그래. 이건 아니잖아?'

선임자가 나가면서 젊은 나이임에도 떠밀리듯 팀장이라는 감투를 달았다.

그때 부장이 뭐라고 했더라?

원래 별거 없는 거니까 대충하면 될 거라고 했던가?

그러면서 파일철 하나 던져 줬었지.

그리고부터는 정말 밤낮없이 일했다.

거의 주말도 없이 살았다.

부장 말대로 어린 팀장으로 꼬투리 잡히지 않기 위해 누구보다 바쁘게 살았다.

심지어 일 안 하는 상사 탓에 그 서너 배는 뛰었다.

밤새에 거래처와 언성 높이며 하나라도 더 얻어 내려고 싸웠고.

그리고 사무실로 돌아와 코피 쏟으면서 작업했다.

건강 검진 기간을 놓치면서까지 건강과 시간을 바쳐 회사를 위해 일해 왔다.

그런데 지금 이 순간, 내가 무엇을 위해 그렇게 했는지 알 수 없어졌다.

"천 팀장. 알 만한 사람이 왜 그래? 조부님 상이면 나중에 찾아가서 인사만 드려도 충분하잖아?"

굼벵이도 구르는 재주는 있다고.

너는 개소리를 친절하게 늘려서 하는 재주가 있었구나.

"잘 알아들었지? 천 팀장, 그렇게 하는 걸로 하자고. 프로젝트 잘 마무리할 수 있는데 괜히 책잡히면 어떡해? 자네도 곧 승진 아냐? 내가 걱정돼서 그래, 걱정돼서. 내가 아끼는 천 팀장 아니었으면 이런 소리도 안 해."

어깨를 두들기며 짐짓 진짜 자신을 위한다는 듯, 부장이 위선적인 말을 하며 돌아섰다.

그리고…….

"그놈의 할아버지는 왜 하필 지금 돌아가셨대? 일 잘한다고 회사에서 오냐오냐해 주니까 아주 기어오르네, 기어올라."

부장이 돌아서면서 하는 아주 작은 중얼거리는 소리가 천둥처럼 귓가를 울렸다.

인내가 한계에 도달했다.

식혀야 한다.

식혀야.

이대로 대형 사고를 치는 건 너무 자신답지 않았다.

하지만 이성과 달리 한계에 오른 분노로 입이 마음대로 움직였다.

"할아버지가 돌아가셨습니다."

꾹꾹 눌러 담은 자신의 목소리에 뒤돌아가던 부장이 멈춰 돌아섰다.

그러고는 본인은 아무 말도 하지 않았다는 표정으로 가식적인 얼굴을 했다.

"아직 안 돌아갔나? 쯧! 누가 뭐래? 알아, 안다니까? 근데 산 사람이 더 중요하지 않겠어? 자네, 승진 앞두고 미끄러지고 싶어? 그럼 돌아가신 조부님이 퍽이나 좋아하시겠네."

뚝!!

그 말에 머릿속에서 겨우 버티고 있던 인내가 기어코 끊어졌다.

손에 쥔 연차 신청서가 구겨지는 것처럼 머릿속의 이성도 박살 났다.

"……지금 그게 상 당한 사람에게 할 말입니까? 승진? 그거 당신한테 필요한 거잖아? 그 승진! 턱걸이로 겨우겨우 살아남고 있는 당신한테나 필요한 거 모를 줄 알아?"

고삐가 풀린 입은 이제 마구 날뛰기 시작했다.

앞뒤가 없는 듯 내뱉었다.

"뭐, 뭐? 당신? 천유진, 너 인마! 지금 뭐라고 했어? 어!? 위에서 오냐오냐하니까 이제 뵈는 게 없다 이거야? 어? 여기 회사야!"

"그래, 회사지. 밖에서 만났으면 옆집 배불뚝이 아저씨고. 그러니까 내가 지금까지 당신 뒤치다꺼리도 해 줬던 거잖아?"

 말이 터지니 묻어 뒀던 기억들이 비디오처럼 재생됐다.

 계약 따왔다고 염병 떨더니 내용 파악도 못 한 채로 토스해서 일 두 번 세 번 하게 만들고.

 하청 직원한테 갑질하고 개소리해서 일 다 어그러질 뻔한 거 수습하느라 개고생하고.

 "뭐? 뭐?! 이 사람이! 안 그래도 좋게 봐주려는 사람한테! 야! 천유진! 미쳤어?! 진짜 잘리고 싶어!?"

 바락바락 얼굴 붉히는 부장의 모습에 되레 정신은 맑아졌다.

 고작 저런 사람인데.

 내가 무슨 영광을 누리겠다고 그 밑에서 그랬을까.

 그리고 결정적으로……

 저런 부장을 여태 묵인했던, 앞으로도 그럴 이런 회사에 대한 미련까지 뚝 떨어졌다.

 "그래, 이런 좆같은 회사 내가 나가. 알아서들 잘해 보라고."

 평생까진 아니어도 정말 많은 시간을 바쳤던 회사였는데.

 아등바등 더 높은 곳에 올라가 보려고 했던 곳이 지금 와서 보니 너무 허름했다.

 "천유진, 야! 야!! 너 이 새끼 사람이 말을 하는데 어디가!"

부장의 외침을 무시하고 자리로 돌아왔다. 연차는 쓰레기통에 처박아 버리고 빈 종이에 빠르게 휘갈겼다.

'사직서'.

그리고 미련 없이 부장의 앞에 던지듯 내려놨다.

시뻘겋게 달아오른 부장이 멧돼지처럼 펄펄 뛰었다.

"너, 너 너! 네가 나간다고 잘될 거 같아? 어? 이 업계에서 발이나 붙일 수 있을 줄 알아!?"

'사실 멧돼지도 아깝지. 얍삽한 쥐면 모를까.'

한참이나 작은 부장의 앞에서 고개를 세우고 눈만 내리깔아 노려봤다.

"한마디만 더 해 봐. 어디."

"어…… 억?"

"그리고 어쩔 건데? 하지 말라고 하는 뒷자리 술자리 억지로 만들더니, 그마저도 개판 내면서 인맥 다 망쳐 놓고 다니던 놈이."

그걸 뒷정리하던 게 나라서 누구보다 잘 안다.

과연 저놈의 뒤를 봐줄 놈이 있긴 할까?

"댁이나 쫓겨나기 싫으면 프로젝트 마무리라도 제대로 해야 할 거야."

"너, 너…… 너어."

"뭐라도 알기나 할지는 모르겠지만."

그리고 사냥하기도 귀찮은, 쓸모없는 먹잇감을 향해 호랑이의 낮은 저주파처럼 마지막 경고를 뱉었다.

"앞으로 보지 맙시다. 꼭."

그래.
잠시 사회에 찌들어 잊고 살았다.
이런 지랄 맞은 내 성격을.
움찔하며 뒷걸음질 치는 상대의 모습에 더 상대할 것도 없이 돌아서서 나왔다.

* * *

어쩌다 보니 한바탕 하고 장례를 치르기 위해 내려가는 버스 안. 뒤늦은 후폭풍이 찾아왔다.
회사에서 개판 친 것에 대한 건 아니었다.
그보다는 할아버지를 잃은 현실에 대한 감정이 이제야 찾아온 거였다.
정말 할아버지가 떠났다는 사실이 점점 실감이 났다.
조금 더 자주 찾아뵐걸.
한마디라도 더 나눠 드릴걸.
자신의 시간이 흐르는 만큼 당신의 시간 또한 흐른다는 사실을 왜 잊고 있었을까.
아니, 왜 외면했을까.
나의 일 분과 달리 당신의 일 분이 더욱 빨리 가 버린다는 사실을…….
이제는 소용없는 후회들이 이제야 태풍처럼 몰려왔다.
창밖 너머로 할아버지가 자신을 보기 위해서 왔을 기나긴 길이 지나갔다.

그중에서 눈에 띄는 하나.

'휴게소…….'

언젠가, 어릴 적 할아버지와 함께 버스를 타고 오며 봤게 기억이 난다.

지금과 달리 설렘이 가득했던 기억이었다.

할아버지와 얘기도 나누고.

잠도 자고.

싸 온 달걀에 사이다도 먹고.

그래서였을까.

몰랐다.

'이렇게나 긴데…….'

휴게소에 들렀다가 타고, 다시 한참을 달려 도시도 벗어났다.

그런데 혼자 가는 길은 아직도 멀었다.

이렇게나 먼 길을 오셨던 할아버지를 만난 건 고작 몇 시간.

바쁘다는 핑계로 몇 시간 걸려 왔을 당신을 귀찮다고 아주 잠깐이라도 생각했던 자신이 한심해졌다.

할아버지는 늘 하셨던 말이 맞았다.

'세상 저 혼자 잘난 맛에 사는 헛똑똑한 재수 없는 놈아.'

'정작 중요한 게 뭔지도 모르면서 뭘 그리 아등바등 사는 거냐.'

'그냥 내려와서 같이 살지.'

그땐 와닿지 않았는데 이제 알겠다.
자신에게 진짜 중요한 것이 뭔지.
있을 땐 몰랐던 것이 없어지니 알아차리다니.
한심했다.
이른 나이에 부모님을 잃었다는 사실로 스스로 연민에 빠져 살았다.
독기 물고 버티며 세상을 홀로 사는 거라 착각했다.
너무 이른 이별을 한 건 자신뿐만이 아니었는데.
이것마저 혼자 감내하시면서 어린 손자를 홀로 챙겼어야 했을 심정은 어떠했을까?
지금도 자신은 심장이 뻥 뚫린 듯 모든 게 공허한데.
부장에게 토해 낸 분노는 사실 자신에게 향했어야 했다.
그마저도 이제야 알아챈 나는 정말······.
"자, 도착했습니다! 짐 놔두고 내리지 마시고, 한 번 더 확인하고 내리세요!"
자책과 자괴로 파묻혀 가던 자신을 꺼내 준 건 버스 기사의 종점 도착 안내 소리였다.
고속버스에서 내려 다시 마을버스로.
이래저래 점점 시골로 들어가 마침내 할아버지의 집이 있는 마을이 보였다.
정말 오랜만에 고향에 왔다는 감상은 뒤로하고, 집으로 곧장 향하는데······.
"와하하하!!"
"이야! 너도 왔어?"

"이때 아니면 언제 모이겠어?"
"아이구! 진 선생! 해외에서 잘나가던데 용케 왔구먼!"
"하하! 당연히 와야지요!"
순간 여기가 내가 알던 할아버지 집이 맞는지 다시 명패를 확인했다.

[천강식]

분명 할아버지의 집이 맞는데…… 그런데 왜 대문 앞에 삼삼오오 모여 떠들며 즐거워하고 있는 거지?
그때!
"응? 자네 혹시 천 영감님 손자인가?"
멍하니 있는 자신의 곁으로 웬 근육 불끈한 장년의 남성이 말을 걸며 다가왔다.
"이제 왔구먼!"
"네?"
"얼른 이리 오게나. 준비는 다 해 놨는데 상주가 없어서 문을 못 열었지 뭔가."
정신없이 우락부락한 손에 잡혀 집 안으로 들어갔다.
들어가자, 구옥(舊屋)의 뼈대만 잘 살려서 현대식으로 지은 한옥이 보였다.
대청마루도 있고 거기서 마당도 훤히 볼 수 있는 구조라서 안에서도 밖에 무슨 일이 일어나는지 훤히 보였는데…….

안은 텅 비어 있고, 문밖은 사람들이 모두 둘러싸고 있었다. 그리고 밖에선 만남의 장소라도 된 듯 서로 인사하고 있었다.

'이게 무슨?'

아까도 그랬지만.

오면서 한껏 슬픔에 잠겼던 감정이 이 광경에 버퍼링이 걸린 듯 멈췄다.

여러 가지 의문이 차올랐지만…….

"자세한 건 일단 뒤로하고, 얼른 할아버님부터 뵙자고."

"아."

그래, 지금 이게 중요한 게 아니지.

그 말에 정신을 차렸다.

준비해 둔 상복을 입고 할아버지가 있다는 방으로 향했다.

방금까지 얼떨떨해서 괜찮아진 것 같았는데…….

아니었다.

막상 방이 가까워지자 손이 덜덜 떨리고 심장이 쿵쿵대며 요동쳤다.

걸음을 옮길 때마다 발걸음이 점점 무거워졌다.

인정하고 싶지 않아졌다.

할아버지가 돌아가셨다는 사실을.

이제 혼자라는 사실을.

그때!

안을 지키고 있던 웬 할아버지 한 분이 나를 보더니 일어났다.

"그래, 이제야 왔군. 이장, 상주를 이쪽으로 모시게."

"네, 어르신. 자, 가지."

그분은 조용히 날 이곳으로 이끈 남성과 인사를 하고는 문을 열어 줬다.

그러자…….

웃으며 잠든 익숙한 얼굴을 보였다.

나도 모르게 그 얼굴을 마주하자마자 그대로 주저앉았다.

"할아버지…… 끄윽!"

누워 있는 할아버지를 껴안고 그대로 오열했다.

나도 이럴 줄은 몰랐지만 이미 한 번 터진 건 참을 수가 없었다.

이곳의 알 수 없는 분위기에 혹시나 했다.

평소 장난기 많은 할아버지가 손자에게 심통이 나서 고약한 장난을 친 거라면 좋겠다고.

정말 말도 안 되는 거지만, 화가 나고 짜증도 나겠지만 그래도 그랬으면 했다.

하지만 아니었다.

그래.

이게 현실이었다.

"그래. 그래."

오열하는 내 등을 마치 할아버지처럼 두들겨 주는 손길

에, 부모님이 돌아가신 이후 처음으로 목 놓아 울었다.

* * *

 한참 뒤에야 감정을 추스르고 할아버지를 보내 주었다.
 생전 원하셨던 대로 빈소는 집에 차렸지만, 발인을 위해서 할아버지는 잠시 근처 장례식장으로 모셨다.
 그렇게 일련의 절차를 진행하며 어느 정도 진정이 됐을 무렵, 날 이끈 근육맨의 정체도 떠올릴 수 있었다.
 어릴 적 파란 대문 집 아저씨로 기억하던 분이었는데.
 어째 예전보다 더 굵어지셔서 쉽게 기억하지 못했다.
 나이를 먹었는데도 거기서 근육을 더 키우다니…….
 나라면 상상도 못 할 일인데.
 심지어 그 아저씨가 이제 이 마을의 이장님이라니…….
 "하하! 그 코 찔찔 하던 녀석이 이리 크다니! 진짜 시간 많이 지났어!"
 "예. 오랜만에 뵙습니다. 그런데 혹시 전화 주신 분도?"
 "맞네. 날세."
 "아…….""
 목소리가 왠지 그런 것 같아서 물으니 역시 맞았다.
 그렇다면 이럴 때가 아니지. 대신해서 할아버지의 마지막을 지켜 주신 분이라는 생각에 허리 숙여 감사를 전했다.

"정말 감사합니다."

"하핫! 무얼. 다 같이 돕고 살고 했는데 당연하지. 마땅히 해야 할 일을 했을 뿐이야."

한 차례 인사한 뒤, 아침에 일어난 상황에 대해 들었다.

"매일 아침 카페에 가던 양반이 오늘은 문도 안 열고 안 나오더군."

"카페요?"

"고인이 하루도 빠짐없이 가던 곳이네."

'아침마다 카페를 가셨어? 나 참……'

할아버지가 도시에 찾아오셨을 때 중 한 날이 떠올랐다.

갑자기 카페란 곳에 가자고 하길래 근처 인스타 맛집으로 갔었다.

막상 가서는 맛도 없고 비싸기만 해 별로라고 툴툴거렸더랬지.

근데 속으로는 생각보다 마음에 드셨던 게 분명했다.

아침마다 카페에 들렀다니.

'물론 음료보다는 거기서 만나는 사람들이 좋았던 거겠지.'

새삼 원래도 사람을 좋아하시는 분이었다는 사실이 떠올랐다.

그랬던 분이었지.

"그렇군요."

"아무튼 매일 아침 보이던 양반이 안 보여서 들여다보니 답도 없어, 인기척도 없어, 그래서 문을 열어 보니 편안히 눈을 감고 계셨네."

"아……."

그대로 잠든 채 가셨구나.

그래서 그리 편하게 가셨나.

호상이라 하기엔 부족함이 없다.

그나마 조금은 다행이라는 생각이 들었다.

"그건 그렇고, 조금 정신없을 걸세. 고인께서 늘 이렇게 해 달라고 하셨거든. 혹시 당신께서 가시거든 슬퍼 말고 웃고 떠들고 놀다가 그렇게 가라고. 그래서 다들 이렇게 모인 거니까 너무 이상하게 보진 말게나."

"할아버지다운 말이네요."

난 그 말에 살짝 쓴웃음을 보였다.

할아버지라면 충분히 그러고도 남을 분이었다.

나이가 그리 많으신데도 언제나 장난치듯 짓궂은 표정을 짓곤 하셨으니까.

그리고 평상시 하시던 그런 말을 지켜 준 다른 분들께 감사한 마음이 절로 들었다.

아마 나 혼자 있었다면 더욱 침울해져 있었겠지.

덕분에 그나마 마음을 추스를 수 있었다.

"이런. 다들 기다리는데 내가 너무 오래 붙잡고 있었구먼! 이제 객도 맞아야지."

"아."

이장님 말대로 주변을 둘러보니 사람들이 기다리고 있는 모습이 눈에 들어왔다.

할아버지를 위해서 오신 분들이었다.

얼른 사람들을 받기 시작했다.

텅 비었던 집안은 웃음소리와 말소리들로 금세 가득 채워졌다.

웃으며 술과 밥을 먹는 사람들.

전혀 상갓집처럼 보이지 않았다.

정말 잔칫집 같았다.

심지어 자기들끼리 다 돕고 알아서 상 차리고 하니 나는 인사 말고 할 게 없었다.

그것만 해도 각양각색의 사람들이 거의 3일 내내 줄을 지어 와서 정신없었지만…….

정말 밤낮도 없이 왔다.

그렇게 온 이들은 정말 즐거운 듯.

인사를 하고 또 자기들끼리 떠들며 먹고 놀고 그렇게 갔다.

'그런데 그거야 호상이니 그렇다 치고…….'

장례에 찾아온 이들의 면목이 정말 다양했다.

얼핏 교복도 보이고 애도 보였다.

심지어 외국인으로 보이는 사람까지.

할아버지의 인맥은 놀랍고 신기할 정도였다.

'진짜 정신없네.'

안 그래도 정신이 없는데 그렇게 다양한 사람들을 만나

니 더 정신이 없었다. 덕분에 시간은 순식간에 지나갔다.

그리고…….

마지막 날이 왔다.

이제는 이곳도 정리해야 할 시간이었다.

그때!

뒤늦게 첫날 할아버지 방을 지켜 주고 계셨던 할아버지가 보였다.

설마 삼 일 내내 있으셨던 걸까?

얼른 가서 인사를 드렸다.

"늦게 인사드려서 죄송합니다. 천유진이라고 합니다."

"괜찮네. 그래그래. 자네가 천 영감이 그리 말하던 손주지?"

편한 복장이었지만 분위기가 완전 다른 할아버지였다.

단단한 기세라고 해야 할까?

보통 분이 아니라는 걸 말하듯 눈빛부터 달랐는데, 다행히 나를 보자 인자한 표정으로 바라보며 웃으셨다.

"예. 그렇습니다."

"허헛. 나는 처음 보겠군. 배홍석이라 하네. 자네 할아버지와는 친우였지."

"아! 그러셨습니까……."

스윽.

할아버지의 친구라 밝힌 분이 손을 뻗어 악수를 청했다.

얼른 그 손을 잡자…… 묘한 온기와 찬기가 동시에 느껴졌다.

뭐지?

배홍석 할아버지를 봤지만, 전혀 모른다는 듯 잡은 손을 툭툭 두들기며 말했다.

할아버지 앞에서 오열할 때 등을 두들기던 그 손인 것 같다.

"아이고. 천 씨를 꼭 빼닮았네. 그래.

그러자 아까의 감각은 착각이었다는 듯.

마주 잡은 손에서는 그저 따뜻한 온기만 느껴졌다.

"……감사합니다."

"클클클! 감사는 무슨. 아 참! 밥은 먹었는가?"

"저는 괜찮습니다. 편하게 드세요."

"이런, 상중이라도 밥은 먹어야지. 인제 다 갔으니 편히 들자고."

배홍석 할아버지는 사양하는 자신을 붙잡고 기어코 자리에 앉혔다.

할아버지와 비슷해 보이는 연세에도 단단한 힘이라 어쩔 수 없었다.

결국 앉아서 남은 육개장과 수육 등등 주는 대로 다 먹었다.

그런데 정작 친구분은 소주만 드셨다.

자신이 권해도 배부르다며 사양했다.

"저어…… 그런데 할아버지와는 어떻게 아십니까?"

빈 잔에 한 잔 따라 드리면서 문득 궁금해 물었다.

사실 배홍석 할아버지뿐만이 아니었다.

이장님이나 마을 사람들이야 그렇다 쳐도, 이곳을 찾은 많은 사람에게 궁금한 점이었다.

인사하는 것만으로도 정신이 없어서 이제야 물어보는 것뿐이었다.

"카페 손님이었다네. 천 씨는 내 은인이었고."

"……할아버지가요?"

의외의 답에 고개를 갸우뚱했다.

이런 말 하기 그렇지만 조금 장난기 넘치고 철이 없는 분이 자신의 할아버지였다.

그런데 그분이 누군가의 은인이라니.

그리고 또 카페?

"음? 자네 모르는가? 자네 할애비가 카페를 했던 것 말일세."

"……카페를요? 그럼 손님으로 만나신 게 아니고?"

"으응? 이것도 천 영감이 말해 주지 않았나? 사장이라고?"

카페 얘기는 이번이 벌써 두 번째.

그런데 이장님에게 들은 매일 카페를 갔다는 말이, 사장으로 갔다는 말이었어?

"클클클! 그 영감답네, 다워! 그걸 손주 놈에게까지 비밀로 했어?"

자신의 반응을 본 친구분은 껄껄껄 웃으며 좋아했다.

진짜 할아버지가 카페를 운영했다니.

아니, 거기에 대해서 아는 게 뭐가 있다고 그런 걸 하셨대?

 순간 할아버지의 장난기 어린 표정이 눈앞에 둥둥 떠올랐다.

 ─몰랐지 이놈아? 그러니까 자주 오라고 할 때 왔어야지? 헛똑똑이 재수탱아.

 빈소에 걸린 할아버지의 빙긋 웃는 사진이 마치 그렇게 말하는 것처럼 느껴졌다.

 이런 걸 비밀로 하다니.

 "클클클! 손주 놈 보고 매일 재수탱이라더니 이렇게 먹였구먼. 영감탱이가 고약하기도 하지."

 "어르신께도 저를 재수탱이라고 하셨나요?"

 "그랬지. 손주 놈 보고 싶을 땐 재수탱이. 아 참! 가끔 뺀질뺀질하게 생겨서는 제 몫도 못 챙겨 먹는 헛똑똑이라고도 했네만. 아마 그땐 자네가 할아버지에게 앓는 소릴 했겠지?"

 "끄응."

 옆에 계셨다면 도대체 뭐라고 말하고 다니셨냐고 묻고 싶을 정도다.

 물론 아주 당당하게 말씀하시겠지만.

 구겨진 내 표정에 껄껄 웃던 배홍석 할아버지는 화제를 전환하려는 듯 다른 질문을 하셨다.

 "아 참. 도시에서 직장 다닌다고 들었는데."

 이건 이것 나름대로 난감했지만.

 뭐라 할까 고민하다가 그냥 사실대로 말하기로 했다.

"그게…… 오는 길에 그만뒀습니다."

왠지 모르게 눈을 반짝이는 듯한 친구분.

그는 호오, 하는 듯한 얼굴로 이쪽을 쓰윽 훑어보며 말하였다.

"으응? 오는 길에? 허헛! 그래서 저 영감이 웃고 있었구먼! 클클클!"

"……그렇겠죠?"

"그럼! 그럼! 아주 좋아했겠어!"

뭔가 할아버지와 결이 같은 분이라고 예상했기에 저 반응도 이해했다.

할아버지도 항상 그러셨다.

그 잘난 회사 평생 다닐 것 같냐고.

회사가 인생의 전부가 아니라고.

그러니까 자신이 회사를 그만두는 날, 그것 보라며 크게 웃어 줄 거라 하셨다.

지금 생각하니 그건 할아버지 나름의 응원이 아니었나 싶다.

언제든 힘들면 그만둬도 된다는…….

진짜 그러진 않더라도 그냥 말만으로도 위로가 될 수 있는 말이란 걸 지금 깨달았다.

왜냐면 친구분의 반응에 전혀 기분이 나쁘지도 부담스럽지도 않았으니까.

"클클클! 아이쿠, 나는 이러면 안 되는 건데. 이거, 미안하구먼."

"이미 다 웃으셨습니다. 할아버지 대신 웃어 주신 것 같아서 좋네요."

"그렇게 생각해 주니 좋군. 좋은 인재 같은데 말이야. 그 회사가 실수했어. 아차차."

내 반응에 자신도 실수했다는 듯 친구분은 사과를 하며 품에서 작은 명함을 꺼냈다.

그리고 그것을 건네주면서 말했다.

"자네 할아버지가 나를 살려 줬다는 건 거짓말이 아니네. 그러니 혹시나 도움이 필요하면 여기로 연락하게. 특히 그 카페에 대한 거면 언제든지 연락해도 되네."

얼떨결에 명함을 받았다.

[봉황 마트 배홍석]

검은 배경에 붉은 새가 그려져 있고 간단한 직함만 있었다.

그런데 딱 봐도 고급인데.

처음 봤을 때도 느꼈지만 보통 분은 아니신 건가?

"시간이 벌써 이렇게 됐나? 늙은이가 젊은 사람을 너무 붙잡고 있었군. 자자! 그럼. 마지막까지 고생하시게나."

할아버지의 친구, 배홍석은 그렇게 사라졌고.

혼자 남아서 했던 대화를 한 번 곱씹어 보는데, 한 가지가 입에 자꾸 남았다.

'카페라…….'

왠지 그게 이상하게 자꾸 머릿속을 맴돌았다.

* * *

　발인을 마치고 할아버지의 빈 집에 와서 그대로 뻗었다.
　이장님도, 마을 사람들도, 배홍석 할아버지도, 이곳을 찾은 수많은 사람까지.
　좋은 사람들 덕분에 그래도 마지막 가시는 길을 잘 보내 드린 것 같았다.
　'할아버지가 좋은 분이셨다는 거겠지.'
　문득 그걸 이제 알았냐는 듯 꾸짖을 할아버지의 얼굴이 생각났다.
　여전히 보고 싶었지만, 전처럼 감정이 격해지진 않았다.
　그냥 머리가 멍했다.
　아무래도 잠이 부족해서 그런 듯해 보였다.
　삼일 밤을 새웠지만, 회사에서도 워낙 자주 밤샘을 해서 그런지 지금까지 잘 버텼는데.
　아무래도 그것도 한계에 다다른 것처럼 보였다.
　서서히 감기려는 눈꺼풀.
　그런데 그때!
　손끝에서 시작된 묘한 감각이 온몸으로 퍼졌다.
　차갑기도, 따뜻하기도, 상쾌하면서 부드러운 듯한, 그 오묘한 감각.
　'어? 이걸 어디서 느꼈지?'

분명 느껴 본 듯한 감각에 기억을 떠올리던 순간!

눈앞에 집이 아닌 산수화에 나올 것 같은 그림 같은 풍경이 보였다.

그리고 그 속에서……

크허—헝!!

집채만 한 새하얀 호랑이가 이쪽을 향해 달려오고 있었다.

* * *

백호!

새하얀 하늘 속 거칠게 그어진 검은 줄무늬가 눈앞을 가득 채웠다.

그 순간 아주 예전에 할아버지가 침까지 튀기며 했던 말이 생각났다.

집채만큼 커다랗고 새하얀 호랑이가 나타났었다고.

무슨 말이고 하니, 자신의 태몽 얘기였다.

처음엔 그래서 이름을 백호라고 지으려고 했었다. 다행히 부모님이 반대를 했다나.

하지만 미련이 남았는지 할아버지는 그 뒤로도 종종 나와 둘만 있을 때마다 이 얘기를 꺼냈다.

어른들이 가끔 하는 그런 얘기로 그냥 흘려들었지만.

막상 눈앞에서 백호가 보이니 어째선지 그때의 이야기가 생각났다.

……이젠 어쩌지?

크르르!

뭘 생각할 새도 없이 백호는 날 잡아먹기라도 할 듯 위협적으로 달려왔다.

그리고…… 얌전히 앞에 앉았다?

집채만 한 존재가 눈앞에 있으니 위압감이 장난이 아니었다.

게다가 이제야 깨달은 건데, 움찔했다고 생각했지만 정작 몸은 움직이지 않았다.

마치 가위에 눌린 것처럼.

어쩌지 하는 고민이 필요가 없었던 거다. 어차피 움직이지 않았으니까.

근데 왜?

너무 놀라서 얼어붙었나?

이런 의문이 생길 때 백호의 투명한 눈과 마주쳤는데…….

'어?'

어째선지 백호의 눈동자에 비친 자신의 모습이 낯설었다.

'이건 또 뭐지?'

치렁한 복장부터 길게 늘어트린 머리카락까지.

얼굴도 자신과 비슷하면서 묘하게 다른 것 같은데?

그렇게 정신 팔린 사이…….

꿍~!

갑자기 백호가 이마를 자신에게 꿍~! 하고 부딪쳤다.
그러자 의식이 붕 떠올랐다.
마치 영혼이 분리되는 듯한 느낌과 함께.
'아. 꿈이구나…….'
이제 깨달았다.
이건 백호가 너무 실감 났던 탓이다.
이제라도 인식하자 드론이라도 된 것처럼 의식이 붕 떠올랐다.
그리고 유체 이탈한 듯 나와 세상이 보였다.
통제력을 벗어난 자신의 모습은 신비로움 그 자체였다.
이곳의 풍경과도 너무 잘 어울렸다.
옷도, 행동도.
손을 한 번 휘저으니 물방울이 허공에 생겼고, 또 한 번 휘저으면 얼음이 생겼다.
땅에서 자라란 풀들이 그릇 같은 모양으로 변하며 하늘에선 얼음이 곱게 갈려 눈처럼 소복하게 그 안에 담겼다.
마치 신선처럼.
그리고 그런 그의 곁에는 백호만 있는 게 아니었다.
산맥이라고 생각했던 곳은 거대한 용이 똬리를 틀고 아기처럼 여의주를 가지고 장난치고 있었다.
그 밖에도 주변에 무언가 많이 있는 것 같은데.
'꼭 할아버지 빈소 앞 같네.'
잔칫날 같던 풍경.

최근에 겪은 게 그거라서 꾸는 꿈인가?
하긴 그게 좀 인상 깊긴 했지. 신기하기도 했고.
그렇게 생각하니 기분이 묘했다.
할아버지도 지금쯤이면 하늘에서 저러고 있지 않을까?
마음이 몽글몽글해지는 느낌이다.
하지만 안타깝게도 꿈속 유희의 시간은 짧았다.
인제 그만 나가야 한다는 듯 의식이 점점 흐려졌다.
그때!
그걸 눈치라도 챈 걸까.
신비로운 신선의 모습을 풍기던 자신이 고개를 휙! 돌렸다.
동시에 백호와 용을 비롯한 존재들 또한 나를 향해 고개를 일제히 돌렸다.
그에 몽롱하던 정신이 번쩍 들었다.
끔뻑! 끔뻑!
눈을 깜빡이며 상황을 파악했다.
뭐지?
너무 생생했던 꿈을 꿨다.
몸을 일으키고도 멍하니 있자니…….
갸웃? 갸웃?
대청마루에서 보이는 담장 너머로 웬 새카만 바가지가 움직였다.
아직 꿈에서 덜 깬 건가?
아닌데?

깼는데?
의문은 곧 풀렸다.
"누구세요? 여기 할아버지 집인데."
"어?"
바가지가 말을 걸었다.
정확히는 바가지 모양을 한 아이가 말을 건 거지만.
근데 누구지? 이건 이쪽에서 물어볼 말 같은데.
키가 작은 건지 목소리는 들리는데 머리만 보였다.
"백수아! 또 숙제 안 하고 어디 갔어!?"
"앗! 오빠 왔다! 왜 벌써 왔지?"
안타깝게도 답은 듣지 못했다.
질문을 하지도 못했으니 당연했다.
황급히 뛰어가는 가벼운 발소리만 들을 수 있었다.
근데 분명 모르는 녀석 같은데 왜 친숙한 느낌이 날까?
이상한 꿈을 꿔서 그런가.
참…… 묘했다.
그건 그렇고.
"얼마나 잤지?"
시간 확인을 위해 폰을 찾는데,
지잉! 징!
마침 전화가 온 듯 진동 소리가 울렸다. 덕분에 쉽게 찾았다.
"예. 우공 아키텍트 천유……."
일단 받았다.

그런데 자기도 모르게 습관적으로 내뱉다가 뒤늦게 퇴사했다는 사실을 깨닫고 소개를 멈칫했다.

다행히 상대는 크게 신경 쓰지 않는 눈치였다.

─천유진 씨 되시죠? 여기 현무 법률 사무실인데요.

"현무…… 법률 사무실이군요, 어? 현무요?"

어디서 들어 봤더라?

아! 그 유명한 현무 법인?

로펌 중 1등, 2등 한다는 거기인데…….

"그런데 무슨 일로?"

─예. 돌아가신 조부님 관계해서 얘기 드릴 것이 있어서요.

"할아버지요? 아!"

법률 사무소와 할아버지.

둘을 연관시키니 무슨 얘기를 할지 알 것 같았다.

바로 약속을 잡았다.

* * *

딸랑~딸랑~

읍내 카페의 문이 열리며 시원한 공기가 마중을 나왔다.

"주문하시겠어요?"

"네. 잠깐만요."

아직 저쪽은 도착하지 않았다.

당연했다.

30분 정도 먼저 도착해 있었으니.

퇴사를 했건만 몸은 아직도 그때의 버릇을 버리지 못한 게 애달팠다.

하는 수 없지.

간단하게 마실 걸 시키기로 했다.

읍내에 있는 거라 기대는 안 했는데도 프랜차이즈라서 있을 건 다 있었다.

"아이스 아메리카노, 어?"

"네? 아이스 아메리카노 한 잔 맞으실까요?"

"어…… 아뇨. 혹시 저건 뭐예요?"

그래 봤자 늘 그랬듯 아이스 아메리카노를 시키려던 찰나였다.

오늘따라 광고판이 눈에 들어왔다.

같은 커피인데 때깔이 달라 보인다?

가격도 조금 더 비싸고.

"아, 저건 저희 매장 한정 판매로 드리고 있는 스페셜 티예요. 특별한 원두로 내린 커피인데 수량이 적어서 오늘만 판매합니다."

"스페셜 티? 그냥 원두랑 차이가 있나요?"

"맛이랑 향이 차이 날 겁니다."

"그래요? 그럼 이걸로 주세요."

"뜨거운 걸로 드릴까요? 차가운 걸로 드릴까요?"

"차가운 거요."

"네! 잠시만 기다려 주시면 음료 완성되면 불러 드리겠습니다."

평소라면 시켜 보지 않을, 그럴 생각도 하지 않았을 걸 시켜봤다.

어차피 회사도 나가지 않는다.

직장인의 포션이 필요하지 않다는 얘기였다.

물론 그래도 '아아'는 포기할 수 없지.

그렇게 주문하고 자리에 앉아 있으니 카페 앞에 차가 하나 멈춰서는 게 보였다.

그리고 거기서 내린 사람이 안으로 들어오더니 곧장 이쪽으로 다가왔다.

"천유진 씨?"

깔끔한 정장 차림에 포마드 헤어스타일, 금테 안경.

거기에 가슴팍에 박힌 초록색의 예사롭지 않은 동물이 그려진 배지가 돋보이는…….

딱 봐도 변호사 같은 모습의 남자였다. 덕분에 바로 약속 상대라는 걸 알 수 있었다.

"현무에서 나온 김도혁이라고 합니다."

"천유진입니다."

악수를 하며 가볍게 자기 소개한 뒤 자리에 앉은 김도혁을 살폈다.

법률 사무소 '현무'의 변호사.

우리나라에서 최고로 꼽는 변호사라는 말이기도 했다.

그런데 왜 낯이 익숙하지?

"혹시……?"

"예. 그제 찾아뵀었죠."

"아."

조금 낯익어서 물어보니 역시 할아버지 빈소에 찾아왔던 사람이었다.

그땐 정신이 없어서 몰랐는데 변호사였다니.

우리 할아버지, 생각보다 인맥이 더 대단한데?

하긴 그러니까 유산을 맡겼겠지.

"예상하셨겠지만, 할아버님께서 남기신 땅과 건물, 그리고 현금성 자산 때문입니다. 당신께서는 긴 여행을 떠나시면 제게 처리해 달라고 부탁하셨거든요."

"……그렇군요."

친분과 별개로 김도혁은 풍기는 분위기대로 곧장 본론을 말했다. 내용은 전화 왔을 때부터 짐작한 일이라 당황하진 않았다.

근데 땅과 건물?

그런 게 있었다고?

유진이 기억하는 할아버지는 좋게 말하면 한없이 한량 같은 분이셨고, 나쁘게 말하면…… 뭐, 아무튼.

"상속 관련한 것들은 제가 다 처리해 드릴 겁니다. 수임료도 이미 받아서 천유진 씨가 따로 신경 쓰실 일은 없습니다."

김도혁은 서류 뭉치를 하나씩 꺼내며 설명을 해 줬다.

"이건 땅 관련 문서, 이건 카페. 그리고 이건 현금성 자산입니다. 아 참, 그런데 조건 있습니다."

받은 서류를 들고 확인하려던 찰나, 김도혁이 그중 하나를 가리키며 말했다.

"조건이요?"

"예, 유언이죠. 카페를 이어 운영하면 모두 물려받으시게 되고, 그렇지 않으면 모두 사회 환원하시라는 말씀이 있었거든요."

"……예?"

뭐 그런 유언을 남기셨대?

얼마나 남기셨다고.

줄 거면 그냥 주시지.

불쑥 입 밖으로 나오려던 걸 주워 삼켰다.

마지막도 못 지킨 놈이 무슨 불만을 가질까.

"물론 이것도 거기 서류에 있습니다. 읽어 보시면 아시겠지만 앞선 조건에 카페를 유지하는 기간은 최소 10년입니다. 최대는 마음대로."

대신 김도혁이 가리키는 서류를 꺼내서 읽어 봤다.

확실히 할아버지의 문체로 쓰인 유언장이 있었다.

김도혁이 했던 말과 같은 조건들. 그 뒤에는 관련 서류들이 있었고.

그렇게 하나씩 넘겨보던 그때!

갑자기 손이 멈췄다.

'어?'

이게 뭐지?

웬 숫자가 나열되어 있다.

근데 그 나열이 좀 길었다.

8,900,000,000……원?

그러니까 현금으로 89억 원?

"……이건 뭐죠?"

"천강식 할아버님의 현금성 자산입니다. 건물, 땅 제외하고 말이죠."

"……우리 할아버지가 이런 돈을 가지고 있었다고요?"

믿기 쉽지 않았다.

설마 지금 사기를 당하고 있는 건가?

두 번 세 번, 다른 서류까지 확인해 봤다.

혹시나 실례지만 양해를 구하고 눈앞의 김도혁에 대해서도 찾아봤다.

현무 법인 페이지에 그대로 나와 있는 얼굴과 약력.

결과는 사기가 아니다였다.

그럼 이게 진짜라는 건데…….

"확인은 다 하셨습니까?"

여태 기다려 준 김도혁이 확인차 물었다.

아, 그러고 보니 이거 받는 조건이 있다고 했지.

"예."

"그럼 질문 드리겠습니다. 카페를 이어 운영하실 생각이 있습니까?"

놀라긴 했지만, 답은 어렵지 않았다.

"저는 아직 잘 모르겠습니다."

"호오? 왜죠?"

김도혁이 의아하다는 표정을 지었다.

'네'라고 하면 현금으로 89억 원이 손에 들어오는데 그걸 왜 고민하냐는 반응이었다.

이해는 했다.

이걸 고민하는 나도 미친 거 같긴 하니까.

근데…….

"제가 뭔가를 할 거면 제대로 하는 성격이라…… 일단 가게부터 직접 보고 얘기해도 됩니까?"

"음. 당연하죠. 아니, 당연히 그러셔야죠. 근데 일단 결정부터 하셔도 됩니다만? 89억 원인데. 설마 이걸 포기하시게요?"

김도혁은 당연히 할 거라고 생각한 듯했다.

하지만…….

"그거야 어차피 할아버지 돈인데요. 날아가든 뭐든 제가 뭐라 할 건 아니죠."

"……이거, 정말 안 받을 수도 있다는 얘기군요."

솔직히 놀라긴 했다.

근데 그게 뭐? 자신이 번 것도 아니고 할아버지의 돈일 뿐이었다.

그 돈 갖자고 내가 하기 싫은 일을 한다? 그게 전 회사에 꾹 참고 다녔던 것과 다를 게 뭐 있나.

하기 싫은 걸 돈이나 받자고 했다간 오히려 남겨 준 할아버지를 욕보는 일이다.

그건 할아버지도 바라지 않으실 거고.

그러니 안 받을 거면 사회에 환원하라고 하셨겠지.

할아버지가 내 성격을 모르고 저런 말을 남기셨을 리가 없다.

"물론, 안 하겠다고는 하지 않았습니다. 보고 얘기하고 싶다고 했지. 큰돈이긴 하니까요."

"뭐…… 하신 말씀이 틀린 말은 아니긴 한데 보통 이 정도 돈이면 눈빛이 보이거든요. 저 사람이 진짜 진지하게 고민 중인지, 아니면 머릿속으로 잇속을 계산 중인 건지. 근데 천유진 님은…… 역시 그분의 손자라 그런지 얼굴만 닮은 게 아니라 성격도 닮으셨네요."

"……할아버지랑요? 제가요?"

"예. 그분도 그러셨죠. 하고 싶으면 하겠다고. 실제로 그러셨던 분인 건 누구보다 잘 아실 테죠?"

알지.

누구보다 잘.

저렇게 말했지만 아마 순화해서 말했을 것이다.

내가 알고 있는 할아버지는 속된 말로 정말 자기 꼴리는 대로 사셨던 분이니까.

"저는 그 정도는 아닌데요? 돈도 좋아하고. 특히 외모는 제가 낫지 않습니까?"

할아버지였다면 '네가 뭔데 나한테 하라 마라야! 아, 몰라!' 하면서 박차고 나갔어도 이상하지 않을 터.

……그래도 자신이 그 정도는 아니지 않나?

바로 걷어찬 것도 아니고 결정을 미룬 건데.

"하하하! 글쎄요? 뭐, 그럼 전반적으로 닮았다고 해 두죠."

하지만 김도혁은 왠지 크게 웃었다. 냉담한 인상이라 생전 웃지도 않을 것은 양반이 같았는데…….

그렇게 웃은 김도혁이 안경을 고쳐 쓰며 자리에서 일어났다.

그리고 악수를 청했다.

"어쨌든 어떤 결정이 나든 연락 주십시오. 뭐든 서류는 정리해야 하니까요."

"예. 알겠습니다. 아 참! 혹시 변호사님도 할아버지의 카페에 가 보셨습니까?"

"그럼요."

역시.

또 그 카페다.

배홍석 할아버지도, 이 사람도, 찾아왔던 손님들도.

도대체…….

"거긴 어떤 곳입니까?"

"글쎄요. 어차피 직접 보실 테니 나중에 가서 보시죠. 어떤 곳인지. 여기서 그리 멀진 않을 겁니다."

씨익 웃는 김도혁.

근데 뭐지?

일부러 악수하는 손을 좀 많이 흔드는 것 같은데…….

그렇게 나서는 변호사 양반을 배웅하며 생각했다.

아, 그냥 지금 한다고 할 걸 그랬나?

김도혁이 밖으로 나간 뒤 곧장 삼각별의 차가 출발하는 걸 보니 그 생각이 더욱 들었다.

워라밸이고 뭐고, 돈이 있으면 그것도 가능한 거 아냐?

역시 나는 할아버지와 달랐다.

지금 얼른…….

"주문하신 스페셜 티 아메리카노 나왔습니다!"

타이밍 좋게 시킨 음료가 나왔다.

일단 카페인 쭉 마시고 머리 쌩쌩하게 돌려 보자.

진짜 자신이 제정신인지도 확인하고.

꿀꺽! 꿀꺽!

음료가 목을 넘어가자 시원함이 먼저 정신을 번쩍 들게 만들었다.

그리고 이어지는 묘한 베리 향과 함께 와인 향이 느껴졌다.

술은 아닌데…….

산뜻하고 좋았다.

평소 먹던 쓰고 떫던 것과는 다르긴 달랐다.

괜히 비싸기만 한 거 아닌가 걱정했는데 괜찮은데?

이거 맛본다고 김도혁은 금세 잊었다.

이거 아니었으면 모양 빠지게 붙잡을 뻔했네.

'종종 이런 것도 마셔야지. 이제.'

커피를 입에 물고 서류를 다시 꺼내 봤다.

그러자 아까 못 봤던 게 보였다.

카페 사진과 주소였다.
그런데…….
'여긴?'
어째선지 눈에 익었다.

* * *

부우웅!!
마을버스는 문을 닫음과 동시에 매연과 먼지를 일으키며 출발했다.
성격도 급하셔라.
"콜록! 콜록!"
미처 피하지 못해 기침이 절로 나왔다.
하지만 이건 아무럼 좋았다.
그보다 문제는…….
'읍내 잠깐 갔다 오는데 1시간이 넘게 걸리다니.'
김도혁이 떠난 뒤.
남아서 마저 서류를 읽고 정리한 시간은 겨우 음료 한 잔 마실 정도.
그리고 곧장 출발했다.
한마디로 이동에만 꼬박 1시간 가까이 걸렸다는 얘기였다.
이럴 줄 알았으면 차부터 가지고 오는 건데.
'후회하면 뭐 하니. 이미 지나갔는데.'

떠난 버스 뒤꽁무니 보는 짓은 그만했다.

차는 여길 정리하는 대로 가지고 오면 되니…….

일단 지금 가지고 있는 수단을 사용하기로 했다.

걷는다는 얘기였다.

그런데 향한 곳은 마을 쪽이 아니라 그 반대였다. 그것도 강 건너편으로 이어지는 다리 쪽.

이유는 단순했다.

할아버지가 남긴 선물 찾으러 가야 하니까.

저기가 카페가 있는 쪽이라는 말이었다.

'설마 거기일 줄이야.'

서류에 적힌 주소를 지도에 찍어 봤을 때까지만 해도 긴가민가했다.

하지만 카페를 찍은 사진 속 배경을 보는 순간 확신했다.

내가 아는 곳이라는 걸.

그것도 할아버지와의 오랜 추억이 깃든 장소였다.

물론 어린 시절을 함께한 이 마을 어디에 추억이 없을까마는.

거긴 정말 할아버지와 내게 특별한 곳이었다.

그런데 거기에 선물을 남길 줄이야.

'한다 하면 하는 양반인 줄은 알았지만.'

땅을 사서 카페를 올리다니.

성취한 뒤 의기양양했을 할아버지의 표정을 생각하니 되레 입맛이 썼다.

그래서 자꾸 오라고 한 거였나.

그때 왔으면 신나서 말해 줬을 텐데.

'……얼른 가 보자.'

쓸쓸함을 삼키고 움직였다.

읍내에서 시간을 많이 썼으니 서둘러 발길을 옮겨야 했다.

마을 앞을 지나는 강을 건너, 마을 건너에 있는 야트막한 산으로 향하는 길.

그 길을 따라가면 차 한 대 겨우 올라갈 수 있을 정도의 오솔길 입구가 숨어 있었다.

그리고 그 오솔길을 따라 올라가면…….

"헉! 헉! 왜, 아직, 이지?"

시간상으로는 진작 도착해야 되는데 길은 여전히 오르막이었다.

설마 여기가 아닌가?

기억이 오래돼서 가물가물한 것 같기도.

그게 아니면…….

'생각해 보니 어릴 땐 뛰어서 갔잖아?'

어른이 되면 어릴 때 지나던 길이 가깝게 느껴진다더니 다 거짓말인 거 같다.

성인이 되며 보폭이 넓어졌다곤 해도 어린애의 뜀박질만은 못할 수밖에.

'대체 그때는 어떻게 그리 기운 넘쳤던 거지?'

오히려 그때의 활기를 따라갈 수 없는 느낌이다.

하도 사무직으로 오래 일하다 보니 체력이 줄어서 그런 거 같기도 하고.

어쨌든 지금 와서 멈출 순 없는 노릇이니.

걸었다.

걷고 또 걷고.

그리하여 마침내.

"……왔다."

목적지에 도착했다.

예상 시간을 두 배나 쓴 것 같은데?

그 증거로 멈춰 서자마자 땀이 물 흐르듯 흘렀다.

눈앞이 따가울 정도.

다행히 곧 산에서부터 시원한 바람이 불어왔다.

그대로 눈을 감고 맞이했다.

사아아아~!

그렇게 잠시.

이제 살 것 같다.

등줄기를 흐르는 땀방울과 이마에서 흘러 눈 앞을 가리던 땀까지 다 마른 뒤, 크게 심호흡을 하고 눈을 떴다.

그러자 눈앞에 작은 공터가 펼쳐졌다.

할아버지와 나.

둘만 알던 비밀의 장소이자 신비로운 장소.

주변이 모두 푸른 숲으로 둘러싸였는데 여기만 딱 큰 나무가 없었다. 덕분에 고개를 들면 유난히 맑은 하늘을 볼 수 있었다.

푸른 숲에 둘러싸인 파란 하늘.

그 사이를 둥둥 떠다니는 새하얀 구름.

바람에 초록색 나뭇잎이 흩날릴 대면 요정의 세상에 들어온 것 같았다.

너무 신비로워 감히 부정적인 것을 떠올릴 수도 없는…….

어린 나이였지만 그때도 그게 아름답다고 생각했었다.

그래서 기분이 울적할 때나, 혹은 조금 쉬고 싶을 때.

그럴 때마다 나도, 할아버지도 여기에 풀숲에 누워서 하늘을 보며 멍때리곤 했다.

신기하게 그러고 나면 지친 게 싹 사라졌는데…….

그곳에 못 보던 통나무 오두막이 보였다.

그리고 그 앞에 세워진 팻말에는.

[카페—호랑이 쉼터]

익숙한 문체로 휘갈겨진 카페 이름이 새겨져 있었다.

서류상의 이름과 같으니 당연히 저건 할아버지의 것이겠고.

그럼, 역시 여기가 할아버지가 운영했다던 사진 속 카페겠지.

근데 카페 이름이 호랑이 쉼터가 뭐야?

내 이름도 백호가 될 뻔했던 걸 생각하면, 확고한 할아버지의 이름 취향에 고개를 절레절레했다.

그래도 확실히,

"근사한데?"

저 오두막 같은 카페는 인정이었다.

이 공터에 저것만큼 더 어울릴 수 없는 형태였다.

공간의 비율이나, 기능, 미학적인 것, 심지어 이곳의 깃든 둘의 히스토리까지 만족시켰다.

어느 하나 놓치지 않은 아주 좋은······.

"이런."

나도 모르게 직장 다닐 때의 습관이 나왔다. 마음에 드는 건물만 보면 정신 못 차리고 오타쿠처럼 분석을 하니······.

할아버지가 봤으면 아마 툴툴거렸을 거다.

좋으면 좋은 거지 뭘 그렇게 재수 없게 말하냐고. 지금 그게 중요하냐고.

맞다.

"멋있네요. 할아버지. 이건 진짜예요."

할아버지가 남긴 특별한 선물은 정말 멋있었다.

직접 전하지 못한 아쉬움을 달래며, 대신 뻥 뚫린 하늘을 보며 그 말을 전했다.

물론,

"아직 이어 간다고는 말하지 않았어요. 할아버지. 그러니까 좋아하기 일러요."

왠지 지지 않고 싶은 손자의 고집도 함께 전했다.

이런 카페.

그리고 89억 원.

그런 게 있다고 진즉, 얘기했으면 좀 좋았어요?

1장 〈55〉

손자 아등바등 고생하는 거 알면서.
  그랬으면 신념이고 뭐고 할아버지 일 돕는 효손 노릇으로 당장 회사 때려치울 수 있었는데.
  할아버지 옆에 있을 수 있었는데.
  "……진심은 아닌 거 알죠?"
  심통 좀 부렸어요.
  그 정도는 봐주세요.
  너무 죄송해서 그러니까.
  할아버지 말대로 제가 표현이 고약한 놈이긴 하니까.

  * * *

  딸랑~ 딸랑~
  한참을 넋두리하듯 카페와 하늘만 보다가, 더 늦기 전에 살펴보기 위해 카페의 안으로 들어왔다.
  문에 걸린 맑은 종소리가 먼저 맞아 주고. 뒤이어 작고 아담한 내부가 보였다.
  그래도 공터가 보이게 넓은 창을 내서 생각보다 좁아 보이진 않았다.
  외부만큼이나 신경을 많이 썼다.
  부드러운 색감의 원목을 많이 써서 따뜻한 느낌도 나고.
  실제로 곳곳에 한때 목수였던 할아버지의 정성스런 손길이 닿은 게 보였다.

"음."

그런 것들을 감상하며 지나 가장 오래 머물렀을 카운터에 섰다.

할아버지가 여기서 이렇게 보고 있었구나.

뒤로는 주방이 있었는데 당장 오늘 아침에 정리한 듯 깨끗했다.

"냉장고도 채워져 있네?"

상온 재료가 든 수납장 안에도 마찬가지.

음료 만드는데 썼을 기계들도 관리가 잘 된 느낌이다.

전체적인 컨디션이……꼼꼼히 살펴보자 당장 영업해도 좋을 것처럼 아주 깔끔했다.

생각해 보니 할아버지가 돌아가시기 전날까지 왔다고 하니 그럴 만했다.

음, 생각보다 간단할 수 있겠는데?

그간 진행했던 프로젝트 중에는 프랜차이즈 컨설턴트도 있었기에 조금만 연습하면 가게 하나 운영하는 것은 큰 문제가 되지 않는다.

레시피가 문제겠지만 요즘엔 그런 것들을 알기도 어렵지 않으니까.

그렇게 여기저기를 살피던 그때!

"어?"

무언가가 옷에 걸리는 느낌과 함께 뭔가 툭 하고 떨어졌다.

주워서 보니 웬 사진이었다.

이곳을 배경으로 할아버지와 많은 사람을 찍은.
"이게 어디서 떨어졌…… 어?"
주방 위를 보니 노트가 하나 펼쳐져 있었다.
아까 몸 돌리며 부딪친 게 이건 가보다.
가게 장부인가?
그걸 왜 카운터가 아니라 여기에 뒀어?
사진을 대충 끼워 두고 슬쩍 그 안을 보니…….

[메뉴]
―아메리카노
―카페라테
…….

예상 밖의 내용이 있었다.
할아버지는 아무래도 카페에 그냥 땅 사서 건물만 올린 게 아니라 진심이었던 모양이다.
손수 적어 놓은 하나하나 꾹꾹 눌러쓴 레시피북이라니.
아마 이리저리 배운 것들을 하나씩 자신의 스타일로 적어 놓은 듯한데.
얼마나 많이 연구했는지 노트가 두툼했다.
심지어 그런 정성이 가득한 레시피 중에는 제법 쉬워 보이는 것도 있었다.
"이건 바로 하겠는데? 생각보다 쉬운 거였네."

[민트 초코 프라푸치노]
—재료 : 얼음, 우유, 생크림, 생민트, 초코칩.
—제조 방법 : 얼음과 우유, 그리고 생민트를 갈아…….

예전에 팀원 하나가 커피 사러 가서는 뜬금없이 민트 음료를 사 온 적이 있었다.

원래도 엉뚱한 짓을 많이 하던 친구였는데……. 그땐 음료에 무슨 짓이냐고 욕하려 했다.

막상 먹어 보니 생각보다 괜찮아서 봐줬지만.

달달하니 시원하고 향긋해서 당 충전하기 딱이었다.

'이렇게 만드는 거였어?'

마침 등산 아닌 등산을 해서 목도 탔다.

시원한 게 당기도 하고…… 한 번 만들어 볼까?

어려워 보이지 않아서 눈에 자꾸 들어왔다.

머릿속에 자연스럽게 그 과정이 그려진다고 해야 하나? 익숙하지 않은데 익숙한 느낌.

"이 정도면, 나도 만들 수 있겠네."

하긴 할아버지도 하신 건데. 한참 젊은 내가 못 할 게 뭐 있…….

순간 떠오른 생각에 흠칫했다.

아까부터 묘하게 그런 느낌이 들긴 했는데, 이거 설마 할아버지가 세팅한 건 아니겠지? 카페 이어 가라고…….

'그럴 리가.'

착각이겠지.

음료 하나 만들어 본다고 카페를 이어 갈 거라는 생각을 누가 할까.

어깨를 으쓱였다.

그리고 목이 타니 그냥 음료 하나 만들어 먹어 보려는 것뿐이다.

주방 여기저기를 뒤적거려 재료를 찾아냈다.

근데 중요한 하나가 없었다.

바로 생민트.

"아! 민트 가루 있네. 이걸로 해도 되겠지."

비슷한 걸로 대체했다.

그렇게 재료들을 다 모아 놓았다.

왠지 자신감이 넘치게 손이 갔다.

레시피대로 먼저…… 얼음과 우유부터.

마치 손이 저울이라도 된 것처럼 담는 대로 계량컵에 딱딱 담겼다.

민트 가루는 생민트와 달리 단맛이 섞여 있으니 적당량.

그리고 초코칩까지 넣고 믹서에 담고 갈았다.

착! 스륵!

위이이잉!!

그렇게 믹서가 돌아가는 사이.

손은 또 바쁘게 움직였다.

이번엔 위에 올라갈 생크림을 휘핑 쳐야 했다.

설탕을 적당히 넣고 핸드 믹서로 휘핑을 치면서 믹서가

돌아가는 걸 지켜봤다.
 그러다 딱! 이때다 싶을 때 끄고 음료를 컵에 부었다.
 예쁘게 색이 나온 음료.
 뭐지?
 왜 쉽지?
 순서도 착착.
 분명 처음 하는 것일 텐데.
 허둥지둥거리는 것도 없이 마치 익숙한 손놀림으로 순식간에 음료를 만들어 냈다.
 마치 손이 절로 움직이는 느낌이었다.
 마지막으로 생크림을 올리는 것까지 완벽 그 자체.
 방금 막 카페에서 음료를 받은 것 같았다.
 "……과연 맛은 어떨까?"
 궁금증을 참지 못하고 그대로 들이켜 보았다.
 꿀꺽! 꿀꺽!
 "……?!"
 맛있다.
 그때 먹은 것보다 더.
 내가 만들었는데도 의문이었다.
 나름 향긋하고 시원했다.
 "……이게 된다고?"
 나한테 이런 재능이 있었나?
 그럴 순 있다.
 원래부터 손재주는 있는 편이니까.

그래도 조금 이상한 건, 모든 과정이 숙련된 느낌이었다는 거다.

한 번도 버벅대지 않았다는 것.

그게 컸다.

초보라도 레시피를 봤으니까 재료만 얼추 비슷하게 넣으면 맛은 있을 수 있다.

하지만 그 과정은 그럴 수 없다.

그래서 초보자와 숙련자로 나뉘는 거니까.

그 차이는 시간과 노력 혹은 재능으로만 넘을 수 있었다.

당연히 나는 시간, 노력을 들이지 않았으니 간극을 뛰어넘으려면 재능밖에 없는데…….

"재능이라기엔 미묘한데."

분명 손이 막 절로 움직이는 기분이었다.

정말이지 귀신이 곡할 노릇이다.

그렇게 자신의 숨겨진 재능(?)에 감탄하고 있는 사이.

왜애앵~

"응?"

나름 심각한 고민을 하고 있는데 갑자기 웬 아기 같은 소리가 들렸다.

어디서 들린고 하니.

"새끼 고양이?"

왜앵?

카페 바닥에서 뒹굴던 아기 고양이와 눈이 마주쳤다.

녀석도 나를 보고 당황한 기색이 역력했다.

주먹만 한 작고 하얀 배를 드러내고 있던 녀석이 슬쩍 몸을 돌렸다.

노란색 바탕에 검은 줄무늬.

삼색이라고 불리는 고양이 같은데 무늬가 꼭 호랑이 같다.

털 무늬가 특이하네.

아무도 없는 카페 안에 들어와 팔자 좋게 드러누워 자고 있었던 건가?

요 근처에 사람이 살 만한 곳은 없으니 산고양이일 거 같다.

근데······.

"너 어디서 왔어?"

여기 들어올 만한 틈이 있었던가?

조용히 말을 걸자, 아기 고양이가 슬며시 다가와 냄새를 맡았다.

고양이가 이렇게 경계심이 없다고? 이거 완전 개냥이네.

손가락을 뻗으니 그 끝에 아주 약한 콧바람이 닿았다.

간질간질한 느낌.

'귀엽긴 한데.'

진짜 어디로 들어온 걸까.

고개를 들어서 녀석이 들어올 만한 곳을 둘러보는데······.

"!!"
출입구로 고개를 돌렸다가 깜짝 놀랐다.
투명한 유리문 너머에서 한 쌍의 눈이 이쪽을 보고 있던 것이다.
귀신처럼 새하얀 피부와 대비되는 새카만…….
"넌 그때 바가지?"
"앗! 아저씨 누구세요? 여기 할아버지 건데."
바가지를 쓴 녀석이 문 너머에서 되레 물었다.
내가 묻고 싶은 말인데.
너 누구야?

* * *

가르릉~ 가르릉~
무릎 위에 자리를 잡은 새끼 고양이가 기분 좋은 울림을 전했다.
그런 녀석을 자연스럽게 쓰다듬으면서 앞을 봤다.
앞에는 자신의 허리춤에나 올 법한 아이가 테이블 의자에 앉아 발을 동동거리며 이쪽을 보고 있었다.
유독 새하얀 피부 탓에 더욱 진하게 대비되는 작고 새까만 머리통을 가진 여자아이.
새카만 눈동자가 보일 정도로 큰 눈이 고양잇과의 그것과 닮아, 이목구비가 참 뚜렷하여 참 귀엽게 생겼다.
근데…… 저 머리카락은 누가 잘랐어?

아주 각이 살아 있었다.

그 덕에 진짜 바가진 줄 알았다.

흰 피부와 검은 머리카락이 대비가 심하게 돼서 그런 것 같기도.

아무튼.

'식겁했네.'

저 머리 탓에 낮에 대청마루에서도 깜짝 놀랐었는데 그걸 여기서도 느낄 줄이야.

게다가······.

"아저씨 누구세요?"

"······그 질문은 내가 해야 되는 것 같은데?"

"서로 모르는 사이에 누가 먼저 하는 건 중요하지 않지 않을까요?"

거참, 애가 말은 참 똑 부러지게 한다. 어디서 배웠는지······.

아무튼 지금 세 번째 듣는 저 질문 때문에 더 그랬다.

하루 종일 묘하게 조우율이 높았다.

마치 날 뒤 따라다니는 것처럼.

하지만 그럴 리는 없으니 답은 하나밖에 없을 거다.

"너, 혹시 할아버지를 알고 있니? 천강식 할아버지 말이야."

"네!"

역시나.

할아버지하고 인연이 있는 아이였나 보다.

"그나저나 아저씨는 왜 여기 있어요? 여긴 할아버지 건데?"

"……내가 그 할아버지 손자야."

그러자 아이는 이해하지 못한 듯 고개를 갸우뚱하며 다시 물었다.

왜지?

"아저씨가요?"

"아저…… 그래. 내가 여기 주인이었던 할아버지 손자야."

많아 봐야 이제 막 초등학생 올라갔을 정도의 아이에게 자신은 아저씨가 맞았다.

그런데도 막상 직접 듣자니 묘하게 슬퍼졌다.

"할아버지가 자기 손자 되게 귀엽다고 했는데……."

그리고 아이가 중얼거리는 소리는 슬쩍 무시했다.

"그럼 넌?"

"저요? 저는 백수아예요. 귀여운 11세. 장래 희망은 아이돌이죠. MBTI는 확신의 ENFP!"

"……어. 그래."

그것까지 궁금한 건 아니었는데.

"뭐예요. 그 반응은. 아저씨 T죠?"

저놈의 MBTI.

하도 여기저기서 많이 들어서 알아듣긴 어렵지 않은데, 초등학생한테 듣는 건 또 처음이라 새롭다.

"그런 것도 알아?"

"그럼요. 할아버지도 ENFP였는데."

그, 사실 그거 아저씨는 안 궁금하단다.

게다가 할아버지 것까지 알고 싶진 않았어…….

대충 말해 줄까 하다가 신나서 떠드는 모습을 보고는 그냥 말았다.

근데 생전 첨 본 사람 무릎에 누워 자는 새끼 고양이도 그렇지만, 무슨 애가 이렇게 붙임성이 좋아.

누가 보면 몇 번 본 줄.

아, 몇 번 본 게 맞나?

생각해 보니 할아버지 빈소에도 왔던 것 같다.

따로 인사는 안 했지만.

어쩐지 친숙한 느낌이 드는 것 같더라니.

물론 그것과 별개로 아이를 상대하는 건 쉽지 않았지만.

"아 참! 얘는 랑이에요. 호랑. 털 무늬가 특이해서 제가 지었어요. 멋있죠?"

"……그래."

얼떨결에 고양이까지 소개를 받았다.

털이 호랑이 같아서 이름이 '호랑'이라니. 너무 성의 없게 지은 게 아닌가 싶다가도, 묘하게 어울렸다.

신기하네.

"아저씨."

"응?"

대충 흐린 눈으로 아이의 수다를 흘려듣고 있었는데 설

마 눈치를 챈 건가?

갑자기 아이가 불렀다.

"아저씨가 할아버지 손자면, 그럼 아저씨가 이제 여기 주인이에요?"

"……그건 아직 아닌데."

"앗! 아니에요? 왜요? 그럼, 여기 이제 안 열어요?"

"어, 그게…… 아직 확정 난 건 아니고."

"그럼 열어요?"

"그것도 아니……."

"그럼 뭐예요. 아저씨 T 맞아요?"

누구에게 질문으로 두들겨 맞는 건 처음인 것 같은데. 그 질문이 근본이 없어서 더 정신이 없다.

"그럼 그건 뭐예요?"

"이거? 아까 만든 건데."

백수아가 아까 만든 음료를 가리키며 물었다.

"색깔을 보니까…… 민초푸! 맞죠?"

"민초…… 푸? 아, 민트 음료는 맞아."

"나 그거 완전 좋아하는데. 할아버지가 그거 되게 잘 만들었거든요? 근데 아저씨도 만들 줄 알아요?"

애라서 그런지 말하는 것들이 뭔가 맥락이 없이 휙휙 바뀐다.

대화하면서 기가 빨리는 느낌인데.

이대로 있다간 언제까지 저 수다를 듣고 있어야 할지 모르겠다.

안 되겠다.

얼른 화제를 돌려야지.

"하나 만들어 줄까?"

"네!"

마침 좋은 핑계가 생겼다.

할아버지도 아는 앤데 그냥 쫓아낼 순 없고, 음료 하나 들려 줘서 보내야지.

무릎 위에서 고롱고롱 대는 새끼 고양이를 슬쩍 내려놓고는 조심스럽게 자리에서 일어났다.

그리고 주방.

아까 펼쳐 놓은 재료가 그대로 있어서 찾는 수고는 덜었다.

"자."

"우와! 완전 빠르네요?"

빨리 그 입을 막고 싶으니까.

입에 뭔가를 머금고 있으면서 말을 할 수 있는 사람은 세상에 없으니까 조용해지겠지?

이것만 먹이고 얼른 돌려보내야겠다.

해도 질 것 같고 나도 슬슬 내려가야 하니까.

꿀꺽! 꿀꺽!

수아는 내가 준 음료를 시원하게 마셨다.

근데 왜 그 모습을 보면서 살짝 긴장되기 시작했다.

뭐지? 별거 아닌데⋯⋯ 아.

'이거, 생각해 보니 처음으로 다른 사람에게 먹이는 거

아니야?'

 그것도 내가 직접 만든 음료를 말이다.

 음료를 다 마시고 뗀 입에서 무슨 말이 나올지.

 '나 참, 장사하는 것도 아닌데.'

 묘하게 싱숭생숭한 마음.

 그렇게 긴장하며 수아의 입이 열리길 기다리는 찰나.

 "와! 맛있어요! 의외네요?"

 "뭐?"

 "아저씨 되게 요리 못 할 것 같은데."

 "……편견 아니냐?"

 "아니에요. 이건 데이터 기반이라고요. 아저씨랑 표정 똑같은 우리 오빠가 진짜 똥손이거든요."

 어디서 주워들은 건 많아 가지고.

 데이터 기반인데 자료가 하나? 해 줄 말은 많았지만, 굳이 그런 걸로 왈가왈부하고 싶진 않았다.

 그리고 그런 것보다.

 "맛있다는 말이지?"

 "네! 완전!"

 "할아버지랑 비교하면?"

 "으음……."

 근데 이건 왜 질문을 했는지 나도 모르겠다.

 하지만 그냥 문득 궁금해졌다.

 할아버지의 음료는 어땠을지.

 나는 먹어 보지 못했으니까.

그리고 왠지 살짝 승부 욕이 생겼다고 하나?

손주 몰래 이런 장난이나 준비하고 있던 할아버지에게 한 방 먹이고 싶다는 것도 있고.

인정받고 싶다는 욕구도 있었다.

좀 복합적인 이유였으나 나도 잘 모르겠다.

"할아버지 건 달콤한데 상큼하고요. 아저씨 건 상큼한데 달아요."

"……그래?"

"앗! 무슨 말인지 알아요?"

대충.

나는 민트 가루를 썼고, 할아버지는 생민트를 썼으니까.

그러니 내 건 단맛이 강하고 상큼한 향이 덜했다.

하지만 할아버지는 생민트를 썼을 테니 상큼한 향이 강하고 단맛이 덜했을 테니…….

묘하게 정확하네, 꼬맹이 입이라고 무시할 게 아니구나.

"그래도 둘 다 맛있어요!"

"그래? 다행이네."

그래도 좋아하는 아이의 반응을 보자 갑자기 기분이 좋으면서 가슴이 간질간질한 느낌이 들었다.

따뜻한 것 같기도, 차가운 것 같기도 한 묘한 기분이 들었다.

전기가 흐르는 것 같기도.

바람이 지나가는 것 같기고.
'뭐지? 이거 어디서 느껴 본 것 같은데?'
이런 걸 또 어디서 느꼈지?
의문이 생겼지만 이내 그건 다른 생각에 묻혔다.
아쉽다.
수아의 말을 복기하니 그런 생각이 문득 들어 슬쩍 주방을 봤다.
다시 만들어 볼까?
"백수아!! 너 또 숙제 안 하고 여기 있지? 얼른 나와!"
"앗! 오빠다! 아저씨! 저 없다고 해 줘요!"
라는 생각을 하기 무섭게 정신없는 상황이 생겼다.
밖에서 난 남자의 목소리에 함께 수아가 갑자기 내 뒤로 숨은 것이다.
근데 새끼 고양이 넌 왜?
아무튼 무슨 일인가 싶어서 소리가 난 곳을 보니.
"저쪽이 네 오빠야?"
"네⋯⋯ 쉿쉿! 저 들켜요."
그, 수아야?
내 뒤에 머리만 숨는다고 몸이 다 숨겨지는 건 아니란다?
그리고 내 생각대로 이미 수아를 발견한 듯, 문 앞에 선 남자가 이쪽을 빤히 보고 있었다.
교복 차림에 앳된 얼굴.
짧은 머리를 빼면 수아와 느낌이 정말 비슷했다.

이쪽도 이목구비가 뚜렷하다는 소리였다.

'고놈 참 잘생겼네.'

얼굴도 잘생겼고 키도 커 보인다.

교복 모델처럼 비율도 좋고.

남매의 외모가 참 잘났구나 싶었다.

한 가지 단점이라면 다양한 표정의 수아와 달리 저쪽은 조금 굳은 표정이라는 거?

뭐, 숙제 안 하고 도망간 동생을 쫓아왔으니 그럴 만했지만.

"어?"

그리고 고개를 들어서 나와 눈이 마주쳤다.

이제야 나를 인지했구나.

수아만 생각하느라 다른 누군가가 있으리라곤 생각하지 못한 모양.

'이걸 보면 수아 얘, 여기 엄청 자주 왔나 보네.'

최소한 오빠가 당연히 여기 숨었을 거로 생각할 정도로는 말이다.

"그, 할아버지…… 손자라던 그분 맞죠? 그때 뵀는데."

"아. 혹시 빈소에서?"

"네. 백수호라고 합니다. 근데 여긴 어떻게…… 아! 아까 소리쳐서 죄송합니다. 그게…… 아무도 없는 줄 알고."

잘생겼는데 예의도 바르구나.

그나저나 이쪽도 할아버지 빈소에 왔었구나. 그땐 워낙 정신이 없어서 몰랐는데, 교복을 보니 본 것도 같았다.

1장 〈73〉

"괜찮아요. 동생 찾으러 왔어요?"

"아! 네! 백수아! 너 언제 거기 들어갔어!? 이제 할아버지 없어서 들어가면 안 된다니까!"

내 말에 여기 온 목적을 깨달았는지 다시 수아를 보며 소리쳤다.

그러자 수아도 이번엔 고개를 빼꼼 내밀고 마주 소리쳤다.

"싫어! 올 거야! 할아버지가 와도 된다고 했거든?"

"그거야 할아버지가 있을 때고! 이제 없잖아!"

"할아버지가 없어도 여기 카페가 있으면 상관없다고 했어!"

"이제 여기 없어질 거니까 안 돼!"

나를 사이에 두고 남매가 피 튀기는 말싸움을 했다.

"그리고 백수아! 누가 말 그렇게 하래? 오빠가 함부로 소리 지르지 말랬지!"

"오빠도 소리치고 있거든?"

"너!"

나를 사이에 두고 아이들이 뺑뺑 돌기 시작한다.

이런저런 소리를 지르면서 왔다 갔다 하니까 보통 정신없는 게 아니었다. 살짝 머리가 아플 정도.

"그만!"

그래서 제지했다. 딱 잘라 말하자 거기에 반응하든 뚝 하고 멈춘 두 아이.

"애들아, 싸우려면 나가서 싸워 줄래? 먼지 날리잖니."

"아……."

그제야 둘이 있는 곳이 어딘지를 깨달은 모양. 주방에는 어느새 발자국이 가득 차 있었다.

아무리 어른스러운 체해도 어쩔 수 없는 아이들이다.

"네에……."

"……죄송합니다."

시무룩해져서는 밖으로 나가는 아이들.

저러길 바란 건 아니긴 했는데…….

아무튼 필요한 조치긴 했다.

이러다간 해질 때까지 여기 가만히 있어야 했을 테니.

가볍게 한숨을 쉬면서 주방을 깨끗하게 정리하기 시작했다.

아까 사용했던 유리잔 두 개를 깨끗이 씻어 트레이 위에 올려 두고.

구석에 있는 물걸레를 가져와 흙투성이가 된 주방 바닥을 깨끗이 밀었다.

마지막으론 행주로 카운터 위까지 깔끔하게 닦아 냈다.

'음, 깔끔하네.'

한바탕 청소를 하고 나니 기분이 한결 나아졌다.

괜히 시험 기간처럼 뭔가 일이 있을 때마다 청소하고 싶어지는 게 아니다.

몸을 움직이다 보니 잡생각이 사라지면서 마음이 편해진다.

그렇게 주방의 정리를 마친 뒤, 밖으로 나오는데.
"응? 안 갔어?"
"그게…… 죄송해요. 아저씨."
"죄송합니다."
기다리고 있었는지, 아직 안 가고 있던 백수아와 백수호가 다시 한번 사과했다.
거참, 어디 애들인진 몰라도 집안 교육 하나는 잘됐네.
이러면 뭐라고 하고 싶어도 하지 못할 거 같다.
"아니야, 괜찮아. 대신 앞으로는 가게 안에서 그러지 말고. 알았지?"
"네에……."
"그래. 그럼 시간도 늦었으니……."
나는 아이들에게 빙긋 웃어 보였다.
"같이 내려갈까?"
"네!"
길은 하나인데 여기서 따로 가는 것도 웃기니 같이 가기로 했다.
다행히 둘 다 크게 마음을 쓰진 않는 성격인 듯해서 나도 마음이 가벼웠다.
"근데 너희도 저 마을에 살아?"
"맞아요! 할아버지 옆집!"
"아아."
그래서 그때 담장 너머로 보였구나.
이런저런 얘기를 하며 오솔길을 걸었다. 주로 다시 밝

아진 백수아와 얘기를 했는데 덕분에 몰랐던 마을 얘기와 카페 얘기를 많이 들을 수 있었다.

"할아버지가 처음 해 보는 거라고 만든 음료가 있었는데, 되게 맛없었거든요? 근데 맛있다고 해 줬어요. 아니라고 하면 울 것 같았거든요."

"아, 맞다! 뱀도 나왔었어요! 할아버지가 막 도망갔는데. 킥킥! 아저씨도 뱀 무서워해요? 그거 결국 랑이가 잡았을걸요?"

"작년 여름에는 거기에 막 반짝반짝해서 밤에 돗자리 깔고 누웠는데. 꾀꼬리 언니가 노래도 불러 주고. 근데 할아버지 노래 진짜 못 부르는 거 알죠?"

그리고 듣고 보니 카페와 할아버지의 일화가 한둘이 아니었다.

듣고 있던 내가 다 흐뭇해질 정도로.

아무것도 없는 시골이라 그런지, 할아버지의 카페가 사실상 아이들의 쉼터고 놀이터였던 거다.

수아가 할아버지에 대해 그렇게 생각하는 게 당연하다고 생각될 정도로 정다운 이야기였다.

"어? 다 왔다!"

그렇게 얘기를 하며 내려오니 금방 오솔길이 끝나고 마을로 가는 다리가 나왔다.

올라올 땐 그렇게 힘들더니.

신기했다.

몸이 좀 가벼워진 것 같기도?

기분 탓인가.

아무튼 이제 헤어질 시간이었다.

"여기, 당장은 안 없어지니까 종종 와도 돼. 정리할 게 좀 있거든. 대신 아까 말한 것처럼 와서 조용히 있다가 가야 한다? 알겠지? 소리 지르고 뛰고 그러면 안 된다?"

"아싸!"

"네, 감사합니다. 수아야, 아저씨한테 먼저 고맙습니다 라고 해야지."

"히히! 아저씨 고마워요!"

그게 그리도 좋을까.

그 말을 듣고는 방방 뛰는 백수아와 고개를 꾸벅 숙이는 백수호를 보자니 자연스레 미소가 지어졌다.

왜애앵!

백수아가 날뛰는 바람에 안겨 있던 랑이가 꾸엥! 하며 소리를 질렀지만.

그 모습에 나도 모르게 웃음을 터트렸다.

할아버지가 돌아가신 뒤, 처음으로 나온 폭소였다.

* * *

남매와 헤어지고 집으로 돌아와서는 그대로 드러누웠다.

몰랐는데 꽤 많이 피곤했다.

생각해 보면 며칠 밤새다 쪽잠이나 겨우 잔 뒤에 읍내

도 가고 카페도 갔다 온 거였다.
 지칠 만도 했다.
 근데 막상 잠은 오진 않았다.
 일어나서 할아버지 물건이나 정리할까 싶다가도.
 '나중에 하자.'
 지금은 몸을 움직이고 싶진 않았다.
 급한 것도 아닌데.
 어차피 이제 백수이지 않은가.
 그렇게 눈만 뜨고 있으니…….
 '조용하네.'
 새삼 느껴졌다.
 방금까지 왁자지껄했다가 혼자 있으니 더 그런 것 같다.
 고요한 집안과 마을.
 할아버지, 꽤 심심했겠는데.
 아닌가?
 어차피 할아버지가 집에 오래 있었을 것 같진 않았다.
 사람을 만나러 다녔겠지.
 아, 그래서 카페를?
 할아버지라면 충분히 가능했다.
 '그리고 보니 카페에서 할아버지 노트를 가지고 온 것 같은데.'
 사고 회로가 자연스럽게 그리로 이동했다.
 노트는 찾을 것도 없이 손에 들려 있었다.

카페에서 나올 때부터 계속 들고 있어 놓고 까먹었던 거다.

어디, 다시 한번 봐 볼까…….

툭!

조심성 없이 들다 보니 사이에 끼워져 있던 사진이 또 떨어졌다.

할아버지와 카페, 그리고 다양한 사람들이 보였다.

그 사이엔 방금 만났던 수아와 수호도 있었다.

문득 그런 생각이 들었다.

다른 사람들도 저 남매처럼 카페에 추억이 많을까? 그리고 그 중심에 있을 할아버지도…….

그런 추억을 쌓는 기분은 어떨까.

아까 카페에서 내가 만든 음료를 마시고 보인 수아의 반응이 머릿속을 스쳐 지나갔다.

'재밌을 것 같기도.'

2장

2장

결국 질러 버렸다.
밤새 고민을 했다.
이거 진짜 하고 싶은 거냐고.
해 보고 싶냐고.
그 고민의 끝은 바로······.
"하겠습니다."
아침에 일어나자마자 김도혁에게 전화했다.
카페를 이어 가겠다고.
 전날, 하고 싶으면 하고 아니면 말겠다고 소리친 것치고 너무 빨리 결정해서 민망한 것도 잠시.
 ─보내 주신 보건증 등록했습니다. 영업 절차는 다 끝냈으니 언제라도 편하게 시작하면 될 겁니다.

"벌써요? 아침에 말했는데."

―어제 보니 카페를 보고 나면 바로 생각을 정리할 것 같았습니다. 그래서 가는 길에 두 가지 경우 다 미리 준비했습니다.

그 뒤로 일은 정신없이 진행됐다.

읍내 보건소에 가서 보건증을 받고. 또 보내고.

김도혁이 기다렸다는 듯 관련 서류들을 정리해서 지금 막 끝냈다고 연락을 주고.

정말 순식간이었다.

괜히 업계 1, 2위를 다투는 현무 법인의 변호사가 아니었다.

―상속 절차는 조금 걸릴 겁니다. 이것도 서류는 다 정리했지만, 이래저래 심사가 짧진 않아서요.

"예. 알고 있습니다."

―어쨌든 기분은 좋네요. 그 카페를 이어 가신다니. 안 한다고 했으면 정말 아쉬웠을 겁니다.

"그래 보이네요."

―하하! 그럼 다음에는 제가 손님으로 뵙게 되겠네요.

"예, 언제든 한 번 오세요."

그렇게 전화가 끊어지고 비로소 현실을 자각했다.

진짜 질러 버렸구나.

솔직히 고민했다고 해도 평소 나와 다르게 충동적인 게 없지 않았다.

결정된 이후 조건이야 어찌 됐든, 당장 법적 상속 가능기한은 짧지 않으니까.

느긋하게 지켜보고 그때 결정해도 됐는데…….

"……근데 그걸 지르고 나서 생각하냐."

이제 최소 10년.

문제없이 상속받은 걸 가지려면 카페를 그 기간 동안은 이어 가야 했다.

평소와 다른 행동을 한 대가는 좀 컸다.

하지만 어쩌겠는가.

어쨌든 내가 결정한 거였다.

'그래.'

적어도 이번 결정엔 스스로 진짜 하고 싶다는 확신은 있었잖아.

그거면 됐다.

하고 싶어서 했다가 하기 싫어져도 상관없었다.

안 하면 되니까.

까짓거 돈 뱉어 내면 되지 뭐.

'어차피 할아버지 돈이었지 내 돈이었나? 할아버지도 굳이 조건 달았으니 뭘 선택하든 불만은 없으시겠지.'

그렇게 생각하니 어쨌든 짧지 않은 10년이란 시간에 대한 부담도 덜어졌다.

언젠가 내렸어야 할 결정이기도 했으니. 오히려 빨리 부담을 던 걸 수도.

이제 한 가지 생각만 하면 되니까.

그 마음 그대로 카페로 가는 오솔길을 오르는데…….

지잉! 지잉!

"응?"

문자가 왔다.

부동산 제외, 할아버지가 남긴 89억 원에서 이것저것 세금 떼고.

또 다른 자산까지 정리하면 현금만 68억 원이라는 금액이 될 거라는 김도혁의 문자였다.

이어서 이대로 진행해도 되냐는 물음에 바로 답장했다.

—예. 그대로 진행해 주세요. 감사합니다.

답을 하고 나니 어쩐지 발걸음이 더 가벼워진 듯했다.

"금방 왔네?"

심지어 어제와 달리 진짜 금방 왔다.

수아, 수호 남매와 내려갈 때보다도 더 짧게 걸린 것 같은데?

그새 체력이 늘었을 리는 없는데.

아무래도 마음가짐이 달라져서 그런 모양이다.

뭐, 아무렴 좋았다.

기분 좋은 마음으로 공터를 가로질러 그 앞에 있는 문을 향해 걸었다.

사아아~

유난히 따뜻한 햇볕 위로 시원한 바람이 불었다.

아주 어릴 적.

지치고 힘들 적에 할아버지와 함께 이곳을 찾아왔던 그

때처럼.

위로가 필요할 때, 휴식이 필요할 때. 그럴 때마다 곁을 지켜 주던 그곳으로 돌아왔다.

물론 그때와 다르게 이제 나는 훌쩍 컸고, 더 이상 위로만 받는 존재가 아니었으며, 할아버지도 옆에는 없었다.

게다가 전엔 없었던 문도 하나 생겼다.

하지만 문을 열고 들어가자 포근하게 안아 주는 건 똑같았다.

딸랑~딸랑~

[카페—호랑이 쉼터]가 맑은 종소리로 반겨 줬다.

* * *

딸랑~ 딸랑~

문에 건 종이 바람에 흔들리며 소리를 냈지만, 지금은 거기에 신경 쓸 틈이 없었다.

"이건, 이렇게란 말이지."

생전 처음 만지는 기계와 레시피를 익히는 데 온 집중을 하는 중이었다.

그래도 일단 익히고 보니 그 뒤는 무척 쉬웠다.

"어? 됐다."

금방 뚝딱 레시피를 보고 만든 아메리카노.

템핑이다 뭐다 이런저런 이야기가 쓰여 있었는데, 막상

하니 전처럼 몸이 절로 쓱쓱 움직였다.

호호 불어 맛을 보니 맛도 썩 괜찮았다.

나름 영업 다니면서 바이어들과 유명하다는 곳들을 돌아다녀 봤다.

그런 곳과 비교해도 나쁘지 않은 편이었다.

최소한 먹을 만은 했다.

'할아버지가 어느 정도 맛을 냈는지 모르니 조금 걱정이긴 한데.'

그래도 당장은 이 정도면 영업할 수 있을 것 같았다.

첫술에 배부를 순 없으니까.

물론 계속 연습할 거다.

내심 카페를 이어 가기로 결정하면서 몇 가지 목표를 세웠다.

그중 하나가 바로 할아버지 이름에 먹칠하지 않게 하는 것.

여기에는 맛과 서비스 모두 포함이었다.

서비스는 그래도 사회생활 오래 했으니 그렇다 치고.

처음 하는 카페 영업에, 음료라곤 이제 겨우 몇 번 만들어 본 주제 무슨 자신감인가 싶지만.

나름의 근거는 있었다.

할아버지의 레시피북의 정리가 좋아서 메뉴의 걱정도 덜었고.

예전에 바리스타에 대해 가볍게 공부한 적도 있었다.

말 그대로 프로젝트 진행을 위해 딱 1주 속성반이긴 했지만······.
 아무튼 기본은 있다는 소리.
 '모르는 건, 그건 차차 해결하면 될 테니까.'
 차근차근 나가면 된다.
 맛은 방금 확인했듯 괜찮았다.
 나도 믿기 어려울 정도로.
 "의외로 원래부터 이쪽이 체질이었을지도······."
 원래도 꼼꼼한 편이긴 했다.
 신입 때도 일을 섬세하게 잘 본다고 칭찬받곤 했었지.
 어떻게 보면 그런 점이 잘 반영됐던 게 아니었을까?
 행주로 카운터에 떨어진 물기를 닦으며 그렇게 생각했다.
 그리고 무엇보다······.
 묘하게 안정적이었다.
 기분이 편안해진다고 해야 하나?
 오랜 기간 일을 해 왔음에도 한 번도 느끼지 못한 감정.
 그 탓에 묘하게 싱숭생숭한 것도 사실이었다.
 "그렇다고 너무 무리하진 말자."
 그리고 그럴수록 더욱 나 자신을 다잡기로 했다.
 이건 두 번째 목표이기도 했다.
 새로운 일에 의욕적인 것은 좋지만, 과유불급이라 했다.
 원래도 한번 시작하면 확 몰입하는 성격이었다.

스스로 조절하지 않았다간 또 그때처럼 브레이크가 망가져서 확 무리하며 내달릴지도 모른다.

그 결과가 어땠는지는, 이미 알고 있지 않은가.

밤새고, 주말 반납하고, 야근까지 밥 먹듯이 했는데 어떻게 됐던가.

퇴사 후 회사에선 지금까지도 연락 한번 없었다.

'나 하나 빠진다고 회사가 망하진 않는다는 거겠지.'

그런 거다.

그 안에 있을 땐 내가 되게 중요한 것처럼 보였지만 결국 갈아 끼울 수 있는 부품이었을 뿐.

그러니 그런 부장이라도 쓸모가 있었을 테지.

비록 쓸모가 대리 욕받이라 해도.

아무튼 그거야 이제 내 일도 아니니 신경 끄고.

중요한 건 그런 상황을 반복할 생각은 없다는 거다.

유산을 상속받는 데 '카페를 부흥시켜라' 뭐 그런 조건도 없었다.

그러니…….

"이 정도면 영업 준비는 된 거겠지?"

음료의 맛도 확인하고 만드는 방법을 연습도 했다.

가게 내부도 원래부터 관리가 잘 되어 있어서 문제 될 게 없다.

이제 진짜 영업을 시작해 손님을 받아볼…….

왜애앵~

"아니, 넌 자꾸 어디로 들어오는 거야?"

왜앵?

"……라고 하기엔 문이 활짝 열려 있었네."

언제부터인지 백수아가 랑이라고 소개해 준 아기 고양이가 카페에 들어와 있었다.

청소하고 환기한다고 열어 둔 문으로 들어왔나 보다.

혹시 모르니 일단 문은 다시 닫으면서 앞에 건 팻말은 돌렸다.

[카페 - 호랑이 쉼터, 열림]

드디어 기념할 만한 첫 오픈이다.

그나저나, 그럼 얘가 첫 손님이 되는 건가.

고롱~ 고롱~

"……그래. 내쫓진 않을게."

가까이 와서는 이리저리 몸을 비비며 그릉거렸다.

동물에는 별 관심 없었지만 이게 좋다는 표현인 건 알았다.

근데 첫 손님이 아기 고양이이면 대체 뭘 줘야 하지?

얘가 주문을 할 리는 없고.

"츄르라도 있나?"

혹시나 할아버지가 고양이 간식이라도 뒀나 싶어서 주방으로 가는데…….

왜앵!

"어? 야!"

주방으로 따라온 녀석이 갑자기 카페 뒷문으로 뛰어갔다.

나도 모르게 황급히 뒤쫓았다.

뒷문 밖에는 무성하게 자란 풀들로 가득한 뒷마당이 있었다.

할아버지가 오질 못한 며칠 사이 무럭무럭 자란 건지.

아니면 원래 이런 건지 모르겠지만 당장 정리할 필요는 없을 것 같아서 그냥 뒀는데.

왜애앵~

뭐가 좋은지 그 풀 위로 랑이가 폴짝폴짝 뛰어다녔다.

그러다 너무 기분이 좋은지 그대로 발라당 누워서는 몸을 이리저리 굴렀다.

그런데…….

"응?"

녀석이 굴러서 위로 자란 풀이 눌리며 드러난 땅에 뭔가 이상한 게 보였다.

글씨라고 해야 되나?

그것보단 보통 컴퓨터나 폰 화면에서 볼 법한 텍스트창?

그런 게 보였다.

근데 그게 말이 되나?

땅에서 왜 그런 게 보여?

"……뭐야? 진짜잖아?"

그런데 그게 현실이었다.

눈을 비비고 봐도.

가까이 가서 봐도.

[민트]
―효과 : 피로 회복, 스트레스 완화

보였다.
땅 위로 자란 풀에 꼬리표처럼 붙어 있는 텍스트 창이.
"······뭐지, 지금 꿈이라도 꾸는 건가?"
최근 며칠 피곤하긴 했지만.
그래도 그 정도는 아닐 텐데······.
어젯밤은 푹 자기고 했고.
정말 귀신이 곡할 노릇이었다.
뭐지?
진짜 굿이라도 해야 하나?
다니던 회사 특성상 아는 무당이 있긴 한데.
딸랑~ 딸랑~
혼란스럽던 와중에 맑은 종소리가 울렸다.
순간 움찔했지만 이내 그것이 문이 열리며 나는 소리라는 걸 깨달았다.
"손님?"
팻말을 돌려 뒀으니 보고 들어왔겠지?
오픈하고 첫 '사람' 손님인데 자리를 비울 수는 없지.
일단 이 문제는 나중에 다시 생각하기로 하고 손님부터 받기로 마음먹었다.
혹시 모르잖아? 잘못 본 걸지도.
손님을 상대하다 보면 어떻게 될지 또 모르니까.

"어서 오세요. 카페 호랑이…… 쉼……!?"

주방을 지나쳐 카운터에 어슬렁거리는 실루엣을 향해 반갑게 인사를 건넸다.

그런데…….

'저건 또 뭐야?!'

손님인 건 맞아 보였다.

하지만 여기도 이상했다.

볼까지 내려온 다크서클이 제일 먼저 눈에 들어왔으나, 그거야 직장 생활 때 많이 봤다.

특별한 일은 아니라는 거다.

하지만 그 손님의 몸은, 마치 장막이라도 두른 듯 주변이 온통 시꺼먼 아우라로 감싸 있었다.

아니.

자세히 마치 몸에서 스멀스멀 연기처럼 피어오르는 것처럼도 보인다.

게다가…….

[???]
―상태 : 만성 피로, 극도의 스트레스

시꺼먼 빛 덩어리에 방금 뒷마당에서 본 것과 비슷한 창 같은 것까지 있었다.

내용만 좀 다르고 레이아웃은 같았다.

두 번 연속 이상한 게 보이는 거면, 이쯤 되면 내가 이상한 건가?

혼란이 가중됐다.

뭐냐고 저건 도대체…….

"사장님?"

그렇게 잠시 혼자만의 생각에 잠겼을 때.

갈라진 탁성이 나를 향했다.

"예? 아, 어서 오세요. 카페, 호랑이 쉼터입니다."

"네네…… 혹시 아메리카노에 샷 세 번 추가 될까요?"

"샷 세 번이요?"

일단 태연한 손님의 모습에 나도 아무것도 보이지 않는 척 자연스럽게 응대했다.

아무래도 나한테만 저런 게 보이는 것 같은데? 그렇지 않고서야 저렇게 아무렇지 않게 주문을 할 리가.

사람은…… 맞겠지?

다크서클만 보면 다 죽어 가는 좀비처럼 보이는데.

"네네. 아…… 음…… 아니다. 출근도 안 하는데 오늘은 그냥 단 걸로 가야지. 사장님, 방금 거 취소하고 혹시 민트 초코 프라푸치노로 주실 수 있나요?"

"아메리카노 취소하고 민트 초코 프라푸치노 한 잔 말씀이시죠?"

"네."

"네, 주문 받았습니다. 잠시만 기다려 주세요."

최대한 담담하게 뒤를 돌아 음료를 만들 준비를 했다.

사실 지금도 심장이 두근거린다.

일단 주방으로 들어와서 자리를 찾아가는 손님을 힐긋 봤다.

헛것을 보는 건 아니었다.

분명히 지금도 보였다.

왜?

이게 왜 보이는 거지?

'미친……'

속으로 이 상황에 대해 욕을 했다.

그래.

할아버지가 그냥 수십억을 주는 조건으로 카페를 이으라고 할 리가 없지.

진즉, 예상했어야…… 아니, 이런 걸 예상 할 수 있을 리가 없잖아?

지금쯤 내 모습을 바라보고 있을 할아버지를 떠올렸다.

아마 웃고 계시겠지.

질 수 없다.

'일단 이게 무슨 일인진 잘 모르겠지만.'

우선 제대로 심호흡을 했다.

차분하게 생각해 보자.

그러자, 문득 아까 본 민트의 텍스트창이 머릿속에서 책이 펼쳐지듯 생각났다.

[민트]

―효과 : 피로 회복, 스트레스 완화

그래, 기억이 맞았다.
우연인지 모르겠지만 아까 손님한테서 본 것과 대칭이 되는 정보였다.
그리고 그 정보는 모두…….
'카페랑 관련 있어.'
내가 잘못된 게 아니라면, 이 카페에 뭔가 있을 가능성이 높았다.
생각해 보면 원래 이 카페가 있기 전의 공터도 뭔가 신비한 느낌이 있는 곳이긴 했지.
그 신비하다는 것이 이런 식으로 발휘될 줄은 상상도 못 했지만.
아무튼 지금 당장 뭔가 알아낼 수 있는 수단은 없었다.
그걸 알기 위해서, 지금 내가 할 수 있는 것은.
'만들어 보자.'
뒷마당에서 본 생민트를 넣은 음료.
왠지 거기에서 답을 얻을 수 있을 것 같았다.

* * *

김하나는 요즘 원하지 않은 일에 스트레스가 이만저만이 아니었다.
디자이너로 취직한 의류 회사에서 어느덧 2년 차.

하지만 입사한 날부터 지금까지 그와 직무와 관계없는 일만 주야장천 이어졌다.

사진 편집, 블로그 관리, 쇼핑몰 고객 센터 지원까지.

디자인 빼곤 다 하는 것 같았다.

게다가 지방 출장은 벌써 몇 번째인지 셀 수조차 없었다.

오죽하면 회사에서 일부러 자신을 나가게 하려고 떠미는 게 아닌가 하는 생각까지 들었다.

점점 일에는 의욕이 떨어지고 출근하는 시간이면 우울해졌다.

뭔가를 하면 할수록 자신의 일이 아니라는 생각에 마음은 더 지치고, 당연히 컨디션도 점점 떨어졌다.

하고 싶은 디자인은 언제쯤 할 수 있는 걸까.

먼저 같은 업계에 입사한 학교 선배들과 가끔 술 마시며 고민을 털어 봤지만…….

돌아오는 건 그저 좀만 더 참아 보라는 말뿐.

참고, 또 참고.

'그러니까…… 도대체…… 언제까지 참아야 되는 거냐고…… 요. 그거라도 알려 주든가.'

기약 없는 기다림.

그 탓에 자신의 능력에 대한 불안까지 커졌다.

인정이나 칭찬까지는 바라지도 않았다.

아니, 애초에 뭘 해야지 그것도 바라지. 아예 시켜 주질 않는데 뭘 할 수 있고, 뭘 기대할까.

학생 때 그렸던 모습은 이런 게 아니었는데…….

이미 퇴사만을 꿈꾸는 찌든 직장인이 되어 버렸다.

하지만 더 암울한 건.

당장 퇴사할 게 아니면 이것도 어쩔 수 없다는 사실이었다.

'오…… 랜만에 연차니까 드라이브나 가…… 자. 근…… 데 어디 가지?'

머리나 식힐 겸 취미 생활을 해 보기로 했다.

원래도 대학 생활부터 여행을 즐기던 그녀였다.

도시를 벗어나 자연을 보는 것.

그러면서 적당히 편의도 누릴 수 있는 곳,

'……카페.'

예전부터 스트레스를 많이 받으면 도시 말고 근교나 가까운 지방에 있는 카페를 찾아가곤 했다.

그러면 답답한 속이 좀 풀리니까.

그런데 이제 웬만한 곳은 다 가 본 게 문제였다.

폰으로 이리저리 검색해 봐도 마땅한 곳이 없었다.

'여긴…… 전에 가 봤는데 맛…… 이 너무 별로고, 여…… 긴 벌레가 너무 많아…….'

사진은 그럴싸한데 막상 가면 볼 게 없는 곳도 거르다 보니 정말 갈 만한 곳이 없었다.

어느덧 정처 없이 떠돌기만 하다 이대로 연차를 날려야 하나 싶던 그때!

"으…… 응? 여…… 긴 어디…… 지?"

별스타그램이나 네이브 검색으로는 안 나왔다.

근데 지도로 보니 안 가 본 곳이 하나 눈에 보였다.

상세 정보를 보려고 해도 위치랑 상호만 덜렁 있어서 딱히 다른 정보는 없었다.

'모…… 아니면 도…… 지.'

별로면 그냥 드라이브했다고 치면 된다.

어쨌든 지금은 그냥 떠날 수 있는 곳이 필요한 거니까.

바로 차를 몰고 달려서 도착한 곳.

차가 올라가기 좀 그런 오솔길 안쪽으로 목적지가 찍혀서 근처에 그냥 세웠다.

그리고 걸어 올라가니…….

'대…… 박.'

사방이 숲으로 둘러싸인 공터가 나오고. 위로 뻥 뚫린 하늘과 그 아래 그림 같은 나무 오두막 하나.

앞에 서 있는 원목 간판까지 완벽했다.

볼 것 없이 곧장 문을 열고 안으로 들어갔다.

딸랑~ 딸랑~

맑은 종소리가 먼저 맞아 주고…….

"어서 오세요. 카페 호랑이…… 쉼……!?"

왠지 모르게 뛰어온 듯한 사장님이 헐떡이며 맞이해 줬다.

근데 왜 놀란 표정이지?

생긴 건 저런 표정이라고는 안 지을 것처럼 무뚝뚝해 보이는데…….

* * *

생각해 보니 하나 놓치고 있던 게 있었다.

레시피북에는 생민트를 썼다고 적힌 건 봤다.

당연히 맛 때문일 거라고 생각했는데. 과연 할아버지는 그걸 어디서 가져왔을까.

배달도 잘 안되는 곳이다.

매번 생민트를 사 왔을 리는 없고.

냉장고에도 따로 없었다.

답은 간단했다.

현지 조달.

손님의 머리 위로 떠 오른 창과 민트 위에 떠 오른 창.

둘이 연관 관계가 없으리라는 게 더 이상할 노릇이다.

그러니.

'이것도 확인할 수 있겠지.'

음료를 만들어 보면 알 수 있을 거다.

뒷문을 열기 전 뒤를 흘깃 봤다.

여전히 시커먼 뭔가를 뒤집어쓴 손님이 보였다.

'피로라······.'

옛날 한 광고에서 사람의 뒤에 무언가가 매달려 있는 것으로 피로를 묘사한 게 있었다.

그렇게 보면 저 검은 기운은 제법 직설적인 느낌까지 든다.

뭔가, 보면 끈적끈적 눌어붙은 타르 덩어리처럼 느껴지

니까.

떼려 해도 잘 안 떼질 거 같아 보인다.

'그리고 이 민트.'

뒷문을 열고 나오자 보이는 작은 텃밭.

여전히 같은 곳을 뒹굴고 있는 랑이와 그 옆에 그게 보였다.

조심스럽게 다가가 땄다.

적당히.

한주먹 쥐어진 민트에는 여전히 텍스트창이 보였다.

"후우—."

좋아.

이제는 만들기만 하면 되는 거다. 곧장 안으로 들어와 민트를 씻고 다듬었다.

그 뒤는 일사천리다.

위이잉!!

만드는 과정은 가루를 썼을 때와 다르지 않았다.

메인 재료만 달라졌을 뿐 오히려 원래 레시피와 같았다.

얼음과 우유를 넣고 생민트를 잘게 썰어 넣었다.

나머지는 같은 과정.

과연 이게 내 생각대로 제대로 될까?

생민트를 쓴 건 처음인데 혹시 문제는 없을까?

여러 생각이 머릿속에서 부딪혔지만, 그런 생각과는 별개로 손을 시원시원하게 움직였다.

충분히 섞인 그것을 투명한 컵에 담고 휘핑크림을 올린다.
마지막으로 그 위에 멀쩡한 이파리를 하나 가볍게 올리며 데코까지 완료.
그러자.

[민트 초코 프라푸치노]
―효과 : 피로 회복, 스트레스 완화

여기도 텍스트 창이 붙었다.
예상대로였다.
단순히 가루로 만들 때와 다르게 음료에 새로운 창이 떴다.
가볍게 고개를 끄덕이며 몸을 움직였다.
"주문하신 음료 나왔습니다."
카운터로 트레이를 가져갔다.
창가에 앉아 있던 손님이 스멀스멀 일어나더니…….
별말 없이 음료를 들고 돌아갔다.
그리고 느긋하게 창밖을 보면서 입을 댔다.
과연 어떨까?
내 예상이 맞았을까?
두근거리며 그 모습을 지켜본다.
한 모금 마셨다.
'응?'

아니, 두 모금? 세 모금?

꿀꺽! 꿀꺽!

조금 마시는가 싶더니, 아예 한 번에 다 비웠다.

그리고······.

"와아—! 대박!"

빈 컵을 내려놓은 손님은 내가 있는 것도 잊었는지 육성을 질렀다.

만족한 건가?

다른 변화는······!?

사아아~

그때, 바람이 불어왔다.

문을 열어 두지 않았는데 어떻게?

그런 의문은 곧 사라졌다.

아니, 궁금해할 틈이 없었다.

바람의 발원지는 다름 아닌 방금까지 음료를 마시고 있던 손님이었으니까.

손님으로부터 불어온 바람이 그에 붙었던 시커먼 먹구름을 가득 품고 곧장 이리로 오고 있었다.

뒤늦게 알아차리고 피하려 했지만 늦었다. 너무 **빠르**다.

온다고 생각하는 순간 이미 바로 눈앞에 있었다.

그리고.

사아!

"······?!"

피하지도 못하고 맞은 바람이 그대로 내 몸에 흡수가 됐다.

* * *

혈관을 지나는 혈액처럼 몸속을 흘러 다니는 느낌이 너무 생생하다.
가슴에서 시작돼서 팔, 다리, 그리고 머리까지.
흡수된 바람은 그렇게 온몸을 휘젓듯 다녔다.
그런데 지나갈 때마다 묘하게 시원한 느낌이 들었다.
차가운 것을 마셨을 때 그 온도가 식도를 타고 배 속으로 들어가는 동안 느껴지는 것과 비슷했다.
대신 그게 온몸에서 느껴졌다.
'이게 뭐지?'
지금 내가 겪고 있는 게 현실인 건가?
그 순간 바람이 머릿속을 훑고 지나가자 민트를 한 움큼 씹은 듯 화한 느낌과 함께 정신이 번쩍 들었다.
지금 이러고 있을 때가 아니었다.
이상한 건 이것뿐만이 아니니까.
"사장님? 사장님!"
"……예?"
"아까부터 불렀는데."
"아."
"음? 저 아까 마신 거 하나 더 주문할 수 있을까요?"

멀쩡한 사람이 눈앞에 고개를 갸웃하면서 말을 한다.
 이게 무슨 말이냐면.
 아까까지만 해도 손님을 뒤덮고 있던 시커먼 빛 덩어리가 어느새 사라져 있었다.
 대신 멀쩡한 여자 손님이 되었다.
 찌든 직장인의 진한 다크서클에 퀭한 느낌도 다소 나아졌고, 칙칙한 분위기가 밝게 변했다.
 딱 저 나이대의 사람처럼.
 아예 사람이 바꿨다 해도 믿을 정도다.
 내 눈이 잘못된 게 아니면, 분명 그랬다.
 "사장님?"
 "아, 죄송합니다. 하나 더 주문한다고 하셨죠?"
 "네, 음…… 아, 저 평소에는 안 그래요. 이건 그러니까 오느라 목이 마르기도 했고, 너무 맛있어서."
 묘하게 횡설수설하는 손님.
 마치 자기도 왜 이러는지 모른다는 듯 변명하고 있었다.
 역시 내 생각이 잘못된 건 아니었다.
 밝다.
 원래 이런 성격이었겠지.
 "아무튼, 오랜만에 정신이 확 깨는 거 같네요. 치약을 통으로 짜 먹는 기분이라고 할까? 아, 농담이에요 농담!"
 뭔가, 좀 너무 깨방정인 거 같기도?
 아무튼 중요한 것은 그 결과였다.

그녀에게 바뀐 것은 겉모습과 분위기만이 아니었으니까.

그녀 자신은 모르겠지만, 나에게만큼은 그게 너무나 잘 보였다.

말 그대로 말이다.

'민트에 달린 텍스트 창은 지금도 보이고, 그리고······ 저것도.'

[김하나]
—'민트 초코 프라푸치노' 적용 중(36)
—적용 효과 : 피로 회복, 스트레스 완화

손님에게 붙은 텍스트창의 내용이 변해 있던 것이다.

확실히 아까와는 달라졌다.

머릿속이 차가워졌다.

다름을 확인하자 상황이 이해가 됐다.

우선 빠르게 한 잔 더 만든 음료를 주고 손님을 자리로 돌려보냈다.

그리고 이번엔 여유롭게 밖을 구경하면서 음료를 음미하는 손님의 모습을 제대로 살폈다.

꿀꺽! 꿀꺽!

"으음~! 진짜 맛있어······."

그렇게 천천히 입을 뗀 손님에게선 아까처럼 시커먼 바람이 불어오진 않았다.

대신 감탄과 몸 주위에서 초록색 무언가가 피어올랐다.

 그 모습에 조용히 폰을 꺼냈다.

 몸에 밴 습관이 자연스럽게 메모장을 켰다.

 회사 다닐 때 쓴 빼곡한 노트들을 보니 이것도 정리해야겠다 싶지만.

 우선은 눈앞의 것부터.

 답을 얻었으니 지금 생각하고 있는 걸 잊기 전에 얼른 메모해야 했다.

 '일단 이게 현실이라는 전제하에…….'

 ─손님은 평범한 사람(내가 보는 것을 보지 못하는 듯함).

 ─민트에 보이는 텍스트 창은 진짜.

 ─손님 곁에 보이는 아지랑이, 혹은 아우라 같은(그냥 아우라라고 정의) 초록색 빛 덩어리는 음료의 효과.

 ─처음 봤던 손님에게 붙은 시커먼 덩어리(종류 다른 아우라)는 음료 효과에 사라짐, 혹은 바람과 함께 내게 흡수.

 ─그리고 이 모든 일은 내 눈에 전에 보이지 않던 것들이 보여서 생긴 것들이다.

 마지막에 적은 문장에 줄을 그었다.

 그래.

모든 일은 여기서 시작이었다.

그리고 이 시작이 문제였다.

그 뒤에 일어난 일은 인과관계가 확실했다. 믿기 힘든 마법 같은 일이라서 그렇지.

아무튼.

갑자기 내게 이런 일이 일어난 원인은…….

'……꿈?'

노트를 작성하던 손이 여기서 멈췄다.

갑자기 무슨 뜬금없는 꿈 얘기인가 싶지만…….

신비로운 곳에 세워진 이곳, 카페 호랑이 쉼터.

고개를 들어 창밖을 봤다.

여전히 신비로움을 간직한 공터와 숲이 보였다.

그 순간 영상 하나가 오버랩됐다.

이곳에 와서 처음 꾸었던, 아직도 생생하게 기억하고 있는 꿈의 한 장면이었다.

신선과 그 주변에 있던 다양한 동물들.

거기서 놓쳤던 걸 알아챘다.

바로 주변의 풍경이었다.

'그래. 꼭 저기랑 닮았었지.'

어린 시절 추억이 깃든 곳이니 꿈 배경으로 나타난 걸 수도 있었다.

하지만 이성이 아니라고 얘기하고 있었다.

문득 저기에 누워서 멍하니 있다 보면 세상 근심 다 사라지고 몸이 가뿐해졌던 것도 떠올랐다.

그냥 기분 탓이 아니었나.
거기에 한 가지 더.
'할아버지도 꿈을 꾸셨지. 나처럼 호랑이 나오는 꿈을.'
단순한 태몽이라고 생각했는데.
어쩌면 그게 아닐 수도 있겠다는 생각이 들었다.
이곳의 이름도 그래서 호랑이 쉼터가 아닌가.
이 땅, 그리고 그 위에 세워진 카페.
여기엔 분명 특별한 무언가가 있었다.

* * *

정리를 끝내는데 꽤 시간이 지났다.
메모를 저장하고 카페 내부를 보니……
다행히 손님도 그제야 다 마시고 쉰 듯 자리에서 일어났다.
그리고 야무지게 테이크아웃까지 주문했다.
"주문하신 음료 나왔습니다."
"네! 감사합니다!"
들고 갈 음료까지 손에 쥔 손님은 꾸벅 인사한 뒤 문을 잡았다.
그러다 우뚝! 갑자기 멈춰 서서 돌아보더니 소리쳤다.
"사장님! 완전 잘 쉬었다가 가요! 다음에 또 올게요!"
"……감사합니다."
밝은 목소리로 잘 쉬었다고 말했다.

확실히 생기가 넘쳐 보이긴 했다.

그러고 보니 원래 저런 목소리였던가?

지옥에서 올라온 두더지처럼 갈라지고 탁했던 것 같은데.

심지어 말도 제대로 못 하고, 표정은 잔뜩 일그러진 느낌이었는데…….

아까는 음료를 마시고 검은 덩어리가 사라진 뒤에는 훨씬 밝아졌다.

물론 젊은 나이와는 어울리지 않는 깨방정이 미묘하긴 했지만 어쨌든.

'음료의 효과가 생각보다 더…….'

큰 것 같다.

그리고 무엇보다…….

손님의 주변에는 이제 이전 같은 음울한 시커먼 덩어리가 아니라, 싱그러운 초록색 아우라가 뿜어지고 있었다.

옅지만 충분히 눈으로 볼 수 있는 정도로.

보이는 텍스트창도 민트 음료 효과는 여전히 적용 중이라고 말했다.

근데 정작 본인은 전혀 모르는 듯했다.

아우라도, 텍스트창도.

하긴 저게 안 보이는 게 현실적이지. 역시 지금 일어난 일은 모두 내게만 보이는 거 같았다.

아마 지금 손님은 그냥 음료를 마시고 개운해졌다고 생각하지 않을까?

카페에서 충분히 쉬어서 몸도 가벼워졌다고.

딸랑~ 딸랑~

그렇게 인사를 한 손님이 문을 열었다.

맑은 종소리가 내부를 울렸다.

다음에 또 오겠다는 말과 함께 그렇게 진짜 떠났다.

정말 다사다난했다.

대체 이 짧은 시간에 얼마나 많은 일이 있던 건지…….

뒷마당에는 마법 같은 효과가 있는 풀이 있고, 그 풀로 만든 음료를 마시고 사람의 몸에서 생기가 흐르다니.

이걸 어디 가서 말한다 해도 과연 믿을 사람이 있을까.

"후—."

한숨과 함께 자리에 털썩 앉았다.

어쨌든 바쁘지 않은 데 무척이나 바빴던, 무섭고 이상했던 손님맞이가 끝났다.

이제 겨우 한 명이었지만.

'일단 생각해 보자…….'

조금 멍했다.

상황이 다 끝난 지금, 후폭풍이라고 해야 하나?

아무튼.

'도대체 어떻게 이게 가능한 거지?'

다시 되새겨볼수록 이걸 어떻게 받아들여야 할지 모르겠다.

너무 마법 같은 일이라 사실은 내가 잠시 미친 게 아닐까 싶을 정도.

하지만 그러기엔 지금 나는 멀쩡했다.

넋이 살짝 나간 것처럼 멍하니 천장을 봤다.

할아버지의 손때가 탄 천장은 거미줄, 먼지 하나 없이 깨끗했다.

'할아버지.'

그 위로 지금 상황을 보고 장난스런 표정을 짓고 있을 얼굴이 천장에 그려졌다.

할아버지는 내게 뭘 남기신 걸까.

이곳이 단순히 함께 공유하고 있던 추억의 장소는 아니라는 건 이제 알았다.

그럼 도대체…….

―이런 헛똑똑한 놈아! 한 번 사는 인생, 뭘 그렇게 복잡하게 살아? 진짜 중요한 건 단순하다고 몇 번이나 말해!

천장에 그려진 할아버지가 웃으며 호통을 쳤다.

그에 정신이 번쩍 들었다.

진짜 중요한 거.

여기서 진짜 중요한 건 뭐지?

흘깃!

아까 손님이 나간 문으로 시선이 향했다.

들어올 때와 다르게 나가는 손님의 발걸음이 생각났다.

밝고 가벼웠다.

마치 자신이 이 공터에서 쉬었다 갔을 때처럼.

스윽.

이번엔 수아와 수호, 그리고 랑이가 이곳에 함께 머물렀던 곳으로 시선이 향했다.

하도 시끄럽고 정신이 없어서 곤란하긴 했으나.

그 덕에 한창 울적했던 마음이 다소 편안해질 수 있었다.

'단순하게.'

할아버지의 말처럼, 정말 그렇게 생각하니 갑자기 머리가 맑아지는 기분이었다.

머리를 복잡하게 만드는 건 일어난 상황이 아니라 나였다.

이미 일어난 일에 골머리를 썩일 필요 없었다.

게다가 그 모든 것의 답도 간단했다.

'카페를 이어서 운영하는 것.'

여기가 뭐 특별하고, 이상한 일이 일어나고.

그건 중요하지 않았다.

이 카페에서 할아버지가 그랬던 것처럼.

찾아오는 여러 손님과 새로운 추억을 만들면 될 뿐이었으니까.

이 간단한 답을 찾기 위해서 그리 멀리 돌고 돌다니.

아무래도 할아버지의 말대로 난 헛똑똑이가 맞았나 보다.

'그럼 일단 이 능력에 대해서 정확히 파악해야겠지.'

앞으로 카페를 운영하면서 이 능력은 빼놓을 수 없었다.

오늘 있던 일만 생각해도 대단했다.

이걸 어떻게 활용해야 할까?

나도 모르게 머릿속에 이런저런 생각들이 떠오른다.

그리고 보니 할아버지는 이 현상에 대해서 알고 있었겠지?

그렇다면…….

"분명 뭔가 단서를 남겼을 거 같은데."

워낙 장난을 좋아하는 분이셨으니.

분명 보물찾기처럼 이런저런 곳에 힌트를 숨겨 뒀을 거다.

이 카페의 능력을 나한테 말도 안 해 줬던 거처럼 말이다.

그걸 이제 알았냐는 듯 혀를 끌끌 차는 듯한 할아버지의 얼굴이 머릿속에 그려진다.

아까 손님의 자리를 정리할 겸, 겸사겸사 카페의 곳곳을 살펴보았다.

바닥이나 의자.

그리고 인테리어의 뒤편이나 심지어 창틀과 선반 틈까지도.

하지만 딱히 무언가 이상한 것은 없다.

'내가 잘못 생각한 건가? 그럴 리는 없는데…….'

일단 많이 움직였으니 좀 쉬어야지.

그 단서라는 것도 막 당장 찾지 않으면 도망가고 그런 건 아닐 거다.

그렇게 근처 자리에 앉은 뒤.

고개를 의자에 푹 기대고 누워 천장을 봤다.

그러자.

"응?"

천장에 난 작은 창문 위로 커다란 흰 찹쌀떡이 푹 늘어져 있는 게 보였다.

'저건 또 뭐지?'

진짜 찹쌀떡을 얹어 놨을 리는 없고.

그렇게 벌떡 일어서서 그것을 잡기 위해서 움직이려는 순간.

"크흠! 흠!! 거기, 사람 있는가?"

"응?"

생각하기 무섭게 밖에서 인기척과 함께 목소리가 들려왔다.

심지어 아는 목소리였다.

고개만 돌려서 보니.

문밖에 선 낯익은 얼굴과 함께 민소매 안팎으로 채워진 근육이 보였다.

그리고 그 근육은…… 아주 날이 잘 갈린 낫을 들고 있었다.

* * *

살벌하게 꿈틀거리는 것이 웬만한 보디빌더 못지않다.

당장 강남의 유명 PT샵 벽면에 붙어 있어도 손색없을 거 같은 몸매.

덤벨이나 바벨이라도 들고 있어야 할 거 같은 손에 들린 것은 의외로 헬스 기구가 아니라 농기구였다.

운동이 아니라 일을 하다가 온 건가?

아무튼.

구슬땀이 묻어 있어서 더욱 돋보이는 근육맨은 당분간 신세를 지게 된 우리 이장님이셨다.

"이장님?"

"오! 오픈이라 적혔길래 들렸는데……. 혹시 자네가 여기 이어 가기로 한 건가?"

"예, 그렇게 됐습니다."

"아아, 그래? 그렇단 말이지…… 그럼 지금 혹시 영업 중인가?"

"아, 예. 그런 셈이죠."

"……그러고?"

이장님이 고개를 갸웃하며 물었다.

반응이 이상해서 뭔가 싶었는데.

생각해 보니 영업한다는 사람이 카운터가 아니라 의자에 앉아 고개를 젖히고 있으면 저런 반응이 나올 만했다.

방금까지 훌륭하게 첫 손님을 보냈던 만큼 조금 억울하지만.

노는 걸로 보였을 수도 있겠다.

몸을 일으키며 말했다.

"아! 잠깐만요. 일단 들어오시죠."

"아아. 괜찮네. 그보다 그럼 혹시 아까 여기서 내려온 젊은 처자 여기 손님인가?"

"젊은 처자라면…… 맞는 것 같은데요?"

"음음. 그렇구먼."

뭐지?

반응을 보니 일하다가 카페에 뭘 마시러 온 건 아닌 것 같고.

뭔가 할 말이 있으신 것 같은데.

"할아버지께 들으셨는지 모르겠지만 저 밑에 도롯가에는 차를 대면 곤란해. 저쪽 길은 트렉터나 콤바인 같은 것들이 왔다 갔다 하기도 하고 커브라서 위험하기도 하니까."

"아!"

그 말에 뭔지 바로 이해했다.

주차장.

이건 도시에서도 정말 골칫거리 중 하나였다.

그리고 그건 이런 시골에서도 마찬가지였나 보다.

조금 다른 의미긴 하지만.

"죄송합니다. 거기까진 미처 생각을 못 했네요. 그쪽에는 안내를 해 두겠습니다."

이런 경우 시작부터 얼굴을 붉히면 될 일도 안 되는 경우가 많았으니 일단은 사과부터 했다.

그러자 이장님은 손사래를 쳤다.

"괜찮아, 괜찮아. 그럴 수 있지."

"혹시 할아버지가 계실 땐 어떻게 안내했는지 물어봐도 될까요?"

"그땐 올라가실 때마다 팻말 하나 세워 두셨어. 그리고 그 도로에서 조금만 더 가면 안 쓰는 땅 하나 있을 걸세. 거기에 대고 오라고 하면 되네. 단골들이야 알 테지만 처음 온 사람들은 모르더라고."

"아! 감사합니다."

도움을 청하니 이장님은 첫인상처럼 친절하게 알려 주셨다.

애초에 그러려고 들린 것 같긴 했다.

저 근육에 낫을 들고 있는 모습이 자못 위협적인 비주얼이라 그렇지.

"그나저나, 다시 오픈한다니까 기분은 좋구먼."

순간 이장님은 감회가 새로운 듯 이리저리 둘러보셨다.

이런.

이러고 있을 때가 아니었구나.

"잠깐만 기다리세요. 금방 음료 시원한 거 하나 드릴게요."

"아니야. 아냐. 더 있으면 큰 손실 나. 마시는 건 다음에 오고 그럼 난 이만 가 보겠네. 크흠! 큼! 어휴 무슨 풀이 이렇게 많이 자랐어? 귀신 나오겠네. 귀신 나오겠어. 큼큼."

얼른 주방에 가서 음료를 만들려고 했으나.
이장님은 재차 괜찮다며 들어오지 않고는 그대로 돌아서셨다.
그리고 그렇게 유유히 다시 오솔길을 내려가셨다.
근데 마지막에 중얼거리듯 한 말은 나 들으라고 한 거겠지?
어쩐지 억울한 마음은 있었지만 사실 나도 그렇게 생각하긴 했으니까.
'안 그래도 거기도 정리할 필요는 있지.'
어떻게 보면 처음으로 이 특이한 창이 나온 곳이었으니.
가만 살펴보면 민트뿐만 아니라 다른 것들이 더 나올 수도 있었다.
좋아.
풀숲을 정리하는 겸 다른 건 뭐가 있나 찾아보자.
그럼 그전에…….
고개를 들어서 천장을 살펴봤다.
아까 이장님이 오기 전에 발견한, 하얀 무언가가 있는 그곳이었다.
"어? 없네."
하지만 그것엔 이미 아까 보였던 찰떡같은 무언가는 존재하지 않았다.
다시 꼼꼼히 살펴봤지만 투명한 창일 뿐.
'하는 수 없지.'

아까 이미 배우지 않았나?
이미 없어진 것으로 고민해 봐야 어쩔 수 없다.
다음번에 또 보이면 그때 확인하면 되겠지.
그러면.
'우선 하나씩.'
해야 할 일을 정했다.

─왜 이런 일이 일어났는지, 꿈속에서도 나온 이곳에 대해 알아보기.
─이곳에서 얻은 능력? 혹은 특별한 일이나 특이사항 정리.
─올라오는 오솔길 정리.
─뒷마당 정돈 및 민트 같은 특별한 재료 찾기.
─찾아올 손님을 안내할 팻말 찾고 주차할 곳 살펴보기.

첫 번째와 두 번째는 어차피 계속해 나가야 하는 거기도 하고 머리를 써야 하는 거니 적어만 뒀다.
나머지는……
"땀 좀 흘리겠네."
날씨는 늦봄에서 초여름으로 넘어가고 있어서 빛만 피하면 그리 덥진 않았다. 단지 빛을 피할 수 없는 일들이라 그렇지.
그래도 오늘 해 놓고 나가면 내일은 편할 테니.

그래.

"내일 할 일을 미루면 안 되겠지."

바로 준비하기로 했다.

이것도 사업인 만큼, 마음먹자 버릇처럼 몸이 자연스럽게 움직였다.

'도구가 있을 텐데.'

맨손으로 할 순 없으니 도구를 뒀을 곳을 찾았다.

그 순간, 이곳을 오면서 보았던 카페의 구조가 머릿속을 스쳤다.

아까 뒷마당에서 왼쪽으로 돌아가면 그 근처에 작은 창고 같은 나무 건물이 있었던 거 같은데…….

바로 뒷문을 통해 나갔다.

역시 기억대로 거기엔 마치 이케아 같은 데서 팔 거 같이 생긴 조립식 창고가 있었다.

열쇠는 걸려 있지 않은 거 같고…….

다가가 바로 문을 열어 봤다.

"아, 진짜. 정리……."

할아버지가 대충 쓰다가 처박아 놓은 듯. 여기 저기 쌓여 있는 물건들로 창고는 어지러웠다.

굳이 보여 줄 필요 없는, 보이고 싶지 않은 내면이라 이건가.

잘 정리된 카페 내부와 외부와는 참 달랐다.

그래도.

"아, 이게 이장님이 말씀하신 그건가?"

아까 말했던 팻말은 바로 찾을 수 있었다.

매일 썼던 탓인지 입구 쪽에 있었다.

일단 이거 꺼내고…….

쿠다다당!

"끄응!"

뭔가 걸린 건지 힘껏 잡아당기다가 그대로 뒷마당에 엉덩방아를 찧으며 넘어졌다.

왜앵~?

"하……."

진짜 오늘 다사다난하다.

넘어져서 올려다보니 뒷마당으로 이어진 지붕과 맑은 하늘이 보인다.

참 맑기도 하지.

그때!

왜앵?

언제 올라갔는지 지붕 위에서 고개만 삐쭉 내민 랑이.

녀석은 뭐하냐는 듯 고개만 갸우뚱하며 내려다봤다.

쟤는 언제 저기 올라갔……아!

그러고 보니 천장에 난 하얀 찹쌀떡…….

아무래도 저 녀석 뱃살인 것 같은데?

딱 저 사이즈가 창문 위에서 뒹굴었으니.

마침 녀석의 뱃살은 등의 무늬와 달리 하얬고, 지금 지붕에 있다는 건…….

"너였구나."

왜애앵~?

재는 그냥 신기해서 우는 거겠지만 왠지 모르게 울컥했다.

    *   *   *

날이 질 때까지 뒷마당 정리는 마무리하지 못했다.

잡초의 뿌리가 너무 길고 굵어서 힘이 너무 많이 들었다.

다 했다간 내일 몸살이 날 지도.

뚝뚝!

이미 온몸은 땀범벅이 됐다.

'더는 못해.'

오늘은 여기까지다.

나머지는 내일 하기로 했다.

할아버지가 왜 창고를 그렇게 썼는지 알 것 같기도.

"후우—."

대충 풀 뜯던 손 도구를 창고에 처박아두고 카페 안으로 들어왔다.

시원한 음료라도 만들어 마실까?

조금 귀찮은데…….

그 순간 갑자기 떠오른 생각.

'그러고 보니 나한테도 음료의 효과가 작용하려나.'

아.

궁금해져 버렸다.
귀찮은데.
진짜 그냥 아무것도 하기 싫은데.
하지만 지친 몸이 그 궁금함을 참지 못하고 일어났다.
순식간에 음료를 만들어 냈다.
그리고 테이블에 앉아서 마시자……

*상태
―민트 초코 프라푸치노' 적용 중(24)
*적용 효과
―피로 회복
―스트레스 완화

예상대로 음료의 효과는 나한테도 있었다.
아까까지만 해도 피로했던 몸이 가벼워지고 머리고 맑아진 기분이다.
이런 거였구나.
왠지 첫 번째 손님의 기분이 이해가 됐다.
안 그래도 몸이 무거운데 이런 효과라면 그럴 수밖에.
효과는 이미 받았지만 시원한 맛에 또 한 모금 마시려고 고개를 젖히는데…….
"응?"
천장의 창문에 또 찹쌀떡이 보였다.
저 녀석, 아직도 저기 있나?

설마 못 내려오는 건 아니지?

"……후."

무거운 몸을 이끌고 뒷마당으로 나가려는데.

"라아아앙~!"

학교에 갔다 왔는지 가방을 멘 수아가 랑이를 부르며 오솔길을 달려와 공터에 모습을 보였다.

쟤는 진짜 체력이…….

어떻게 저길 뛰어오면서 저렇게 소릴 낼 수 있을까.

역시 애들은 대단했다.

"어? 아저씨! 안녕하세요오!"

"그래."

마침 나가려던 나를 발견했는지 고개를 꾸벅 숙이며 인사했다.

"우와앗!……히히!"

가방이 무거운지 휘청하는 모습에 나도 모르게 미소가 새어 나왔다.

지도 웃긴 지 머쓱하게 웃는다.

참 밝네, 밝아.

"근데 아저씨 뭐해요?"

"전에도 말했지만 그런 질문은 내가 하는 게 맞지 않을까?"

"우아. (T다. 확신의 T.)"

"혼잣말처럼 해도 다 들린다."

"히히!"

말은 잘해도 결국 아직 외모는 어린애였다.
아이처럼 웃으니 애다워서 마주 웃게 된다.
하루 힘들었던 일을 잊게 만드는 미소라고 해야 하나.
"근데 랑이 찾으러 여기까지 왔어? 왜?"
"여기서 냄새가 나거든요."
"냄새?"
"네!"
허공에 대고 킁킁 코를 씰룩이는 수아.
무슨 냄새가 난다는 거지.
공터에는 숲 향으로 가득해서 딱히 모르겠다.
'애초에 쟤한테서 냄새가 나도 그 먼 곳에서 맡은 게 말이 안 되잖아.'
또 놀렸구나.
요 녀석.
뒤늦게 깨달은 표정을 짓자 익살스런 모습으로 녀석이 슬쩍 한 걸음 떨어졌다.
"하— 학교 마치고 오는 거야?"
"네!"
"여긴 랑이 데리러?"
"랑이는 어차피 오빠가 오면 알아서 와요."
"그럼?"
"그냥. 아저씨도 볼 겸 겸사겸사?"
"얼씨구? 민초푸 마시고 싶은 게 아니라?"
"히히!"

랑이는 핑계였구나.

어차피 마감이니 음료 하나 만들어 주는 거야 어렵지 않았다.

"안에 들어와서 기다릴래? 아니면 랑이랑 놀고 있던지."

"네! 랑아~"

곧장 지붕 쪽으로 뛰어가는 모습에 피식 웃으며 안으로 들어왔다.

음료의 효과 때문인지, 수아의 밝은 모습 때문인지.

아까까지 땀 흘려서 피곤했던 게 싹 사라진 것 같다.

음료를 만드는 손도…….

'오?'

이번엔 진짜 빨랐다.

기록을 세울 수도 있겠는데?

그렇게 익숙하게 한 잔 만들어서 밖으로 나가 보니.

"수아야. 여기 음료……응? 애는 또 어디 갔어?"

얼마나 지났다고 애가 없었다.

그사이 내려가진 않았을 거고.

스윽.

고개를 슬쩍 들어 지붕 쪽을 보니…….

가지런한 바가지가 미처 숨지 못하고 까꿍! 하고 솟은 게 보였다.

제 딴에는 열심히 숨었다고 생각하는 건가?

헛웃음이 나왔다.

귀여우면서도 황당하다고 해야 하나.

'그나저나 저긴 또 어떻게 올라갔어?'

랑이가 지붕 위에 있으니 따라 올라간 것 같은데.

랑이야 고양이니 그렇다 치고, 저 쪼그마한 녀석은 또 어떻게 올라간 건지.

뭐, 일단 장단이나 맞춰 줄까.

"얘가 어디 갔지?"

봤지만 일부러 못 본 척 공터만 두리번거렸다.

그와 동시에 지붕 위에서 부스럭거리는 소리와 함께 킥킥대는 아이 웃음이 흘러나온다.

숨을 거면 제대로 숨든가.

다 티 나서 모르는 척하는 것도 힘드네.

왜앵?

"앗! 랑! 쉿쉿!"

심지어 지들끼리 팀워크도 안 맞았다.

랑이가 고개를 내밀며 울려고 하자 급히 손이 올라와 막았다.

'그러니까 그걸 왜 다 보이게 하냐고.'

애랑 놀아 주는 건 참 쉽지 않구나.

이 정도면 모르는 척하는 게 더 이상했다.

"거기 있었구나?"

"앗! 들켰!"

"뛰지 마, 떨어지면 다쳐. 거긴 또 어떻게 올라갔어?"

"히히!"

수아는 대답 대신 웃음과 함께 지붕 위로 쏙 들어가 버렸다.

뭐지?

저기에 저렇게 쏙 들어갈 수 있는 공간이 있었던가.

"잡아 보세요!"

녀석의 목소리만 지붕 위에서 들렸다.

동네에 놀 사람이 없는데 마침 놀 사람이 생겨서 신난 건지.

웃음이 나왔다.

근데 저길 어떻게 올라가지?

'아.'

그러고 보니 아까 창고에서 발에 걸렸던 사다리가 떠올랐다.

바로 가서 찾아보니…….

"여기 있네."

아니나 다를까.

누워져 있어야 할 사다리가 지붕 옆에 계단처럼 걸려 있었다.

딱 봐도 수제.

이것도 할아버지가 직접 만드셨겠지.

정말 부지런도 하셨다.

손도 많이 탄 걸 보니 수아는 이미 알고 있었을 듯했다.

'여기로 올라갔구나.'

바로 거기에 발을 걸친 뒤, 끙끙대며 올라갔다.

옛날에는 뒷산의 큰 나무도 어렵잖게 올라갔던 거 같은데 이젠 꽤 힘들다.

그래도 그렇게 고생해서 올라가자.

"와아……."

왜 만들었는지 바로 알 수 있었다.

말을 잃었다.

그곳엔 이제 막 노을이 지기 시작한 숲과 맞닿은 하늘이 서로 경계선을 만들며 펼쳐져 있었다.

공터 아래에 누워서 볼 땐 숲에 둘러싸여 뻥 뚫린 틈으로 하늘을 비추는 우물이었는데…….

위에서 보니 숲이 푸른 바다였고, 딛고 선 지붕은 작은 섬이었다.

그리고 그 위로 하늘이 노을빛으로 아름답게 물들어갔다.

황홀경에 잠시 넋이 나간 듯 멍하니 보고 있으니…….

"아저씨! 여기요!"

저쪽에 빼꼼 고개를 내밀며 숨어 있던 수아가 불렀다.

왜앵~

그리고 언제 왔는지 랑이가 그 조막만 한 발바닥으로 옆을 툭툭 치고 있었다.

날 안내하려는 건가?

발바닥에 박혀 있는 분홍색 젤리의 촉감이 그대로 느껴진다.

"아."

아무튼 두 녀석 덕분에 감상에 빠져나왔다.

이내 꼬리를 살랑살랑 흔드는 랑이를 따라 수아가 있는 곳으로 향했다.

"……오늘 여러 번 홀리네."

알면서도 따라가게 될 수밖에 없는 분위기.

그리고 그 끝에 도달하자, 어째서 애들이 이쪽으로 불렀는지 이해하게 되었다.

그곳엔 작은 공간이 있었다.

사람 하나 기댈 수 있는 평평한 공간.

일부러 만든 게 분명했다.

왜냐면 누가 봐도 제일 명당이었으니까.

뻥 뚫린 시야 끝으로 새빨간 노을이 그대로 비쳤다.

"여기 앉아요. 히히!"

수아가 자기 옆자리를 팡팡 치며 웃었다.

털썩!

더 생각할 것 없이 수아의 옆자리에 자리에 앉았다.

그리고 들고 온 음료를 건넸다.

"고맙습니다!"

"이럴 땐 공손하구나."

"헷."

배시시 웃는 모습에 그냥 넘어가기로 했다.

뭐, 아무렴 어때.

이런 좋은 자리도 알려줬으니.

조카가 있다면 이런 기분이려나?

이내 고개를 다시 노을로 돌렸다.

고롱~ 고롱~

옆에 붙은 랑이의 기분 좋은 울림과 따뜻한 온기.

그리고 얼굴을 스쳐 지나가는 바람과 숲의 나뭇잎이 내는 푸른 파도 소리를 느꼈다.

"여기 진짜 좋죠?"

"그러네. 진짜 좋네."

하루를 마무리하기 너무 좋은 자리였다.

첫 번째 손님은 잘 갔으려나.

차를 타고 온 걸 보면 멀리서 온 것 같은데.

뭐……올 때보다 오히려 더 좋아져서 가는 거니.

"자, 그럼 슬슬 일어나 볼까?"

"에? 벌써요?"

"금방 해 떨어져. 원래 이런 건 조금 아쉽게 가야 좋은 거야."

상념을 정리하고 일어섰다.

산이라 밤이 빨리 오기에 노을이 완전히 지기 전에 내려가야 했다.

그러니까.

"어?"

눈앞에 뜬 또 하나의 텍스트창이 아니었다면 말이다.

[지붕 위 작은 쉼터]

*상태
―생성 가능.
*예상 효과
―수면 장애 완화
―심신 안정

"이건 또 뭐야?"
 수아의 눈에는 보이지 않는 듯한 텍스트창이 지붕 위에 떠 올랐다.
 놀라서 소리를 지르니.
"네?"
 왜앵?
 수아의 바가지 머리와 랑이의 머리가 동시에 갸우뚱했다.
 그 귀여운 모습 앞으로 여전히 잘 보이는 텍스트창.
 오늘 하루는 여운이 참 길구나.

　　　　　＊　＊　＊

 일상으로 돌아가는 길. 김하나는 힐링의 여운을 만끽했다.
 오늘따라 온몸이 가볍고 상쾌하다. 애써 멀리까지 나오길 잘했다는 생각이 머릿속을 지배했다.
 '진짜 만족. 대만족이야. 여긴 다음에도 꼭 와야지.'

풍경도, 카페 안에도, 뭔가 무뚝뚝하지만 친절한 듯한 사장님.

'게다가 잘생기시기도 하니, 볼매라니까. 볼매.'

하여튼 정말 오랜만에 즐거운 기분으로 돌아왔다.

그 카페에서 보낸 모든 것들이 즐거운 추억으로 자리 잡은 듯한 느낌.

"하, 진짜 제대로 힐링했다."

그렇게 창가에 비치는 노을을 구경하며 여운을 느끼는데…….

지이잉!! 징!!

대시 보드 위의 폰이 세차게 울렸다.

처음엔 무시했다.

그런데 한 번 울리고 마는 게 아니라 계속 울렸다.

뭐지?

마침 휴게소가 보여서 바로 들어가 전화를 받아 보니…….

─하나 씨?

"아, 네. 부장님."

부장이었다.

─쉬는 날인데 미안해요. 다른 게 아니라 급한 건이 있어서 말이야.

"급한 거요?"

─응. 저번에 김 대리가 낸 기획 있죠?

연차 날에 오는 상사의 일 전화.

평소라면 짜증이 솟구쳤겠지만, 오늘은 왠지 느낌이 그렇지 않았다.

마음에 여유가 생겼나?

묘하게 차분한 느낌. 그렇게 하나는 조용히 귀를 기울였다.

"네네. 그거 안 하기로……."

─원래 하려던 기획이 갑자기 일이 생겼어요. 그래서 중간에 프로젝트가 하나 비어서 오늘 급히 임원급 회의를 했거든요? 근데 대표님이 김 대리 기획이 좋다고 하시네?

"네? 제 기획이요?"

─혹시 그거 내일 회사 올 때 볼 수 있을까? 아마 김 대리가 맡아서 할 것 같은데.

"제가요!?"

─응응. 사장님이 콕 집었거든.

순간 김하나는 깜짝 놀라 소리쳤다.

자신의 기획이 사장님 눈에 들어왔다니.

물론 그게 기존 기획이 어그러져서 땜빵으로 들어가는 거라고 해도, 첫 단독 기획이 아닌가.

'안 받았으면 큰일 날 뻔했어!'

수신자에 부장 이름을 보고 진짜 많이 고민했다.

때마침 휴게소가 안 보였다면 아마 안 받았을지도.

당장 급한 기획이라 오늘 전화를 안 받고 내일 출근했으면 그건 다른 걸로 채워졌을 게 분명했다.

그럼 또 하기 싫은 일만 주야장천 했겠지.

얼마나 그랬다면 후회했을까?

말 그대로 인생을 바꾸는 타이밍이었다.

"내일 바로 준비해서 가겠습니다!"

─그래요. 연찬데 전화해서 미안해요. 그럼, 마저 쉬고 내일 봐요?

"네, 넵! 감사합니다!"

그렇게 전화를 끊고.

김하나는 상기된 얼굴을 하고 흥분을 삭히지 못했다.

"아."

테이크아웃으로 받아온 음료가 있었다.

한 모금 쭉 들이키자!

'이거지.'

정신과 몸이 맑게 깨어나는 기분.

덩달아 흥분했던 상태도 차분하게 가라앉았다.

침착해진 상태로 운전대를 잡았다.

정말 뭐라도 될 것 같은 날.

갑자기 찾아오는 행운에 벅찬 가슴을 안은 채 그녀는 운전대를 잡았다.

그리고 천천히, 그리고 조심스럽게 차를 다시 몰았다.

"와, 정말 이런 날이 있구나."

세상 모든 게 그 카페의 하늘처럼 싱그럽고 맑아 보인다.

* * *

"끄으으으음!"

잠자리가 바뀠는데도 컨디션은 나쁘지 않았다.

아니, 되레 더 좋게 느껴진다.

"아, 슬슬 카페에 나가 봐야지."

어제의 여운이 언제 있었냐는 듯, 조금 이르게 출근했다.

오솔길 앞에 주차 안내 팻말을 두고.

공터로 올라가며 어제 미처 뽑지 못한 잡초를 뽑았다.

―어젯밤 편의점에서 종업원을 폭행하고 금품을 훔친 절도범이 경찰의 포위망을 뚫고 도주하였습니다.

―용의자는 큰 모자를 푹 눌러 쓰고 트레이닝복 차림에 큰 배낭을 메고 있으며…….

―연예계 뉴스입니다. 요즘 어린 연예인들의 일정이 너무 과하다는…….

아침부터 흉흉한 소식이네.

출근할 때면 습관처럼 틀어 놓는 폰 라디오를 끄니 사위가 조용해졌다.

그리고 하나둘, 자연이 소리를 내며 이내 귀를 맑게 만들어 줬다.

시골에 살아서 즐길 수 있는 사치였다.

물론 흉흉한 수풀이 앞길을 가로막고 있는 건 곤란했지만.

'하다 보면 되겠지.'
유난히 좋은 몸 상태였다.
어제에 이어서 왠지 오늘도 좋은 일이 있을 것 같다.

　　　　　　　＊　＊　＊

어제 집에 돌아가 밤사이 이것저것 하느라 잠도 늦게 잤다.
그런데 몸은 상쾌했다.
이유는…….
'예상대로 어제 마신 음료의 효과가 아직 유지되고 있네.'
물론 영구적인 건 아니고 일시적이었다.
음료의 효과 옆에는 숫자가 붙어 있었는데 처음 먹었을 때는 24였다.
근데 정확히 12시간 지난 지금 12로 변해 있었다.
그 절반으로 줄었으니 시간을 뜻하는 게 맞았다.
'어제 손님이 두 잔 먹고 36이었으니 두 번째 잔은 효과가 반으로 떨어지는 거네.'
일시적이고, 많이 마신다고 무한 중첩이 되진 않는다는 말이었다.
"그게 중요한 게 아니지만."
그래.
이보다 더 중요한 건 따로 있었다.

두 가지나 더 있었는데 첫 번째는······.

[천유진(??)]
*상태
―터의 가호 활성
―??? 활성
―'민트 초코 프라푸치노' 적용 중(12)

이거였다.
바로 텍스트창.
나한테도 보이는 거였다.
남에게서 봤을 때보다 당황스러웠다.
어제는 얼떨결에 그냥 넘겼는데 인지하고 나서 얼마나 놀랐는지.
심지어 내용도 심상치 않았다.
민트 음료 효과야 그렇다 치고.
'터의 가호'와 '???'.
아무래도 이 모든 신비한 일들과 관계가 있는 것들인 것 같긴 한데.
아직은 정확히 알 수 없었다.
그래도 어제 적은 메모장의 첫 번째, 두 번째 할 일에 단서는 될 듯했다.
그리고 또 중요한 것 한 가지······.
스윽.

도착한 공터에서 카페의 지붕을 올려다봤다.

어젯밤을 설치게 만든 가장 큰 이유가 거기에 있었다.

오죽하면 이거 확인하려고 이렇게 이른 시간에 출근했을까.

"터 생성이라……."

상태에 있는 '???'의 세부 적용 효과를 보면.

〈???〉
??만 가능한 지기를 이용한 신묘한 능력
—개안
—제조
—터 생성
—재능 흡수
〉김하나의 손재주

이렇게 있었다.

이러니 어떻게 밤을 설치지 않을 수가 있을까.

그래도 이건 뉘앙스가 직관적이라서 바로 알겠다.

앞선 두 개, 개안과 제조는 이미 경험하기도 했고.

'개안(開眼)은 눈으로 텍스트창을 보고 아우라를 보는 거겠지.'

제조는 아마 내가 재능이라고 생각했던 음료 제조 실력인 듯했다.

하긴, 아무리 재능이 있어도 한 번 레시피북 보고 숙련된 것처럼 하는 건 좀 이상하긴 했다.

그래서 여기까진 금방 받아들였다. 남은 건 두 가지인데……

'재능 흡수.'

그 밑에는 김하나의 손재주라고 적혀 있는데.

짐작되는 바로는 첫 번째 손님의 이름이 아닐까 싶다.

그렇다면 손재주는 그 손님의 손재주라는 건데.

"그래서 애매하단 말이지."

이런 말 하기 좀 그렇지만 내 손재주는 원래부터 좋다.

뛰어난 목수였던 할아버지의 손재주를 그대로 물려받았기 때문이다.

그림이나 이런저런 도구를 만지는 거나.

음료를 쉽게 만들었을 때 그냥 재능이 있구나라고 생각한 것도 그 덕이었다.

그래서 조금 가늠이 안 되는 재능이었다.

1에서 10을 더하면 11이니 11배가 좋아지지만 100에서 10을 더하면 110. 고작 10퍼센트가 오를 뿐이니까.

'음료를 만들어 보니 조금 더 손이 가벼워진 것 같기는 한데.'

큰 차이는 모르겠다.

그렇다고 실망하진 않았다.

그보다 중요한 건 바로 재능을 흡수한다는 사실이니까.

이건 정말 엄청난 능력이었다.

다른 사람의 재능을 가질 수 있다니.

만약 운동선수, 그것도 국가대표나 세계적인 선수의 재능을 훔친다면?

엄청 똑똑한 천재의 재능을 훔친다면?

수영을 못하는데 수영 재능을 얻는다면?

'심지어 개수도 제한이 있는지 모르겠고.'

그야말로 엄청났다.

이걸 회사 다니고 있을 때 내가 얻었다면 눈이 바로 돌아갔을 거다.

이거에 집착해서 또 날뛰었겠지.

욕심에 눈이 멀어 무슨 짓을 했을지…….

아마 뭔 일을 내도 아주 크게 냈을지도.

"다행인가?"

지금은 그때처럼 눈이 돌아가진 않았다.

그냥 신기하고 다른 사람의 재능은 어떨지 궁금한 정도.

그래, 딱 그 정도였다.

아무튼 지금은 여기에 대해선 크게 신경 쓰지 않았다.

재능을 흡수할 수 있다는 걸 알아둔 것만 해도 충분했으니.

대신 다른 남은 궁금증 하나에 관심을 뒀다.

'이제 확인해 봐야지.'

그러기 위해서 우선은…….

등에 멘 짐부터 해결하자.

집에서부터 등에 커다란 짐을 메고 온 끙끙 올라온 참이었다.

딸랑~ 딸랑~

문을 열었다.

그렇게 가볍게 환기하고 곧장 뒷마당으로 나왔다.

텃밭 풀숲은 살짝 흐린 눈을 하고 지나친 뒤, 등에 짊어진 짐을 들고 지붕에 올라갔다.

"아이고, 힘들어라. 후우—."

풀썩!

무겁진 않지만, 부피가 커서 들고 오는데 애먹은 물건은 바로 빈백이었다.

이걸 왜 들고 왔냐면…….

'터 생성 조건이 편히 쉴 수 있는 공간을 만들라고 하는 거니까. 이 정도면 됐나?'

마저 어제 누웠던 지붕의 평평한 곳에 놓고 캠핑용 테이블을 놓았다.

그러자…….

사라랑~

몸에서 초록색 아우라가 빠져나와 그대로 지붕에 스며들었다.

어제 초록색 아우라를 흡수할 때와는 반대의 느낌이었다.

"이게 이렇게 되는구나…… 아니, 그보다 진짜 되네?"

어제 지붕에서 우연히 발견한 텍스트창.

하지만 거기에 생성 가능성만 알 수 있었고 어떻게 생성할 수 있는지는 나오지 않았다.

그래서 이것저것 해 봤지만 결국 아무것도 못 하고 집으로 돌아왔었는데…….

'너무 쉽게 해결해 버렸네.'

텍스트창에 그 방법이 대놓고 적혀 있었다.

편히 쉴 수 있는 공간으로 만들라는…….

이럴 줄 알았으면 진작 내 텍스트창부터 보는 건데.

아무튼 '터 생성'의 생성 조건은, 바로 쉴 수 있는 공간으로 만들어 주는 것.

사실 그냥 이대로 누워 있으면 되는 거 아닌가 싶은데…….

또 쉴 공간이라는 게 앉으면 누울 수 있는 곳을, 딱딱하면 푹신한 곳을 찾는 게 당연한 거니까.

그래서 생각해 낸 게 할아버지 집에 있던 빈백과 캠핑 테이블이었다.

그리고 그 결과 지금 앞에 있었다.

팟!

[지붕 위 작은 쉼터]가 생성됐다.

"오오."

별거 아닌 일이었지만, 눈앞에 새롭게 떠오르는 창이 별것으로 만들었다.

'그래서 쉼터였나.'

어쩐지 카페의 이름 의미를 한 번 되새기게 만들었다.

이 카페는 원래 이렇게 음식과 함께 쉬는 공간도 제공하는 곳이었던 모양이다.

빈백에 철퍼덕 앉아서 기대니 확실히 그냥 지붕에 누울 때보단 나았다.

통나무에 등이 배기지도 않고.

그리고 무엇보다,

"아침에도 좋네."

이곳의 효과는…….

[수면 장애 완화, 심신 안정.]

빈백을 설치해서 그런지 그에 어울리는 효과들이 떠올랐다.

아쉬운 건 이것도 나에겐 당장 적용되지 않는 것이다.

원래부터 수면 장애가 없었기에, 어젯밤은 잠을 잘 잤다.

오히려 몸을 써서 여태 잤던 잠들보다 더 질 높게 푹 잤다.

그리고 심신 안정은…….

'딱히.'

놀라긴 했어도 그 정도야 금방 안정이 됐다.

지금만 해도…….

산 새소리와 작은 풀벌레들이 일어나 활동하는 소리가 나는 풍경을 보니 퍽 만족스러웠다.

그래도 이 능력은 이제 마냥 허상이 아니라는 걸 안다.
아마 진짜 효과가 있겠지.
재능 흡수도, 이것도, 음료도.
역시 이곳은 신비한 곳이라는 걸 또 한 번 확인했다.
"음……저건 언제 정리하지."
그렇게 확인할 걸 다 확인하니 이제 눈에 일이 보였다.
그새 더 자란 듯한 뒷마당의 풀숲.
이건 심신 안정 효과가 도움이 안 되나.
아까는 흐린 눈을 했지만 결국 피하지 못할 숙제였다.
……하자.
그냥 눈에 보인 지금 해치우자.
그렇게 마음을 먹은 순간.
"응?"
오솔길 입구에 누군가 서성이는 게 보였다.
이렇게 이른 시간에 손님이?

* * *

일단 지붕에서 내려왔다.
 그리고 여전히 공터에서 두리번거리는 사람을 지켜봤다.
 뭔가 움직임이 익숙지 않아 보인다.
 말 그대로 길을 찾기 위해서 기웃거리는 듯한 모습.
 여기 와 본 사람도 아닌 것 같은데 어쩌다 이렇게 이른 시간에 왔을까.

'그냥 길을 잘못 들었나?'

그럴지도 모르겠다.

모자를 푹 눌러쓰고 펑퍼짐한 트레이닝 복장에 등에는 배낭을 메고 있으니. 근처 산이라도 가려고 했을지도.

카페 뒷마당으로 이어지는 길이 있으니까.

그때!

흠칫!

이제야 카페를 발견했는지 움찔하는 모습이 여과 없이 보였다.

그러다 지붕에 있는 나와도 눈이 마주치자…….

"꺄아악!?"

깜짝 놀라 뒤로 넘어지며 소리쳤다.

쓰고 있던 모자가 벗겨지며 드러난 표정은 아마 내가 어제 첫 번째 손님을 봤을 때 표정과 닮지 않았을까.

마치 귀신을 본 듯한 표정.

원래도 큰 눈 같은데 더 커져서 놀란 토끼 눈이 됐다.

'안 그래도 토끼랑 닮은 것 같은데.'

내가 그렇게 놀라게 생겼나?

어디 가서 인상이 사납다는 소리는 못 들은 거 같은데.

조금 쇼크.

"어, 음."

아무튼, 내려가기로 했다.

일단 나 때문에 놀란 거 같기도 하고.

당장 들어오진 않았지만, 예비 손님이니까.

딸랑~딸랑~

그리고 카페의 문을 열고 일부러 과장되게 팻말이 보이게 옮기며 인사했다.

"안녕하세요?"

"아, 안녕…… 하세요. 그, 호, 혹시……?"

"네, 여기 사장입니다. 잠깐 지붕에 자리를 정리하느라 올라가 있었는데, 놀라게 해 드렸다면 죄송하네요."

더 놀라지 않게 적당한 거리를 두고 차분하게 설명을 했다.

다행히 조금 진정한 듯. 이리저리 둘러보던 여자는 뒤늦게 넘어지면서 모자가 벗겨졌다는 걸 눈치챘다.

그러더니 황급히 다시 썼다.

그렇게 놀란 토끼 같은 눈이 순식간에 가려졌다.

"아, 그. 혹시 여기 카페?"

"예. 맞습니다. 카페입니다."

"……지금 영업하시나요?"

"원래는 아닌데 오늘은 조금 일찍 하죠, 뭐."

본의 아니게 놀라게 한 것도 있으니.

들어오라고 했다.

손님은 조심스럽게 주변을 살피면서 안으로 들어왔다.

어지간히도 조심스러운 사람이다.

아무튼 그렇게 안으로 들어오는 순간!

꿀렁~!

이번에도 손님의 주변에 둘러싸여 있는 아우라가 보이기 시작했다.

역시 이것은 카페에 들어오는 순간부터 보이는 모양이다.

이번 손님에 붙어 있는 것은 음울한 빛을 띠는 회색의 아우라였다.

아직 모르는 게 참 많았다.

'사람마다 아우라가 다르구나.'

단순히 색만이 아니다.

느낌도, 분위기도, 아주 달랐다.

보자마자 바로 느낄 수 있을 정도로 이질적이었다.

아무튼 이번에도 새로운 사실을 알았으니 이따 메모장에 메모를 해야겠다.

"저, 저기……."

문득 들리는 목소리에 고개를 들었다.

'이런.'

그사이, 앞에 선 손님은 뭔가 불안한 듯 고개를 두리번거리고 있었던 모양이다.

일단 주문부터 받자.

"죄송합니다. 주문하시겠습니까?"

"그, 그게……."

주문하라는 말에 제대로 말도 못 하는 모습에 고개를 갸웃했다.

아까 그 정도로 너무 놀랐나?

하지만 이유는 곧 알 수 있었다.

[고나은]
*상태
—번아웃으로 인한 공황장애.
—공황으로 파생된 각종 불안 증세 심화.

음울한 아우라에 붙은 텍스트창.
상태가 조금 안 좋았다.
저런 상태에 그렇게 놀랐으니…….
아니, 그런 상태니까 그렇게 놀란 건가.
아무튼.
그보다 눈에 튀는 게 있었다.
바로 '고나은'이라는 누가 봐도 이름인 단어.
첫 번째 손님에게선 ???로 보였던 걸 생각하면…….
'왜 다른 거지?'
손님이 메뉴를 고르지 못하고 우물쭈물하고 있는 동안 생각해 봤다.
'아! 혹시 내가 아는 사람이면……?'
근데 그건 또 좀 이상했다.
아까 본 얼굴은 분명 모르는 얼굴이었으니까.
토끼 같은 눈에 하얀 피부, 얼굴은 조막만 하고 이목구비는 뚜렷한 것이. 마치 연예인처럼 예쁘게 생겼었다.
이렇게 예쁜 사람이 아는 사람이었다면 보자마자 바로

알아 차렸겠…….

'연예인?'

잠깐만, 어디서 들어 본 것 같은데.

고나은이면…….

아! 생각났다.

'아이돌?'

아이돌 걸그룹의 맴버 이름이었지.

그룹 이름은 잘 생각이 안 났다.

뭔 까마귀였던가? 그랬던 것 같은데…….

근데 그보다.

"앗! 으으……."

뭔가 알던 이미지하고는 많이 다른데?

'혹시 상태창의 그 내용 때문인가?'

신경이 안 쓰일 수 없었다.

3장

 굉장히 안절부절못하는 모습으로 주문한 건 아메리카노였다.
 순간 효과가 있는 민트 음료를 추천할까 생각이 들었지만.
 '지금 상태는 말 거는 게 더 안 좋겠네.'
 민트 음료의 효과가 공황에 맞는 건지도 알 수 없으니.
 괜히 긁어 부스럼을 만드는 것보다 그냥 편히 하는 게 나을 것 같아서 말을 붙이진 않았다.
 나중에 조금 진정된 모습일 때 슬쩍 가서 오픈 이벤트라고 건네 봐야지.
 그렇게 어찌어찌 주문을 마친 고나은은 황급히 자리를 찾아 카운터를 벗어났다.

놀란 건지, 민망한 건지는 알 수 없다만.

그보다…….

난 왜 고나은이란 이름을 알고 있었던 걸까?

아이돌이나 연예 쪽은 전혀 관심이 없는데.

'아. 그 녀석.'

왠지 기억났다.

예전 팀원 중에 아이돌 덕질에 진심이었던 녀석이 있었거든.

인기 없는 2군에 빠져 살던 특이한 녀석이었다.

그리고 그런 녀석이 자주 하던 말이, 지금이야 국민 아이돌이라며 유명하지만 자기가 좋아할 땐 아니었다고. 다 자기가 키운 자식이라고.

'고나은'이라는 이름이 기억이 났던 것도 바로 그 때문이었다.

그중에 하나였거든.

―'제 최애는 얘예요, 고나은. 진짜 다 망해가는 팀을 어떻게든 끌어올리려고 엄청 노력하는데 그게 좋달까?'

녀석이 말하길 유명무실한 팀을 멱살 잡고 끌고 가고 있다던가.

그래서 팀은 2군인데 고나은만 솔로로 1군 중에서도 탑급이라고 어찌나 입에 침을 튀기며 말했던지.

소녀 가장이니, 혼자 일 다 하는데, 멤버끼리 사이는 또 좋다든지.

별로 안 궁금한데 하도 들어서 귀에 딱지가 생겼지.

'일 못 하는 놈이었으면 바로 까는 건데.'

일은 또 잘해서 뭐라 하진 않았지만.

'지금은 잘 지내려나. 그러고 보니 퇴직하고 연락했었던 것 같은데.'

나보다 먼저 퇴직을 했다.

그리고 연락 와서는 뭔가 같이하자고 했던 것 같은데.

그땐 회사 말곤 관심이 없던 터라 그냥 안 만났다.

지금 와서는 한 번 볼까 싶었지만……

'이제 와 연락하긴 좀 그러네.'

잘 살겠지.

오타쿠긴 해도 능력은 좋은 녀석이니까 어디 가서도 성공할 녀석이었다.

아무튼.

그때 들었던 고나은을 실제로 보는 것도 신기한데, 하물며 그 상태가 상당히 안 좋아 보였다.

'어린 나이에 번아웃에 공황이라. 어쩌다…….'

아이돌 세계는 그야말로 정글의 법칙 뺨치는 곳이라고 했던가.

어딘들 아닌가 싶겠냐만, 그래도 어린 친구들에게는 조금 가혹한 세상일지도.

"주문하신 음료 나왔습니다."

"네, 네!"

작은 소리에도 깜짝 놀라서는 모자를 푹 눌러 쓰고 음료를 가져갔다.

저 모습을 보니 안타깝긴 했다.

하지만 그렇다고 뭐라 하긴 애매했다.

그도 그럴 게, 뭔가 막 스타를 따라다니는 악성 팬 같잖아.

저렇게 조심스럽게 정체를 숨기려는데 갑자기 위로랍시고.

'고나은 씨죠? 번아웃에 공황장애로 힘드시겠어요.'

같은 말을 걸었다간 어떤 식으로 리액션이 돌아올지 안 봐도 뻔했다.

이럴 땐 그냥 조용히 모르는 척하는 게 좋지 않을까.

대신.

"손님."

"네네!?"

"죄송한데, 제가 아까 미처 정리 못 한 게 있어서 잠시 자리를 비워야 될 것 같은데 괜찮을까요? 어차피 저기 뒷마당 쪽에 있을 테니 혹시 필요한 일 있으면 불러 주세요. 필요할 땐 여기 종을 누르시면 됩니다."

"아! 네! 가, 감사합니다!"

고마울 것까지야.

혹시나 해서 화장실 위치까지 알려 주고 뒷마당을 나왔다.

* * *

고나은은 지쳤다.

기나긴 연습생 생활 끝에 데뷔했지만, 성적은 어중간.
그렇게 팀은 뜨지 못했다.
그렇다고 포기한 건 아니었다.
팀 대신 자신이 주목받았다.
그리고 스케줄이 물 밀듯 밀려왔다.
비록 팀이 아니라 개인 일정이었지만 그래도 방송가에서 주목받고 있는 게 어딘가.
불러주는 곳마다 혼자 나가서 열심히 팀을 홍보했다.
그렇게 하다 보면 언젠가 우리 멤버들 다 같이 빛을 보는 날이 오겠지.
그런데 어느샌가 그게 부담으로 다가와 등을 타고 어깨를 짓누르기 시작했다.
개인 일정이 많아지는 와중에 팀 일정과 연습까지 겹쳤다.
지치는 속도가 점점 더 빨라졌다.
불규칙한 생활은 당연했다.
'자고 싶어. 쉬고 싶어.'
휴식이 절실했다.
과부하라도 걸린 걸까.
어느 순간부터 이 생각밖에 나지 않았다.
그런데 이게 티가 났을까?
"언니, 좀 쉬어야 될 것 같아."
여느 날처럼 연습하던 그때.
자신을 물끄러미 보던 막내가 말했다.

"응? 무슨 소리야. 우리 싱글 앨범 음방이 코앞인데."

평소 그런 적이 없던 지라 자신이 너무 티를 냈나 싶어서 손을 휘저으며 부정했다.

그러자.

"아냐, 나은아. 소희 말이 맞아, 너 요즘 얼굴이 말이 아니야."

"맞아요. 언니 좀 쉬어요. 요새 방송 끝나고 바로 연습실로 오는 거죠?"

멤버들이 하나둘 와서 걱정스런 눈빛으로 막내의 말에 거들었다.

"무슨 소리야. 나 진짜 괜찮다니까?"

"전혀. 너 요즘 잘 때도 불쑥불쑥 깨는 거 알아? 작은 소리에도 깜짝깜짝 놀라고."

"내가 언제……."

유일한 동갑 친구의 말에도 부정했으나 통하지 않았다.

"마침 내일 스케줄 비지? 연습하지 말고 쉬어. 제발. 너 연습 충분히 해서 괜찮아."

"진짜 괜찮다니까."

"우리가 안 괜찮아."

그 말에 동생들이 고개를 끄덕이며 무언의 압박을 줬다.

심지어 개인 매니저조차.

"나은아. 내일은 나도 좀 쉬자. 나도 집에는 가야지."

"윽!"

그렇게 하루 강제 휴식을 가지게 됐는데.

"근데 뭘 해야 하지?"

이젠 어떻게 쉬어야 할지 까먹었다.

잠이라도 실컷 자고 싶은데 이상하게 여기선 잠이 안 왔다.

―내가 옛날에 아빠하고 놀러 갔던 카페가 있는데, 언니도 한번 가 봐. 막 힐링 된다고 해야 하나? 아무튼 근처에 계곡도 있고 마음 비우기 좋을 거야. 한번 위치가 어디였는지 아빠한테 물어볼까?

평소 여행을 좋아한다던 막내의 말이 머릿속에 스친 건 잠에 설치던 새벽.

그렇게 정처 없이 나왔다.

생각 없이, 몸 가는 대로.

그렇게 사람이 없는 곳으로 들어가다 보니 나온 외딴 숲속.

순간 길을 잃어 당황하기도 했지만, 주인장의 도움으로 도착할 수 있었다.

'호랑이 쉼터.'

들었던 이야기완 달리 주인장이 젊은 남자긴 했지만.

신기하게도 이곳에 오자마자 느낀 건 아늑함이었다.

안도의 한숨을 내쉬었다.

왠지 모르겠지만 막내의 말대로 이곳에 있으니 숨통이 조금 트이는 것 같았다.

오랜만의 휴식 같은 휴식을…….

"어?"

그렇게 혼자 쉬고 있는데 문득 이상한 느낌에 고개를 들었다.

그러자 작은 창문이 보였다.

그런데 빛이 들어와야 할 창문에는 말랑말랑해 보이는 찹쌀떡이 붙어 있었다.

저건 뭐지?

오솔길로 자신을 이끌었던 그 끌림이 또 느껴졌다.

자신도 모르게 자리에서 일어났다.

그리고 떠올렸다.

이곳 사장님을 처음 봤을 때, 지붕에 뭔가 있었던 것 같은데…….

그렇게 홀린 듯 사다리를 타고 올라간 곳에는.

'아!'

자신이 진짜 원하던 꿈에서 본 것만 같이 꾸며진 공간이 있었다.

* * *

한 편.

뒷마당에 나와 발견한 무성한 텃밭 풀숲에 말을 잠시 잃었다.

잘못 선택한 길인가.

하지만 이미 돌아가기엔 애매했다.

결국 스스로 판 무덤에 숨을 내쉬며 창고에서 장비들을 꺼냈다.

'어쩔 수 없지. 어차피 해야 되는 거.'

그냥 아무 생각 없이 하자.

그리고 그렇게 꽤 시간이 흐른 뒤.

"후아!"

겨우 다 정리했다.

민트 음료의 효과가 아니었으면 진즉에 뻗었을 양의 일이었다.

덕분에 알게 된 또 하나의 사실.

'시간이 더 줄었네.'

작업 시간은 약 2시간.

그럼 줄어든 시간도 2시간이어야 하는데 그 두 배인 4시간이 줄었다.

그 말은 곧 민트 음료 효과는 회복의 총량이 있다는 말이었다.

절대 시간이 아니고.

'묘하게 합리적이네.'

능력은 판타지 같은데 말이지.

아무튼 뒷마당을 잡초를 다 정리하고 나니 작은 텃밭의 윤곽이 드러났다.

다만 예상했던 보물찾기는 꽝이었다.

민트를 빼면 남은 건 하나.

3장 〈163〉

그건 바로,

[당근]
—효과(지속) : 눈 건강 향상, 활력 증진.

이거였다.
'뜬금없이 웬 당근이야?'
텃밭은 카페에서 쓸 게 아니라 그냥 진짜 텃밭 용도였나?
이것저것 작물을 따서 먹는?
상추, 배추, 무 이런 게 있었던 것 같기도 했다.
당근도 몇 개 없는 걸 보아 여러 가지 심었다가 귀찮아서 손 놓은 걸 수도.
"다섯 개 정도 되나."
줄기가 다섯 개니 그 아래도 같겠지.
아무튼.
별 소득은 없는 것 같지만 그래도 특이점은 있었다.
일단 이것도 민트처럼 효과가 붙어 있었다.
그리고 민트와도 다른 점 하나.
여기엔 '지속'이라는 말도 붙어 있었다.
민트에는 그런 게 없었다. 민트의 효과는 중첩하면 효과가 반, 혹은 그 이하로 떨어진다.
반면 저 지속이 얼만지는 모르겠지만…….
'이 능력이 허튼소리는 안 하지.'

아마 그보다는 길지 않을까.

심지어 당근의 줄기는 여태 본 것 중에서 제일 신선해 보였다.

뭔가 생기가 넘쳐 보인다고 해야 하나?

저 정도는 돼야 그 수풀 사이에서 살아남아 있었을지도.

'그럼 다른 작물은 그냥 잡초에 밀려서 죽었나?'

새로운 가능성이었다.

지금 알아내봤자 크게 쓸모는 없다만.

어쨌든 텃밭을 활용하려면 제때 잘 정리해야 한다는 것은 숙지할 수 있었다.

이것도 잘 메모했다.

'음.'

안타까운 사실 하나는, 이것도 저 안의 손님에게도 딱히 도움 될 것 같진 않다는 거다.

그거야 어쩔 수 없나.

'그래도 혹시……'

저 손님처럼 상태랑 관련 없는 효과도 영향을 줄까?

궁금한 건 또 바로 풀어야지.

텃밭 정리도 끝났고 시간도 꽤 흘렀으니.

안으로 들어가 확인해 보기로 했다.

슬쩍 카페 안으로 들어가니 아주 조용했다.

자나?

차라리 잘 됐다.

굳이 테이블 쪽으로 나가지 않고 주방에서 사부작대 보기로 했다.

'당근은 좀 그렇고. 민트로 해 보자.'

민트 초코 프라푸치노를 만들었다.

그리고 맨 처음 생각했던 것처럼 마치 오픈 이벤트로 줄 타이밍을 재려고 슬쩍 보는데…….

그런데 없다?

조용했던 이유가 손님이 없어서였어?

'갔나? 아니야. 배낭은 있는데?'

어디 간 거지?

여기저기 살펴보다가 문득 느껴지는 시선에 고개를 들었다.

그러자 천장에 난 창문으로 불쌍한 척 보는 랑이와 눈을 마주쳤다.

쟤는 왜 저러지?

'아!'

혹시나 해서 바로 공터로 나가봤다.

아니나 다를까.

배낭만 두고 어디 갔나 했더니.

랑이 덕분에 사라진 손님을 찾았다.

바로 지붕 위였다.

공터에 나와서 올려다보니 빈백에 누워서 아주 잘 자고 있었다.

왜 저기서 저러고…….

'잠깐?'

그 의문보다 먼저 한 가지 효과가 떠올랐다.

바로 [지붕 위 작은 쉼터]의 효과.

수면 장애 완화와 심신 안정이었는데…….

그러고 보니 지금 저 사람한테 제일 필요한 거였다.

큰 눈에 그보다 더 큰 다크서클이 있었으니 잠도 못 잤음이 분명한데.

근데 지금 저렇게 자고 있었다.

굳이 깨울 필요가 있을까.

저것도 이 쉼터를 이용하는 또 하나의 방법이란 생각이 들었다.

'괜히 터 생성이라는 게 있는 게 아니겠지.'

쓰라고 있는 건데 그냥 호기심만 풀고 놔두다니.

음료만 생각하다가 놓치고 있었다.

역시…….

이 특별한 곳과 능력에 대해선 조금 더 깊이 생각해 볼 필요가 있었다.

아무튼.

손님은 별문제 없을 것 같았다.

랑이가 자리를 뺏겨서 억울하다는 표정이지만.

내가 손님을 깨울 것 같지 않았는지, 이내 꾸역꾸역 손님의 무릎 위에 올라갔다.

그리고는 냅다 엎드렸다.

멀리서 그 모습만 보면 아주 포근했다.

마치 랑이의 고롱거리는 소리와 손님의 새근새근 숨소리가 들리는 듯했다.
 "으음."
 손님이 무릎의 랑이가 따뜻했는지 꼭 껴안는 모습에 왠지 온도도 느껴지는 듯.
 '……네가 자처한 거잖아. 이따 츄르 줄게.'
 물론 당사자인 랑이는 자리 때문에 불만이었지만.
 입만 뻐끔거리며 속삭이니, 마치 알아들은 건지.
 아님. 포기한 건지 그냥 드러누웠다.
 손님도, 랑이도 어이없었지만.
 그 모습을 보고 있으려니 또 한 번 깨달았다.
 '여긴……, 그냥 음료 마시는 곳이 아니구나.'
 이곳은 말 그대로 쉼터였다.
 지친 누구나 쉬었다 갈 수 있는.
 할아버지가 지은 이름의 의미를 또 한 번 되새기며……
 둘 다 깨지 않게 조용히 안으로 들어왔다.
 그러다 거울 속에 비친 모습에서 텍스트창을 확인했다.
 어느새 민트 음료 효과가 거의 다 됐다.
 만든 건 내가 마셔야겠다.

　　　　　＊　＊　＊

 "정말 죄송해요. 잠깐 궁금해서 본다는 게 저도 모르게 그만."
 한참 뒤에 당황하며 내려온 손님은
연신 죄송하다고 사과했다.
 괜찮다고, 아니라고 하며 상태를 살펴보니.
 고나은은 처음 봤을 때와는 상태가 완전 달랐다.
 일단 칙칙하고 음울했던 회색 아우라가 사라졌다.
 그리고 어디가 불안했던 시선 처리나 움직임 또한 없어졌다.
 당황한 모습은 보였지만 전과는 느낌이 달랐다.
 불안한 게 아니라 그냥 허둥지둥하는 느낌.
 결정적으로…… 눈빛이 달라졌다.
 '생기가 도는 눈빛이 저런 거네.'
 안 그래도 큰 눈이 더욱 초롱초롱 빛을 냈다.
 피부가 하얘서 정말 흰 토끼를 보는 듯했다.
 게다가 화장도 안 하고, 방금 자다 깼는데 얼굴에 빛이 나는 느낌이다.
 확실히 연예인은 다르구나 싶었다.
 아, 오히려 잘 자서 그런가?
 아무튼.
 그럼 됐지 뭐.
 "올라가도 되는 건지부터 물어봤어야 하는데. 제가 마음대로……."
 "괜찮습니다. 쓰시라고 만든 건데요. 편하게 쉬셨어요?"

"아! 네! 얼마나 꿀잠을 잤는지 몰라요!"

묻지 않았는데 고나은은 어떻게 거기까지 갔는지에 대한 과정을 얘기해 줬다.

그리고 그 긴말의 요점은 이랬다.

창문으로 랑이를 보고 호기심에 나갔다가 지붕에 올라갈 수 있는 사다리를 발견.

올라가서는 쉴 수 있는 공간을 발견하고 자기도 모르게 잠들었단다.

그렇게 마음대로 자리를 써 버린 것에 대해 사과하는 고나은에게 손사래를 쳤다.

생긴 게 연예인 뺨치는 백수호도 그렇고, 고나은도 그렇고.

원래 예쁘고 잘생기면 착한가 싶었다.

그리고 굳이 묻지 않아도 알 수 있었다.

아주 잘 쉬었다는 걸.

그거면 됐다.

[고나은]
*상태
—'지붕 위 작은 쉼터' 적용 중(24)
*적용 효과
—수면 장애 완화
—심신 안정으로 공황장애 증상 완화

아침에 오자마자 지붕 위에 쉼터를 만든 보람이 있었다.

이러려고 만든 게 아니라 호기심 때문이긴 했지만.

뭐, 좋은 게 좋은 거 아닌가.

"진짜 진짜 신기해요!"

"그렇습니까? 다행이네요."

"아 참! 혹시…… 블루 카멜리아라고 아세요?"

"카멜리아? 꽃 말씀이신가요?"

"아, 그거 아닌데…… 저희 그룹 이름인데."

생기발랄해진 모습으로 말하는 모습을 보니 뿌듯했다.

"제가 연예 쪽은 잘 몰라서."

"저는 아시지 않았나요? 아까……."

"그건 그, 예전에 아는 사람 중에 팬이 있어서 들었습니다."

"아……."

눈에 띄게 실망하는 흰 토끼의 모습에 그냥 거짓말이라도 할 걸 그랬나 싶었다.

안 그래도 심신 미약한 사람인데.

"그럼 노래는요? 노래도 못 들어 보셨어요?"

"아."

그룹 이름도 모르는데 노래를 들어 봤을 리가.

반응이 미적지근한 걸 보고 눈치를 챘을 법한데 고나은은 기죽지 않았다.

되레 넉살 좋게 영업을 시도했다.

"그러고 보니 여기는 노래를 안 트네요. 오디오는 있는 것 같던데. 혹시 이번에 나온 저희 노래 들어 보실래요?"
"예?"
슬쩍 노래 홍보라니.
원래 성격이 이렇게 붙임성 좋은 사람이었나?
잘 자고, 잘 쉰 고나은은 완전 다른 사람이 되었다.
말도 많고 눈도 잘 마주쳤다.
거기에 적극적으로 다가와서는 카운터를 기웃거리기까지 했다.
쉼터의 효과가 좋네.
진짜 사람이 변했다.
"이걸로 켜면 돼요! 노래 제목은 플라워 붐! 가수는 블루 카멜리아!"
자기들 그룹명을 강조하면서 노래 제목까지 말해 주는데 안 틀 수가 없었다.
근데 어떻게 이런 것도 알지?
"예전에 카페 알바도 했었거든요. 연습생 때."
표정을 읽은 건지, 아니면 그냥 말이 많은 건지.
묻지 않고 알 수 있었다.
문득 예전 팀원이 했던 말이 떠올랐다.
'소녀 가장! 고나은은 딱 그 말에 어울린다니까요? 어린 동생들, 친구들, 언니들까지. 애가 싹싹해서 구설수도 없어요. 이런 애들이 빵빵 떠야 되는데.'
그러면서 자기는 그런 2군 애들을 지원하는 든든한 후

원자라고 했던가.

 내가 볼 땐 그래 봐야 그냥 오타쿠긴 했지만.

 확실히, 틀린 말은 하지 않은 듯했다.

 ─언젠가~ 네가 그랬지~

 ─내겐 따뜻한 향기가 있다고~

 ─그때부터였어~

 ─플라붐~ 플라붐붐~ 날아갈 거야~

 ─너로부터 불어온 따뜻한 바람에~

 ─네 포근한 햇빛이 날 이렇게 만들었어~

 ─플라붐~ 플라붐붐!

 카페 안에 처음으로 노랫소리가 울렸다.

 생각보다 오디오를 좋은 걸 썼는지 막귀인 내가 들어도 음질이 좋았다.

 그리고 노래도 괜찮았다.

 요즘처럼 꽃이 피는 날에 틀고 정원을 구경하기 딱 좋은 템포였다.

 너무 시끄럽지도 않고.

 "음~ 음음~"

 고나은은 그런 노래를 들으며 허밍을 했다.

 어깨도 들썩였다.

 자기 노래인데도 저렇게 좋은가.

 "앗!"

 뒤늦게 내가 자신의 모습을 보고 있다는 걸 눈치챘는지 화들짝 놀란다.

굳이 자기 노래까지 틀어 놓고 새삼스레.

'깜짝깜짝 놀라는 건 그냥 성격이네.'

아마 그런 듯했다.

저런 사람이니 한 번 나빠지면 더 안 좋아지는 모양이다.

그래도…… 아무튼 다행이었다.

"좋네요. 노래."

"그쵸! 근데 왜 안 들을까요?"

"글쎄요……?"

"앗! 제가 너무 버릇없이 말했죠? 이상하게 너무 친근해서……."

"괜찮습니다."

저기 마을에 아저씨라고 부르는 더 버릇없는 꼬맹이도 있는데.

이 정도쯤이야.

그보다 이게 바로 연예인인가.

사람 홀리는 재주가 있다.

"사실 오디오 있는 줄도 몰랐는데 덕분에 알기도 했고 노래 좋으니 자주 틀게요."

"앗! 감사합니다! 사장님이 배려해 주셔서 정말 편하게 쉬다 가는 것 같아요. 사실 요즘 조금 힘든 일이 있었는데…… 덕분에 저기서 깜빡 잠들기까지 했다니까요? 그리고 일어나니까 이상하게 다 괜찮은 거 있죠? 꿈도 꾼 것 같고 막…… 되게 편했어요."

바로 꾸벅 인사하는 모습에 절로 미소가 나온다.

이제 돌아가서는 잘됐으면 좋겠네.

제일 중요한 건 이번처럼 번아웃이 오지 않는 게 좋겠지만.

번아웃은 현재에 정말 죽을 만큼 열심히 했다는 증거기도 했다.

그 정도로 뭔가에 열정을 가지고 하지 않으면 오지도 않았다.

불도 장작이 있어야 타는데, 그 장작은 노력으로 만들어지는 거니까.

뭐, 이번에 느끼고 스스로 조절한다면 앞으로는 뭐든 잘하지 않을까.

"그러라고 있는 곳인데요. 딱히 배려는 아닙니다. 또 열심히 살다가 힘들면 오세요."

"네! 그럴게요! 아, 저 자리 찜해둬도 되나요?"

"선착순이라 그건 좀."

"……사장님 혹시 T…….."

"예?"

"아, 아니에요. 배려 정말 감사했습니다! 이 은혜 잊지 않을게요!"

방금 티 뭐라고 하려고 했던 것 같은데.

그리고 은혜까지야.

그냥 자리 비워 준 건데.

"사진이나 사인은 안 필요하신가요? 아니지. 너무 유

명해지면 저기 내가 못 쓸 텐데. 아차차! 제가 그 정도는 아닌데 너무 오바했죠? 그냥 사진! 사인! 다 해 드릴게요!"

"괜찮······."

"사인은 어디다 할까요? 테이블? 벽? 사진은 역시 저기 창가가 나오는 게 좋겠죠?"

아니, 진짜 안 해 줘도 되는데.

너무 활력이 넘치는 거 아냐?

이랬던 사람이 도대체 얼마나 열심히 살았으면 그 상태가 됐던 거야?

고개가 절로 절레절레 저어졌다.

이래서 쉬는 게 진짜 중요했다.

나처럼 겉으로 빵 터지지 않고 속으로 끙끙 앓으면 그렇게 되는 거니······.

"그럼 사진은 괜찮고, 사인만 해 주세요."

"사인만요?"

"예. 사진은 좀 부끄러워서."

"전혀 안 부끄러우셔도 될 것 같은데."

그건 무슨 말이래.

누가 뭐라든 내가 부끄럽다는데.

아쉽다는 듯 입맛을 다시긴 했지만 고나은은 더 묻지 않고 고개를 끄덕였다.

근데 사인은 어디 받지.

생전 어디 가서 연예인 사인을 받아 본 적이 없으니.

"여기에 받아도 되나요?"

"앗! 앞치마요? 완전 영광이죠!"

아이돌의 팬 서비스는 정말 쉽지 않구나.

조심스레 앞치마를 내미니 호들갑 떨며 예쁘게 사인을 해 줬다.

'음.'

근데 모양이 좀 취향이 아니다.

하필 토끼…….

"이거 버리면 안 돼요. 알았죠? 저 또 올 거예요?"

"아, 예."

속마음을 어떻게 알아챈 건지 곧장 버리지 말라는 말에 뜨끔했다.

어쩔 수 없지.

카운터 안에서만 입기로 했다.

오늘 같은 일만 아니면 입고 나설 일도 없으니.

"저희 노래 꼭꼭 많이 틀어 주시는 거예요? 약속!"

"그럽시다."

"웃차! 어머!? 시간이 벌써. 애들 걱정하겠다. 아! 다음엔 저희 멤버들도 데리고 와도 될까요?"

그거야 오는 사람 자유 아닌가.

그래서 그냥 고개만 끄덕였다.

"진짜, 진짜 신비한 곳인 것 같아요. 여긴. 동생들도 꼭 데리고 오고 싶을 만큼."

천장을 보면서 뭔가를 떠올리는 듯 혼잣말을 중얼거리

던 고나은은 이내.

"그럼 저는 가 볼게요!"

"예. 안녕히 가세요."

활짝 웃으며 문을 나섰다.

올 때와 같은 복장에 큰 배낭을 멘 모습이었지만 무척 가벼운 발걸음이었다.

그렇게 고나은이 번아웃을 극복하고 떠나는 그 순간!!

사라랑~

열린 문을 통해 들어온 바람에 고나은의 몸에서 싱그러운 아우라가 불어왔다.

그건 곧 천장에서 커튼처럼 찰랑이더니…….

스르륵!

그대로 흡수가 됐다.

재능 흡수 목록에 '고나은의 매력'이 추가됐다.

* * *

고나은이 나가고 그제야 좀 얼떨떨한 기분이 찾아왔다.

좀 푼수 같은 친구처럼 말했지만 어쨌든 유명 연예인이었다.

그것도 아이돌.

그런 사람과 바로 일대일로 얘기하다니.

'그 연예인 많은 도시에 살았어도 한 번도 못 봤는데.'

이런 외진 곳에서 대화까지 나누고 사인도 받았다.

사람 일이라는 게 참 어찌 될지 모를 일이었다.

신기했다.

오타쿠 팀원에게 말하면 엄청 부러워할 것 같은데.

이제 그 회사 퇴사도 했으니 나중에 한 번 해 봐야겠다.

"그건 그렇고."

노래가 생각보다 중독적이었다.

플라붐 플라 붐붐~

후렴구가 입에 착 달라붙어 자신도 모르게 흥얼거리고 있었다.

블루 까마귀라고 했던가.

앞으로 자주 들어야겠다.

콧노래를 따라 부르며 슬슬 정리했다.

이곳에 있으면 이상하게 정신없이 하루가 지나갔다.

지붕에 뒀던 빈백과 캠핑 테이블을 들여놓고 내부도 정리하니 또 해가 지고 있었다.

"내일 할 일은……."

마무리로 내일 할 일까지 메모를 한 뒤 마지막으로 노래를 껐다.

노래도 자주 틀어야겠네.

손님을 위한 것도 있지만 나를 위해서라도.

노동요는 중요하니까.

달칵!

문까지 잘 잠근 뒤 카페 옆에 세워 뒀던 낡은 자전거를 끌었다.

이건 창고에서 꺼내 놓은 거였다.

끼익! 끽!

얼마나 안 탔는지 바퀴가 굴러갈 때마다 듣기 거북한 소리가 났다.

'하긴 내가 어렸을 때 할아버지가 타고 다녔으니. 얘도 오늘내일이지만 내일 읍내에 나가려면 어쩔 수 없지.'

그래도 바퀴와 브레이크, 그리고 조향장치까지 멀쩡했다.

기름칠만 조금 해서 타면 된다.

이게 아니면 내일 왔다 갔다 하는데 또 반나절을 보낼 수도 있었다.

그럼 시간도 시간인데 지친다.

'차를 가지러 가는 게 차라리 나으려나.'

도시에 두고 온 차가 생각났다.

당분간은 안 가는 게 좋겠다.

여기에 정을 좀 붙여야지.

아니면 도시의 향수에 다시 오기 싫어질 수도.

그게 아니더라도 지금은 여기에 있고 싶었다.

'자전거 타고 다니는 것도 재밌을 것 같고 말이지.'

낡긴 했지만.

버스처럼 돌아서 가지 않으니 이걸로 30분이면 갈 수 있었다.

생각해 보니 어릴 적 할아버지는 자신을 태우고도 다녔다.

그땐 읍내 나가는 길이 참 좋았는데.

지금도 같은 느낌일지는 모르겠지만 조금 기대는 됐다.

끼익! 끽!

낡은 자전거를 끌고 오솔길을 내려와 살포시 올라탔다.

그리고 발을 굴러 보는데…….

"응? 아저씨!"

"어?"

마을로 건너가는 다리 위에 있던 백수아와 마주쳤다.

이제 집으로 가는 건가?

아니면.

"오빠 기다려?"

"네! 오늘은 학원 때문에 늦어서 카페 못 갔어요. 아저씨도 이제 집에 가는 거예요?"

아직 애인데 학원을 가는구나.

현실은 참 어릴 때부터 바쁘다, 바빠.

이래도 괜찮나?

"보시다시피 퇴근."

"우.아. 좋.겠.다."

"퇴근 시간 없는 자영업자 놀리니?"

"히히! 근데 그건 뭐예요?"

방금 걱정한 건 취소.

참 밝은 애란 말이지.

백수아가 고개를 갸웃하며 가리킨 건 자전거 바구니에 든 당근이었다.

"당근이…… 잖아?? 응?"

그런데 백수아가 가리켜서 본 당근에 아까까지만 해도 붙어 있던 텍스트창이 없어졌다?

깜짝 놀라 당근을 들었다.

아무리 봐도 텍스트창이 안 보였다.

"……이상한 아저씨."

당근을 들고 놀란 모습에 백수아가 슬쩍 멀어졌다.

하지만 지금 거기에 신경 쓸 틈은 없었다.

'이게 왜?'

왜 또 이런 일이?

* * *

사라진 당근의 텍스트창에 대한 건에 대해 벗어나는 건 오래 걸리지 않았다.

생각해 보니 손님들의 아우라도 카페에 들어와야 보이지 않던가.

아마 카페, 그 주변으로만 특별한 능력이 통하는 듯했다.

'괜히 땄네.'

혹시 당근으로 뭔가를 만들어도 효과가 보이는 텍스트창도 없다는 얘기였다.

아쉽지만 이건 다시 카페에 들고 가야될 것 같다.

"혹시 이거 할아버지 텃밭에서 난 당근이에요?"

"어? 알아?"

"당연하죠."

"그래? 거기에 뭐 뭐 있었어?"

"혹시 아저씨도 할아버지랑 닮았어요?"

"응?"

뜬금없이 뭔 소리래?

"할아버지는 텃밭에 뭐 심기만 하면 다 죽였거든요."

"아······."

그래.

생각해 보니 할아버지는 농사를 못 했다.

집에 있는 행운목도 제대로 관리 못 하시던 분이 아니던가.

텃밭이라고 잘 관리했을 리가.

그럼 이 당근하고 민트는 뭐지?

"이상해상해가 있었으면 할아버지랑 분명 싸웠을 거예요."

"이상해상해?"

"이상해상해도 몰라요? 거북이 몸에 등껍질 대신 큰 봉오리 달고 있는 앤데."

그게 뭔데.

3장 〈183〉

네가 더 이상해.

아무튼.

"당근은 모르는 거네?"

"네! 아! 근데 할아버지가 안 심은 걸 찾는 게 더 어려울지도?"

"……그래."

당근은 씨 뿌린 게 우연히 자란 거란 말이지.

어쩐지 너무 어중간하다 싶더라니.

개수도, 뜬금없이 당근인 것도.

그런 이유가 있었다.

백수아 덕분에 알게 됐다.

"근데 넌 집에 안 가? 집에서 기다려도 되잖아?"

"그냥, 집에 혼자 있으면 심심하잖아요."

혼자 있는 게 싫은 건가.

하긴 나도 어릴 땐 그랬지.

지금은 혼자가 좋지만.

"하긴. 여기가 좀 예쁘긴 하지. 기다리기도 좋고."

"그쵸?!"

해질녘쯤 마을로 들어가는 다리는 꽤 예쁘긴 했다.

나도 어릴 땐 할아버지가 자전거 타고 오시는 걸 기다렸다가 갔었지.

다리 밑에서 놀다가, 다리 위에서 떨어지는 노을이 흐르는 물에 부서져 만들어 내는 윤슬도.

좋은 기억으로 남아 있었다.

슬쩍 넘어가자 살짝 시무룩 하려던 수아는 금방 다시 밝아졌다.

역시 애는 애다.

"그래? 같이 기다려 줄까?"

"아니요."

"……뭘 그렇게 정색을."

그냥 애라는 말 취소.

애는 초딩이다.

백수아가 킥킥거리며 웃었다.

왠지 골려 주고 싶다.

"오늘 카페에 고나은이라고 아이돌 왔는데."

"고나은이요? 혹시 블루 카멜리아의 그 고나은이요?!"

"아, 카멜리아. 아무튼 맞을 걸?"

자꾸 그룹 이름이 헷갈리네.

하지만 그게 무슨 상관이랴.

눈을 동그랗게 뜨며 깜짝 놀란 표정을 짓고 있는 백수아의 모습에 어깨가 으쓱했다.

이제 좀 애 같네.

"거, 거짓말."

"아닌데? 진짜 왔는데?"

"증거는요?"

"사인 받았어."

"봐봐요?"

"자."

당당하게 카페 앞치마를 보여 줬다.
 사실 받을 땐 그냥 그랬는데 막상 저런 반응 보니 잘했다 싶다.
 "대박! 우와! 진짜? 진짜예요? 고나은이 왜요?"
 "그냥 쉬러 왔겠지."
 방방 뛰는 모습을 보니 또 잘한 것 같기도 하고?
 "왜 저 안 불렀어요!"
 "내가 학교에 있는 널 어떻게 불러. 그래 왜 불러?"
 웃기는 녀석.
 씩씩거리는 녀석을 보고 있으려니 웃음이 피식피식 새어 나왔다.
 연예인 손님 잘 써먹었네.
 "으으! 어? 오빠!"
 양손으로 주먹을 쥐며 부들부들하더니 갑자기 다리 끝으로 뛰어갔다.
 보나 마나 백수호가 온 거겠지.
 고개를 돌리니 예상대로 백수호가 랑이를 품에 안고 걸어오고 있었다.
 "어? 안녕하세요."
 "어. 그래. 학교에서 이제 오나…… 봐?"
 "예. 하하. 마감하셨나 봐요?"
 "방금. 오면서 네 동생도 만났고."
 여전히 예의 바른 녀석하고 인사를 하는데 뭔가 조금 이상했다.

몸이 좀 불편해 보인다고 해야 하나?

"오빠 또 왕만두들이 괴롭혔지?!"

"아니야. 살살했어. 살살."

"이씨! 왕만두들 진짜!"

"괜찮다니까. 아, 형님. 수아가 하는 말 신경 안 쓰셔도 돼요. 제가 운동하는데 다친 적 있어서 그러는 거예요."

백수호가 운동을 했구나. 어쩐지 몸이 좋아 보였다.

그보다,

"남매가 사이가 좋네."

살짝 부러웠다. 잔소리해 주는 동생도 있고.

자신이 어릴 땐 외동이라서 좀 외로웠는데.

"아참! 오빠! 할아버지네 카페, 아니지. 아저씨네 카페에 나은 님 왔었대!"

"나은 님? 네가 좋아하는 아이돌?"

"응응! 대박이지? 사인도 받았대! 으으! 나도 갔어야 했는데 아저씨가 안 불러 줬어."

"그걸 형님이 어떻게 불러? 그보다 오늘은 학교에서 뭐 했어?"

"학교에서? 아! 전에 내가 예쁘다고 했던 시아 알지? 또 고백받았대? 근데 시아가 바로 뻥 차 버렸어."

"그래?"

잔소리를 하던 백수아는 이내. 언제 그랬냐는 듯 백수호의 옆에 딱 붙어서 재잘재잘 댔다.

왜앵~

그때, 같이 남매에게 소외됐던 랑이 녀석이 다리를 비비며 따라왔다.
"너도 혼자야?"
왜앵~
그래.
외동끼리 사이좋게 지내보자.
"랑아! 오빠가 츄르 사 왔대!"
왱왱왱!
생각하기 무섭게 츄르 얘기에 쌩하고 달려가는 랑이의 뒷모습을 보니, 인생 참 별것 없었다.
저 모습을 보고 있자니 피식 웃음이 새어 나왔다.
퇴근길이 더욱 가벼워졌다.

* * *

이리 보고, 요리 봐도.
"알 수가 없네."
고나은의 매력.
어제는 다른 것 때문에 그냥 넘어갔지만 분명 재능 흡수에 이런 게 들어왔다.
하지만 김하나의 손재주도 그렇고, 이것도 따로 어떻게 쓰는 건지 모르겠다.
그냥 두면 알아서 적용되는 건가?
아무래도 그럴 확률이 높겠지.

"뭔가 달라졌나?"

거울을 보며 고나은의 매력이 어떻게 적용이 됐는지 알아보려고 했지만 잘 모르겠다.

고나은처럼 눈이 커지는 것도 아니고.

그냥 평소 같은데.

"손재주 쪽도 비슷하고."

사실 손재주는 할아버지에게 물려받아 꽤 잘했다.

이것저것 잘 만진다고 해야 하나?

낡은 자전거도 가져와서 이리저리 손봐서 이제 끼끼거리는 소리가 나지 않았다.

그러니 적용이 됐다고 해도 티가 나긴 어렵지 않을까.

꼭 이런 걸 얻겠다고 하는 건 아니지만.

이래저래 조금 애매한 재능들이긴 했다.

"뭐, 쌓이다 보면 달라지겠지."

애초에 카페를 하는 목적은 이런 걸 얻으려는 게 아니었으니까.

이건 부수적인 거였다.

아무튼, 거울은 그만 보고 자전거에 올라타 발을 굴렀다.

그리 좋은 승차감은 아니었다.

하지만 시골길을 따라 자전거를 타며 보는 풍경은 정말 운치 있었다.

여전히 맑고, 여전히 푸른 곳.

그렇게 풍경을 구경하다 보니 금세 읍내에 도착했다.

군이 읍내에 나온 이유는 하나였다.

"종묘사가 어디 있더라."

예전 기억을 더듬어서 오래 걸리지 않아 찾았다.

'새싹 종묘사'

크지 않은 건물에 이것저것 쌓아 둔 푸릇한 새싹들이 앞에 진열되어 있고.

안에는 각종 씨앗이 포장된 채로 진열된 게 보였다.

인테리어는 예스러운 분위기가 물씬 났다.

"어서 오셔. 찾는 게 있으신가?"

"안녕하세요. 딱히 찾는 건 없고. 이것저것 사려고요."

"이것저것? 뭐 어디에 심으실 건데? 집안? 마당?"

"마당 텃밭이요."

안으로 들어가니 적지 않은 연세로 보이는 할머니가 맞이해 주셨다.

자못 퉁명스러운 듯했지만.

"마당 텃밭이라…… 어디 보자. 이런 거 키워 보기는 했고?"

이것저것 물어보며 하나하나 자세하게 알려 주셨다.

"아뇨. 처음입니다."

"땅 질은 좋고? 아니지, 처음인데 알 턱이 있나. 처음이면 상추나 들깻잎 같은 게 무난해."

"음…… 혹시 당근은 어느 정도일까요?"

"당근? 당근은 중간 정도? 왜? 당근 심게?"

"아, 그건 아니고요. 텃밭에 원래 당근이 있길래 궁금해서요."

"다 큰 양반이 궁금한 것도 많네. 그래도 당근이 클 정도면 땅은 좋다는 거니 웬만한 건 해 봐도 되겠네."

주인 할머니는 땅 상태를 지레짐작하시며 이것저것 추천해 주셨다.

근데 갑자기 웬 텃밭에 심을 종자를 사러 왔느냐?

간단했다.

'지붕 위 작은 쉼터에 이어서 텃밭이라.'

잡초로 무성한 텃밭을 정리하고 본 것이다. 텃밭 위에 떠 오른 작은 텍스트창을.

처음엔 민트에 붙은 건 줄 알고 그냥 넘어갔는데 어제 보니 좀 달랐다.

[텃밭]
*상태
—비활성.
—활성 조건 : 순환

그 내용은 이랬다.

'순환'이라는 말이 좀 애매해서 일단은 텃밭의 가장 평범한 용도인 종자를 키우는 것부터 해 볼 생각이었다.

"혹시 허브 종류나 과일 같은 건 어떨까요?"

"허브? 허브야 무난하지. 근데 과일은…… 되겠어?"

기왕이면 민트 같은 거나 카페에 쓸 과일이면 좋을 것

같은데.

 하지만 주인 할머니는 부정적인 시선으로 봤다.

 사려고 한다면 말리지는 않겠다는 것 같지만.

 안 될 걸 뭐 하려 하냐는 듯한 눈빛이다.

 이럴 땐 어른 말을 들어야지.

 "그럼 얘기해 주신 대로 일단 사서 해 볼게요."

 "그려. 예전 어떤 고집 센 영감은 도통 말을 해도 들어 먹질 않고 다 사가선 다 죽었다고 또 사 가더라니까? 왜 애꿎은 싹을 죽여? 죽이길. 그러면 사질 말든가. 계속 사. 한 번 사면 더럽게도 많이 샀다니까? 내가 나중에는 쫓아냈지! 그럴 거면 오지 말라고. 쯧쯧! 그래도 젊은 양반은 다르네."

 "그 혹시…… 아닙니다."

 예시에서 푸념으로 넘어가더니 생각할수록 열 받는 듯 씩씩댔다.

 이럴 때 조금만 받아 주면 덤을 받기 좋은데…….

 하지만 왠지 그 영감이 우리 할아버지일 것 같아서 차마 맞장구쳐 주진 못했다.

 하여튼.

 주인 할머니가 알아서 담아 주는 걸 기다리며 주변도 돌아보는데…….

 '응? 저건 뭐지?'

 씨앗을 포장한 것 중 하나가 반짝거리는 게 보였다.

 혹시 텍스트창이?

……보이나 싶었지만 그건 아니고 그냥 주변의 씨앗보다 유난히 반들거리는 거였다.

뭔가 싶어서 포장지를 봤지만 이건 설명이 없는 투명 지퍼백이라 알 수 없었다.

씨앗 종류도 여럿이 마구 섞인 것 같다.

크기도, 모양도, 색깔도 뒤죽박죽.

궁금한 건 그냥 물어봐야지.

"저기, 이건 뭐예요?"

"으응? 그거? 그건 파는 거 아닌데? 버릴 거 골라낸 거여."

"버릴 거요? 왜요?"

"왜긴. 뿌려도 안 자랄 거니까 그렇지."

이렇게 반들반들 윤기 나는데 왜지?

"그럼 이거 저 주시면 안 돼요?"

"그건 만다꼬?"

"만다꼬? 아, 어…… 그냥 한 번 심어 보려고요?"

"……일이 없는가?"

멀쩡하게 생겨서 왜 그러냐는 눈빛. 주인 할머니는 조금 오해를 한 듯했다.

"예. 저기 마을 앞에서 카페를 하는데 거기 마침 텃밭이 있어서 그냥 한 번……."

나도 모르게 주절주절 설명했다.

하지만 역효과였다.

"카페? 커피 파는 데? 혹시 댁이 그 영감탱이 손주여?"

"아."

"어쩐지 닮았더라니. 그걸 심어서 어따 써! 아주 똑같네, 똑같아!"

"끄응."

역시 혼났다.

하지만 이건 다 할아버지 탓이다.

왜 아무거나 막 사서.

"자! 심든 죽이든 알아서 해."

"감사합니다!"

"감사는 무슨."

성을 내는 말투긴 하지만 그래도 결국 주셨다.

그것도 무료로.

근데 다음에 또 오긴 좀 무서울 것 같다.

'나도 나중엔 다 죽이고 왔냐고 빗자루 들고 오실 것 같은데.'

그러지 않기 위해서는 어떻게든 살려 보는 수밖에.

그렇게 밖으로 나와 다시 자전거에 몸을 싣고 가려는데……

컹컹!

"응?"

웬 큰 개가 길가에 주차된 차 안에서 짖었다.

얼굴만 창밖에 나온 녀석은 딱 봐도 덩치가 거대한 골든 리트리버였다.

차도 미국의 유명한 SUV로 여기 읍내와 조금 이질적

인 걸 보아 외지에서 온 듯했다.
 끼잉! 끙!
 불안한 듯 짖던 강아지가 이번엔 낑낑거렸다.
 차 안에 주인이 없나?
 슬쩍 보니 역시, 없는 듯했다.
 차를 대고 잠시 자리를 비운 모양.
 보아하니 곧 올 것 같아서 크게 신경 쓰진 않아도 될 듯했다.
 강아지가 탄 차를 그대로 지나쳐서 늦은 출근길에 나섰다.
 "이런."
 그런데 괜찮다고 생각했던 자전거가 좀 말썽이다.
 어째 좀 불안하다 싶더니…….
 쇠가 끌리는 소리와 함께 바람이 다 빠졌다는 신호를 보냈다.
 "구멍이 났었나."
 아무래도 고무가 오래돼서 삭았던 모양.
 그냥 창고에 처박혀 있을 때야 굴러가지 않으니 괜찮았다가 무게를 싣고 달리다 보니 찢어진 것 같다.
 문제는 애매하게 반쯤 와서 읍내로 돌아가 수리하기도 그렇다는 거다.
 '역시 차를.'
 하지만 인제 와서 후회하면 뭐 하리.
 이미 타이어는 찢어졌고, 당장 교체할 수도 없었다.

어쩔 수 없이 끌고 가는 수밖에.

짐은 또 많아서 더럽게 무겁네.

그렇게 끙끙대며 구멍 난 자전거를 끌고 가는데…….

컹컹!!

뒤에서 차 엔진 소리와 아까 그 강아지 소리가 났다.

길이 넓지 않아서 옆으로 비켰다.

그리고 지나가길 기다리자…… 예상대로 아까 그 미국 SUV 차가 지나갔다.

그런데.

끼익!

멈춰 섰다?

그리고 운전석에서 누군가 내리더니 이쪽으로 왔다.

컹컹!

그 와중에 개는 계속 짖고…….

"저기 실례지만 혹시 길 좀 물을 수 있을까요?"

"길이요?"

"네. 카페를 찾고 있는데요. 네비는 켰는데 이런 길은 처음이라 찾기 좀 어렵네요."

다가온 남자의 말에 나도 모르게 미소를 지었다.

* * *

대형 SUV라서 그런지 자전거는 거뜬히 들어갔다.

다만 좌석 쪽에 짐이 많아서 앞에 개와 함께 끼어 타야 했다.

 그래도 바퀴 터진 자전거 끌고 걸어가는 것보다야 백배 낫지.

 "감사합니다."

 "뭘요. 마침 사장님이셔서 저야 좋죠. 자리는 괜찮나요? 조금 불편하죠? 짐이 좀 많아서."

 "괜찮습니다."

 운전자도 친절하고 자리도 괜찮았다.

 발밑의 옆의 녀석이 좀 부담스럽긴 한데, 아까 짖던 것과 별개로 성격은 무난한 듯했다.

 역시 골든 리트리버.

 녀석은 별 반응 없이 냄새만 계속 맡았다.

 "감자가 지금 새로운 냄새가 나서 되게 신난 것 같네요."

 "아. 그렇군요."

 신난 건가?

 강아지가 신나면 되게 방방 뛴다고 알고 있는데 얘는 좀 점잖다.

 슬쩍 손을 뻗어 보여 주니 바로 냄새를 맡고는…….

 할짝!

 "음."

 침을 묻혔다.

 대형견이라 그런지 아주 축축했다.

 "으아앗! 죄송합니다. 여기 물티슈!"

"괜찮습니다. 개들이 원래 그런 거죠."

침이야 닦으면 그만이었다.

슬쩍 감자라 불리는 골든 리트리버의 머리를 쓰다듬는 척하며 닦았다.

헥헥!

그래도 좋은지 이쪽을 보며 웃었다.

웃는 게 귀엽네.

고양이도 그렇지만 개도 좋아하는 편은 아닌데.

"요즘 아무한테나 그러진 않는데."

"그런가요?"

"네. 사장님이 되게 마음에 들었나 봐요."

개의 마음에 들다니.

좋아해야 하는 건가.

생각해 보면 원래 개들이 나만 보면 짖었던 것 같은데.

그런 걸 생각하면 좋아해야 할지도.

그건 그렇고.

이렇게 큰 개를 데리고 카페는 왜?

"혹시 카페에 찾는 분이라도 계십니까?"

"아, 그건 아니고. 제가 예전에 블로그 같은 곳에서 한 번 봤거든요. 그때 사진으로 봤었는데, 참 좋아서 언젠가 한 번 감자와 함께 와 보려고 했죠. 마침 연락을 드리니 사장님께서도 흔쾌히 괜찮다고 하시더라고요. 아시다시피, 애완견을 동반할 수 있는 카페는 좀 있지만 대형견은 잘 없잖아요."

"아아. 그러셨구나."

내가 있을 때 온 연락은 아니니 할아버지가 받았나 보다.

할아버지라면 그럴 수 있지.

아니나 다를까.

"근데 그땐 할아버지셨는데……."

"제가 물려받았습니다. 얼마 전에 돌아가셔서."

"아…… 삼가 고인의 명복을 빕니다……."

"괜찮습니다, 호상이셨거든요. 그리고 할아버지가 허락하셨으면 괜찮으니 그것도 걱정하지 않으셔도 됩니다."

"감사합니다."

그 말에 남자는 고개를 꾸벅이며 감사하다 전했다.

인상도 나쁘지 않은데 인품도 괜찮은 듯했다.

소위 말해 구김살이 없는 사람 같다고 해야 하나.

하지만 아무래도 얘기가 얘기다 보니 살짝 분위기가 어색해졌다.

그러자 남자가 자연스럽게 화제를 돌렸다.

"아! 노래 좀 틀어도 될까요? 길이 너무 예뻐서 드라이브하기 좋네요."

"예. 그러세요."

그래.

이런 날, 이런 길을 드라이브하면서 노래 듣는 것도 좋지.

남자 둘과 강아지 하나인 게 흠이지만.

남자의 말에 고개를 끄덕였다.

그런데 선곡된 노래가……익숙하다?

플라 붐~ 플라플라 붐붐~

"응? 지금 이 노래는……."

"아, 감자가 좋아하는 거라서요. 혹시 불편하면 끌까요?"

"아뇨. 노래가 좋아서요."

조금은 어색해진 분위기에 작게 들리는 노랫소리는 화제 전환하기 딱이었다.

마침 아는 노래기도 하고.

"그죠? 지금 날씨에 듣기 딱 좋더라고요."

"그러게요. 이거 노래 제목이 뭐였더라……."

"블루 카멜리아의 플라워 붐이요. 고나은 씨가 있는 아이돌인데 이번에야말로 노래까지 좋아서 반응이 좋은 것 같더라고요. 고나은 씨가 그룹 이끌고 고생하셨는데 빛을 보겠네요."

……뭔가 감자가 좋아한다는 것치고는 디테일한데?

이 사람도 팬인가?

아니면 업계 사람?

"뭔가 엄청 자세하시네요. 혹시 팬이신가요?"

"아, 그건 아니고. 아는 동생이 '동백이'라 옆에서 귀동냥으로 많이 들었죠. 하하."

"아하. 저돈데."

"그렇습니까? 이젠 하도 들어서 저도 모르게 응원하게 되더라고요. 고나은 씨도 그렇고, 그 팀도 그렇고. 고생 많이 하던 어린 친구들이 빛을 보는 게 왜 그렇게 짠한 건지. 어젯밤 생방송 이후부터 차트 진입해서 지금 딱 불이 붙었더라고요."

고개를 끄덕이니 갑자기 쏟아지듯 말을 뱉어낸다.

……난 그 정돈 아니긴 하지만 어쨌든 응원하는 건 사실이니까.

게다가 얼굴을 보고 대화까지 나눈, 심지어 얼떨결에 사인까지 받은 사인데 그런 사람이 잘되면 좋으니.

"솔직히 고나은 씨는 번아웃이 좀 걱정될 정도였거든요. 근데 어제 생방송 음악 방송 보니까 빛이 나더라고요. 참…… 대단한 사람이에요. 저보다도 한참 어린데."

"음. 그렇군요."

예리한데?

그건 그렇고.

이 사람…… 역시 그냥 팬인데?

아는 사람이 팬이 아니고 본인 아냐?

정보가 줄줄 나온다.

괜히 안다고 맞장구쳤나? 같은 팬이라고 생각했는지 동질감을 느끼고는 더 말이 많아졌다.

그때!

끼잉! 낑!

"응? 얘가 낑낑거리는데……."

"괜찮습니다. 감자는 자기가 관심 못 받으면 저러거든요. 관심 달라는 겁니다."

웃긴 놈이네.

낑낑대는 감자의 머리를 쓰다듬어 주니 턱을 내 무릎에 괴고 조용해졌다.

진짜 관심이 필요했나 보다.

덩치 큰 털 애기 같다.

"얘는 몇 살이에요?"

"올해 10살입니다. 대형견 치고는 나이가 많은데 그래도 전체적으로 건강하다고 하더라고요. 근데 이상하게 요즘 기력이 확 떨어져서 걱정이…… 조금만 더 시간이 느리게 갔으면 좋겠는데 기다려 줄지 모르겠네요."

남자는 걱정스럽다는 듯 감자에 대해서 말했다.

그 말에서는 나이가 많아진 반려견에 대한 걱정이 물씬 묻어났다.

관절, 노환으로 인한 시력 감퇴, 활력 감소 등등.

사람이나 동물이나 나이 들면 건강한 게 최고였다.

"응? 다 왔네요."

"아! 여긴가요?"

"주차는 저쪽에 하고 여긴 걸어서 가면 됩니다. 태워 주셔서 감사합니다."

"뭘요. 덕분에 더 안 헤매고 왔는데요."

이런저런 얘기를 하다 보니 금방 왔다.

오솔길 앞에 세워 둔 팻말을 지나쳐 쓰지 않는 땅에 주차를 했다.

그리고 함께 오솔길을 따라 올라갔다.

헥헥!

감자는 처음엔 옆에 바짝 붙어서 따라오더니.

이내 오솔길 옆 숲의 냄새에 한눈을 팔았다.

"천천히 올라오세요. 길이 예뻐서 산책하기 좋으니까요. 전 먼저 가서 준비하고 있겠습니다."

"아, 넵 감사합니다."

남자와 감자를 두고 먼저 올라왔다.

언제 봐도 좋은 풍경의 공터를 지나 카페 내부 환기도 시키고, 청소도 하고.

딸랑~ 딸랑~

"저, 들어가도 될까요? 감자가 갑자기 사장님 따라가려고 해서 금방 왔네요."

"그럼요."

그때, 생각보다 금방 남자가 감자와 함께 들어왔다.

그새 감자는 많이 지친 표정으로 곧장 바닥에 엎드렸다.

진짜 나이가 많아서 그런가?

그거 조금 걸었다고 힘들어 보인다.

"자…… 물?"

대접에 찬물을 받아서 주려는데…… 그 순간.

[감자]

*상태
―시력 감퇴로 인해 자신감 하락으로 활동반경 축소.
―시무룩함.
―반려인이 우울한 것 같아서 걱정.
―잘 먹고 잘 자고 잘 싸서 건강.

이번엔 감자에게서 아우라가 보이더니 텍스트창이 보였다.
'하?'
슬쩍 주인인 남자도 봤다.

[??]
*상태
―반려견 감자의 건강에 대한 걱정, 우려로 우울.

거기에는 회색빛의 아우라가 보였다.
고나은과 같은 색, 하지만 내용은 조금 다르니 아마 정신과 관련된 상태는 회색 아우라인가 보다.
근데 감자는…….
'이건 또 생각을 못 해 봤네.'
사람마다 다른 아우라가 있을 거라는 건 짐작했다.
근데 강아지한테도 보일 줄이야.
이 카페는 아무래도 생각보다 더 편견이 없나 보다.
"감사합니다! 흘린 물은 제가 치울게요."

"괜찮습니다. 편하게 계시다가 주문하실 때 찾아주세요."

"아! 바로 주문할게요."

남자는 메뉴를 한 번 보더니 바로 아이스 아메리카노를 시켰다.

둘의 상태는 일단 뒤로하고 주방으로 들어왔다.

'이번 손님도 다르네.'

첫 번째, 두 번째, 세 번째.

사람마다 다 다르게 생기고 다르게 생각하는 것처럼 상태도 달랐다.

일하면서도 다양한 사람들을 만나 봤다고 생각했는데, 이렇게 속속히 들여다본 적은 없어서 색다르게 다가왔다.

비슷하지만 다른 고민들을 가지고 있구나.

그 와중에도 손은 착실하게 움직여서 금방 음료를 만들어 냈다.

얼마 되지 않았지만 이젠 눈을 감고도 할 수 있을 것 같다.

"주문하신 음료 나왔습니다."

"네!"

음료를 건네고 감자의 상태를 살폈다.

"아쉽게도 감자가 먹을 만한 건 없네요."

"괜찮습니다. 간식은 많이 챙겨 왔으니까요. 하하."

인제 와서 생각 난 건데.

3장 〈205〉

상태창이 저렇다면 이 손님, 여기에 올라올 때도 계속 우울한 상태였다는 거 아닌가?

그런데도 그렇게 밝은 모습을 하고 있었다니…… 참 대단한 사람이라는 생각이 들었다.

보통 사람이 아닌 것처럼 보이는데, 대체 무슨 사람일까?

평일, 이 시간에 이렇게 강아지랑 돌아다니는 걸 보면 직장인은 아닌가? 아니면 휴가?

아까 차 안을 보니까 캠핑도 하는 것 같은데.

"근데 혹시 휴가?"

궁금증을 참지 못하고 바로 물어봤다.

"그건 아니고. 퇴사했습니다. 회사에선 임시 휴직 쓰라고 했는데, 괜히 기약도 없는 저 기다린다고 피해를 줄 순 없으니까요."

"아아, 퇴사."

나하고 같은 분이셨구나.

묘한 동질감이 느껴졌다.

물론 누구처럼 성질머리를 참지 못하고 때려치우진 않을 것처럼 보이지만.

얼마나 될지 모를 휴직을 기다려 준다고 한 것을 보면 회사도 훨씬 멀쩡해 보였다.

"그동안 감자한테 못 해 준 것들 실컷 해 주려고요. 바쁘다는 핑계로 못 가 본 곳들도 가 보고 하고 싶은 것도 해 보고요. 이제 감자랑 함께할 시간이……."

감정이 복받쳐 올랐는지 남자의 말이 조금씩 떨려온다.

하는 말 하나하나가 얼마 전의 내가 생각해 오던 것들.

하지만.

'음…….'

그 감자가 말이죠…….

―잘 먹고 잘 자고 잘 싸서 건강.

분명 상태에는 이렇게 나와 있는데 말이지…… 당장 함께할 시간이 없는 건 아닌 것 같은데.

이걸 말해 줘야 하나?

그렇다고 내가 의사도 아니고 얘 건강하다고 말해 줄 순 없으니.

아무튼 적당히 다른 주제로 이야기를 돌렸다.

"사장님도 할아버님 카페를 이어서 가기 위해서 퇴사하셨는데요, 뭘."

"아, 그건. 뭐…… 그렇긴 한데."

여기엔 말로 하긴 워낙 복잡한 이야기가 얽혀 있긴 하다만…….

그냥 그런 걸로 하기로 했다.

처음 본 사람한테 시시콜콜 얘기하는 것도 좀 그러니.

근데 그렇게 대화를 이어 가자니 또 자기한테 관심을 안 줬다고 항의라도 하는 걸까.

컹컹!!

감자가 갑자기 벌떡 일어나 천장을 향하며 짖기 시작했다.

"어어?"

"감자야 왜 그래?"

주인이 잡아 봤지만 계속 짖는 감자.

뭔가 이상해서 보니 또 창문에서 찹쌀떡이 구워지고 있었다.

"감자야, 조용. 조용히 해야지? 얘가 갑자기 왜 이러지?"

남자가 당황해하며 짖는 감자를 말렸지만, 나는 감자가 왜 그런지는 알 것 같았다.

눈이 나빠져서 잘 못 보니 창문에 찹쌀떡이 붙어서 뒹구는 게 이상하게 보였겠지.

"안 되겠다. 밖에 나가자. 사장님, 잠시 저희 밖에 있어도 될까요?"

"예, 그러세요. 날이 좋으니 밖이 더 좋겠네요. 괜찮으니 감자가 편하게 돌아다니게 풀어도 됩니다. 혹시 콜이 잘 되나요? 저쪽 뒷산이 좀 험하긴 하거든요."

"예, 아마 멀리 가진 않을 건데…… 아무튼 감사합니다!"

남자와 감자는 밖으로 나갔다.

야외는 지붕을 빼면 따로 자리가 없었지만 둘은 상관없는 듯했다.

나도 그편이 할 일 하는 데 편했고.

"야외에도 자리를 좀 만들어야 하나."

감자가 돌발 행동을 해서 밖으로 나간 탓에 생각난 거긴 한데, 그것도 나쁘지 않겠다.

이런 날씨에는 밖에서 선선한 바람을 쐬는 것도 좋으니까.

컹컹!

밖에 나간 감자는 돌아다니지 않고 여전히 지붕을 보며 짖고 있었다.

남자가 놀자고 해 봤지만 소용이 없었다.

결국 간식을 꺼내자 그제야 얌전히 그 앞에 앉았다.

왜? 왱! 왱!

그런데 간식 부스럭거리는 소리를 들었는지 지붕에서 냥냥거리는 소리와 함께 랑이가 내려왔다.

그러고는 감자는 신경도 쓰지 않으며 남자의 앞에 앉아서는 불쌍한 표정으로 쳐다봤다.

'……뭐 저런.'

아무튼 웃긴 놈이었다.

마음씨 좋은 남자는 살짝 당황한 듯 보더니 그런 랑이에게도 육포 같은 간식을 줬다.

방금까지만 해도 옥상에 있는 랑이를 보며 짖었던 걸 텐데도.

감자는 육포를 먹느라 바빠 옆에 누가 있는지도 모르는 듯했다.

랑이도 남자가 주는 육포를 받아 채 잘도 씹어 먹었다.
잠시 헛웃음을 지으며 그 모습을 봤다.
거참, 정말 특이한 두 마리네.
제 할 것들만 하는…… 마이페이스라고 해야 하나?
아무튼 참 평화로운 것이 이곳과 어울리긴 했다.
난 그 모습을 잠시 더 보다가 일어났다.
시간이 난 틈에 해야 할 것들을 빠르게 해 둬야지.
바로 읍내에서 사 온 것들을 들고 뒷마당으로 나와서.
"음."
남은 당근부터 마저 뽑고는, 종묘사에서 사 온 씨앗과 모종들을 하나씩 심었다.
토마토, 상추, 무…….
이게 카페 뒷마당에 심을 건가 싶었지만.
당근도 심겨 있었는데 못 심을 건 또 없지.
우선 가지고 온 것들은 다 심었다.
'음.'
하지만 지붕 위 작은 쉼터에서처럼 특별한 변화는 없었다.
아무래도 이게 아닌가?
살짝 아쉽긴 한데.
"……남은 거나 마저 심자."
그래도 기왕 산 거.
다 심어 보지 뭐.
마지막으로 알 수 없는 씨앗이 든 봉지를 꺼냈다.

그런데 그중에서 하나가.

[??의 씨앗]

정보도 없고 달랑 이렇게만 텍스트창이 붙어 있는 씨앗이 있었다.

처음 봤을 때 유난히 반들반들하다고 생각했던 바로 그 씨앗이었다.

뭐지?

혹시 이런 식으로 따로 표시되는 씨앗만 적용이 되는 건가?

아님, 다른 조건이라도…….

"좋아, 자라나면 뭔가 알 수 있겠지."

그것을 알아보기 위해서라도 이것을 심어 봐야 했다.

그렇게 모든 작업을 마무리하고 텃밭 옆 수돗가에서 손을 씻고 있자니 옆에서 소리가 났다.

쿵쿵!

언제부터였는지 감자가 와서는 냄새를 맡고 있었다.

"아! 여기 계셨네요. 갑자기 감자가 냄새를 맡더니 이쪽으로 오더라고요, 사장님 찾은 것 같아요."

이내 뒤따라온 남자가 상황을 설명해 줬다. 근데 그 말과는 달리, 감자는 주둥이를 내 손 쪽으로 처박고 있었다.

아무래도 이건, 나보다 당근에 더 관심이 많은 거 같은데?

그 순간 뭔가가 번뜩 떠올랐다.
'그러고 보니 당근의 효과가…… 시력에 좋다고 했지?'
마침 감자의 상태는 시력이 안 좋고.
그렇다면?
"감자, 혹시 당근도 먹나요?"
"네? 아, 먹긴 먹죠."
"하나 줘도 될까요?"
따로 음료를 만들지 않아도 효과는 유지가 되나?
문득 궁금해졌다.

* * *

당근 하나를 수돗가에서 씻었다.
헥헥!
이게 뭐라고 감자가 옆에 딱 붙어서 당근과 나를 번갈아 봤다.
얼른 달라는 것 같다.
음…….
생각해 보니 어차피 흙에 떨어진 것도 먹는 애들인데 대충 털어도 되지 않을까 싶다.
"크니까 잘라서……."
와삭!
"어. 그래. 턱이 튼튼하네."
자르기도 전에 큰 주둥이로 거의 반을 한 번에 씹어 먹었다.
 딱딱할 법도 한데 마치 삶은 당근을 씹는 듯이 잘도 먹었다.
 와삭! 와삭!
 '소리만 들었는데도 침 고이네.'
 맛있나?
 되게 잘 먹네.
 심지어 어느새 다 먹고 더 달라고 눈빛을 보낸다.
 남은 부분을 내미니…….
 "이거 일부러 살살 먹는 거예요?"
 "아, 예. 똑똑하죠?"
 "그러게요. 사람 손 다칠까 봐 조심해서 먹다니."
 입을 옆으로 기울더니.
 당근을 잡고 있는 손을 피해서 야금야금 먹는 감자.
 그 모습이 정말 신기했다.
 아까는 분명 와구 씹었는데 말이지.
 물론 그렇다고 그게 느리게 먹는다는 말은 아니었다.
 할짝! 할짝!
 어느새 당근 하나를 뚝딱 해치우고 빈손을 핥았다.
 축축하다.
 당근 먹던 입이라 그런가, 조금 붉은 거 같기도…….
 '상태는?'

[감자]

*상태
―'당근' 효과 적용 중.
―간식 먹어서 기분 좋음.
*적용 효과
―눈 건강 회복(지속)

예상대로 감자의 상태가 바뀌었다.
역시 생으로 먹어도 효과가 적용되는…… 응?
'효과가 하나네?'
당근에 붙어 있는 효과는 분명 두 개였는데…….
근데 감자에게는 하나밖에 적용되지 않았다.
그 말은?
헥헥!
"또 줘?"
혹시 두 개를 먹어야 하나?
당근이 몇 개 없긴 한데.
아우우~!
"이거 더 달라는 거죠?"
"예. 원래 감자가 진짜 좋아하는 간식을 달라고 할 때만 하던 건데. 요새는 기력이 없어서 잘 못 봤거든요? 근데 얘가 당근을 좋아했었나? 신기하네요."
"그거야……."
그냥 당근의 효과 덕에 다시 시력이 좋아졌으니 간식도 잘 보여서 그런 게 아닐까?

차마 그 말은 하지 못하고 당근 하나를 더 씻어서 줬다.

와작! 와작!

다시 들어도 참 맛있게 먹는 소리다.

그렇게 또 당근 하나를 뚝딱.

그런데 상태에는 변화가 없었다.

'두 개를 먹는다고 효과가 하나씩 붙는 건 아니구나. 그럼 생으로 먹으면 둘 중 하나만 붙는 건가.'

역시 요리를 하고 아니고의 차이가 있는 모양이다.

에이, 그럼 뭐라도 해서 주는 건데 괜히 생으로 줬네.

"이제 없어."

두 개나 먹고 더 달라는 감자에서 양손이 비었음을 보여 줬다.

그러자 녀석은 눈동자만 슥 움직여서 당근이 있는 바구니 쪽을 가리켰다.

똑똑한데?

하지만 진짜 더 줄 수 없었다.

이 당근은 따로 이런저런 시험해 봐야 하니까.

"감자야, 그만. 많이 먹었잖아. 저기서 간식도 먹고."

끄으응.

"안 돼, 얼른 쉬하고 가자."

난감한 표정으로 주인이 말로 설득하자 끙끙거리는 녀석.

그 모습에 다소 마음이 약해질 거 같지만…… 이럴 때

일수록 냉정하게 굴어야 된다.

"저 먼저 들어갈게요."

"아. 예. 감사합니다."

"뭘요."

텃밭에 볼일도 끝났겠다, 감자와 주인은 두고 남은 당근을 들고 주방으로 들어왔다.

그리고 할아버지의 레시피북을 찾았다.

'진작 이걸 봤어야 했는데.'

몇 장 넘기지 않자 당근으로 만들 수 있는 레시피가 바로 나왔다.

[당근 주스]
―사과와 당근, 그리고 물을 2:1:1.5 비율로 준비한다.
―꿀은 사과와 당근의 당도에 따라 조절.
―사과는 껍질 채, 당근은 껍질을 벗겨서 사용한다.
―착즙보단 갈아서 먹는 걸 추천.

비교적 간단한 레시피였다.

요컨대 맛의 차이는 저 비율과 재료의 질에 따라 생기는 아주 투명한 음료였다.

'읍내 나갔을 때 사과도 좀 사 올 걸 그랬네.'

카페라서 설탕 시럽만 뒀는데, 이런 걸 보면 꿀도 하나 사 두면 좋을 듯했다.

일단 메모를 해 두고.

당근에 대해서도 잘 적어 뒀다.

'근데, 이번엔 재능 흡수가 없나?'

기록을 하다 보니 이전에 썼던 걸 발견하곤 고개가 갸우뚱했다.

앞선 손님들은 음료와 쉼터를 제공함으로써 아우라를 흡수할 수 있었는데……,

이번 감자는 그런 게 없었다.

그냥 상태만 변했을 뿐.

차이점이 뭘까.

이것도 음료로 만들지 않아서?

그게 아니면 동물이라서?

메모장에 물음표가 가득해지던 그때.

묘한 시선이 느껴져서 옆을 나를 빤히 보고 있는 감자와 눈이 마주쳤다.

어느새 카페 밖 공터 앉아서 이쪽을 바라보는 감자.

왜 저러는 거지?

"무슨 일이라도 있습니까?"

"아, 그건 아니고."

컹컹!

밖에 나오니 감자는 발을 동동거리며 반기고 주인은 난감한 표정을 지었다.

설마 아직도 당근을 더 먹고 싶어서?

"진짜 사장님이 마음에 들었나 봐요. 산책하자고 해도 자꾸 이 근처에서 벗어나질 않네요."

"당근 때문이 아닐까요?"

여전히 당근이 없다는 걸 어필했지만 감자의 시선은 여전했다.

그럼 뭘 해 달라는 거지.

"놀아 줘?"

컹컹!

"이거 놀아 달라는 거 맞나요?"

"어? 그런 것 같은데요? 이상하다, 요즘 이렇게 활달했던 적이 없었는데……."

"그래요? 어떻게 놀아 주면 됩니까?"

이거 무조건 당근 먹고 시력이 돌아와서 그런 거다.

왠지 모르게 그런 확신이 들었다.

뭐, 그런 과정을 일일이 내가 설명해 줄 수야 없지.

그래서 대신 눈으로 보여 주기로 했다.

우선 감자가 좋아한다는 나뭇가지 던지면 물고 오기.

"자!"

공터는 감자가 뛰어다니기 적당했다.

멀리 나뭇가지를 던지자마자 와다다 뛰어가 나뭇가지를 물고는 다시 돌아온다.

헥헥!

그러고는 내 발 앞에 내려 두고 웃는 얼굴로 쳐다봤다.

"계속 던지라는 거지?"

컹!

"그래. 어디 해 보자."

이때까진 몰랐다.

감자의, 리트리버의 체력이 얼마나 대단한지. 그리고 얼마나 지독한 건지.

"사장님, 실례지만 혹시 사진 좀 찍어도 될까요?"

"사진이요?"

한창 열심히 던지고 있는데 필름 카메라처럼 생긴 걸 꺼내든 감자 주인이 물었다.

필름 카메라라니.

자동차 취향도 그렇지만 뭔가 감성적인 사람이었다.

"네. 어디 올리거나 할 건 아니고. 제가 가볍게 여행 칼럼을 쓰는데, 거기에 참고하려고요. 머리로만 기억하는 건 이 느낌과 분위기를 다 담아내지 못하더라고요."

"아. 칼럼을 쓰셨군요."

"말이 칼럼이지 사실 그냥 SNS에 사진하고 같이 기록처럼 일기를 써보는 겁니다. 하하. 나중엔 진짜 어디 잡지에 실릴 칼럼을 써보고 싶네요."

"그것도 멋있네요."

반려동물과 여행을 다닌 추억을 칼럼으로 남긴다니······.

로망 있네.

개인적으로 글재주가 좋지는 못해서 하긴 어렵겠지만.

버킷 리스트 같은 데에 넣어 봄 직한 내용이었다.

칼럼 대신 영상이나 그런 걸로 말이지.

컹컹!

"알았어. 던질게."

잠깐 딴생각했다고 금세 감자가 또 나뭇가지를 던져 달란다.

일단 이것부터 열심히 던져 주기로 했다.

"감자가 저렇게 활발하게 움직이다니…… 다시 예전으로 돌아간 것 같습니다. 어릴 때나 저랬거든요."

"……어릴 때요? 혹시 그때 얼마나 놀아 줬습니까?"

"그땐 정말 한계가 없었죠. 제가 지쳐 나가떨어질 때까지 놀았으니."

"……아."

그제야 망했음을 깨달았다.

지금 감자의 상태는 거의 회춘한 거나 다름없는 상태.

그 말은 이렇게 십 분, 이십 분 놀아 주는 걸로는 턱도 없다는 말이었다.

찰칵! 찰칵!

필름 카메라 소리와 함께, 무한 던지고 줍기가 반복됐다.

* * *

공포의 놀이 시간이 끝나고, 감자가 완전 배를 깔고 엎드렸다.

헥헥거리는 폼이 여간 지친 게 아니었다.

1시간이 조금 넘는 시간을 놀았으니 그럴 만했다.

"나이가 있어서 예전처럼은 못 노네요."
"이게요……?"
"네."
단호한 감자 주인의 대답에 고개를 절레절레 저었다.
예전엔 이것보다 더 심했다니.
강아지를 키우는 건 생각보다 더 힘든 일이었다.
어휴, 이 정도면 난 시도하지도 못하겠네.
끄응!
"왜 또?"
끙!
다 놀아 준 것 같은데도 여전히 끙끙대는 녀석.
영문을 몰라서 고개를 갸웃하는데, 갑자기 감자가 벌떡 일어났다.
그러고는 급히 어딘가로 달려갔다.
설마 또 나뭇가지?
'이젠 못해.'
아침에 먹은 민트 음료의 효과는 이미 다 소진했다.
얼른 도망이라도 가야 하나 싶던 그때.
"응?"
걱정과는 달리, 사라졌던 감자는 금세 다시 돌아왔다.
누워 있는 내게 와서 머리를 비비는데 어째 흙이 잔뜩 묻어 있었다.
"엇!? 감자야! 이런…… 저기 뒤쪽에 가서 흙 위에 뒹굴었나 보네요."

"네?"

"감자가 흙냄새를 좋아해서……."

이어진 주인의 말에 고개를 끄덕였다.

이름이 감자라 왠지 흙냄새를 좋아하는 게 어울리는 것 같기도.

근데 공터에는 풀이 잔디처럼 자라 있어서 조금 아쉬웠나?

굳이 텃밭에서…….

주인이 털 사이에 박힌 흙을 뒤늦게 털어 보지만 소용없었다.

역시 귀엽지만, 강아지 키우는 건 쉽지 않을 듯했다.

그래도 똑똑하긴 했다.

텃밭의 흙을 기억하고 거기 가서 뒹굴고 오다니.

왜앵~

"넌 또 왜? 난 간식 없어."

감자랑 다 놀고 나니 랑이가 와서 머리를 비볐다.

감자 주인에게 간식 먹고는 안 보이더니.

나한테 달라는 것 같았다.

오늘따라 털 뭉치들이 많이 치대네.

"이거 죄송합니다. 옷에 흙이 다 묻었네요."

"괜찮습니다. 흙이야 털면 되죠. 앞치마도 하고 있었고."

감자가 비비는 바람에 내 옷에도 흙이 묻었지만 난 괜찮다는 듯 손사래를 쳤다.

이 정도는 별거 아니다.
세탁하면 그만이었다.
손도 씻으면 되고.
어차피 텃밭에 씨앗을 심으면서 묻기도 했다.
힘들긴 했어도 감자랑 잘 놀기도 했으니.
그나저나 텃밭에서 뒹굴고 온 감자는…….
'상태가 완전히 좋아졌네. 주인은 아직 걱정하는 게 그대로긴 하지만.'
그것도 조금 옅어졌다.
아무래도 감자가 활발하게 노는 것을 본 덕인 듯하다.
'잘됐네.'
본인에게 뭔가 특별한 것을 하지 않아도 지닌 문제가 풀리면 옅어지는 거구나.
새로운 것을 깨달았다.
아마 감자가 함께 오지 않았다면 몰랐을 일.
스윽! 스윽!
"네 덕에 하나 배웠다."
갑자기 머리를 쓰다듬으니 고개를 갸우뚱하는 감자의 모습에 피식 웃음이 새어 나왔다.
찰칵!
"응? 아, 아직도 찍고 계십니까?"
"방금 모습 되게 잘 나왔을 것 같은데요?"
"그래요? 나중에 보여 주세요."
"방금 건 폴라로이드 카메라라 바로 나와요. 이건 드리고 갈게요."

"오."

그 말과 동시에 카메라의 아래쪽에서 지익, 하고 네모난 종이가 튀어나왔다.

방금까지만 해도 DSLR 같았는데, 카메라 종류가 참 많은 사람이구나.

어쩐지 뭔가 이런저런 가방이 많다 싶었는데, 그게 카메라 가방이었나 보다.

뭔가 참 있어 보이는 취미 같아서 흥미가 간다.

'여기에 하나 두는 것도 나쁘지 않겠어.'

손님은 사진을 넘겨준 채, 계속 여기저기를 뒹구는 감자를 찍고 있었다.

그 모습이 참 행복해 보인다.

하지만, 저러면…….

나는 잠깐 고민하다가 일어났다.

"제가 하나 찍어 드려도 될까요? 재주는 없지만 가르쳐 주시면 한번 찍어 드리고 싶은데."

감자와 함께 있는 손님의 사진은 없는 게 아닌가?

그런 생각에 말을 걸었다.

"저야 좋죠!"

그러자 감자 주인은 기쁜 표정으로 이것저것 설명해 주며 아까 내가 앉았던 곳에 앉아 포즈를 취했다.

나는 어색한 손을 놀리며 방금 배운 대로 움직였다.

마침 시간대가 좋다.

머리 위로 노을 지는 공터의 하늘.

그 아래 푸른 공터에 뒹구는 감자.

감자의 큰 움직임에 놀라 몸을 잔뜩 부풀린 랑이.

그리고 그 안에서 어색한 표정을 짓고 있는 감자 주인까지.

'좋네.'

카메라 본래의 기능대로, 지금 이 즐거운 순간을 담기 위해 셔터를 눌렀다.

반짝!

"응?"

근데 방금 셔터를 누르기 직전, 카페 뒤에서 뭔가 반짝한 것 같은데?

4장

 빛을 따라 카페 뒤로 오니 보이는 은은하게 푸른빛을 발하는 작은 텃밭.
 그 위로 뜬 작은 텍스트창에는······.

[텃밭]
*상태
─텃밭 '땅의 순환' 효과 적용 중
*효과
─당근 〉 '감자' 〉 ??

텃밭이 활성화가 됐다.
그것도 순환이라는 애매모호한 조건을 해결하고서.

'당근, 감자……? 이게 뭐지?'

설마?

아무리 생각해 봐도 그것밖에 연결이 안 되는데.

그리고 저 물음표는…….

'아무래도 그거겠지?'

오늘 읍내 종묘사에서 가져온 알 수 없는 종자가 의심됐다.

그러니까 정리하면, 텃밭에서 캔 당근을 감자가 먹고.

감자를 통해서 텃밭에 무언가를 했고.

그래서 순환이라는 효과가 일어났고, 지금은 그게 저 물음표 종자에 적용 중인 상황.

인과관계가 딱 맞아떨어졌다.

"감자 녀석……."

뭘 한 거지?

아까 텃밭에서 뒹굴고 오더니.

설마…… 그건 아니겠지?

혹시나 해서 샅샅이 텃밭을 들춰 봤다.

그게 있는지.

다행히 예상한 건 없었다.

그럼 진짜 어떻게?

뒹굴~ 뒹굴~

언제 따라왔는지 감자가 시범을 보여 주겠다는 듯 텃밭에 누워 지렁이 춤을 췄다.

물개처럼 누워서는 꿈틀거리는데 얼굴은 헤헤 웃고 있

었다.
 하지만 되게 기분이 좋아 보이는 그 행동 뒤에는 예상 밖의 결과가 일어났다.
 팟!!
 감자에게서 흘러나온 푸른빛 아우라가 땅으로 스며든 것이다.
 아우라가 흡수된 텃밭은 은은한 빛이 감돌다가 사라졌다.
 '이렇게 된 거구나.'
 감자 덕에 새로운 조건을 깨닫게 되었다.
 아깐 왜 나한테 아우라가 흡수되지 않나 싶었는데…….
 음료로 먹을 때와 달리, 이렇게 그냥 먹을 때는 기운이 땅으로 빨려 들어가는 모양이다.
 '이게 순환이라는 건가.'
 당근을 감자가 먹고.
 감자는 좋은 기운을 땅에 발산하고.
 그런 일련의 과정을 마치 시간을 빨리 돌린 듯하지만, 어쨌든 과정 자체는 익숙한 순환 구조였다.
 갸웃? 갸웃?
 "고마워."
 물개처럼 드러누운 채 고개를 갸웃거리는 감자의 머리를 쓰다듬어 주며 고마움을 전했다.
 알아들은 건지 모르겠지만.

헤헤 웃는 걸 보니 마음은 전달되지 않았을까?

'근데 여긴 까도 까도 뭐가 나오네. 지루할 틈이 없어.'

곳곳에 숨어 있는 이런 공간들이 카페 생활을 더욱 즐겁게 만들어 주는 듯했다.

"가자."

텃밭은 확인했으니 오늘은 여기까지.

"혹시 문제라도 생기셨습니까?"

"아뇨. 그냥 아까 깜빡한 게 있어서요."

"아. 그렇군요."

"노을은 잘 구경하셨어요?"

"예. 진짜 끝내주네요. 그림 같은 풍경이 이런 거였네요."

"여기, 카메라. 이제 카페는 닫을 건데 더 구경하시고 싶으면 얼마든지 하고 가셔도 됩니다."

감자 덕분에 텃밭을 활성화했으니 애프터 서비스였다.

"아 참! 그림 같은 풍경 더 있는데."

"여기 말고요?"

"예. 카페 뒷길로 올라가는 길이 있거든요. 20분에서 30분 정도 걸리는데 거기가 진짜 풍경 맛집이죠."

"오…… 아, 근데 오르막길이겠죠?"

"아무래도 그렇죠."

감자 주인이 아쉽다는 눈빛을 했다.

아무래도 감자가 거기에 올라갈 수 있을 체력이 없을 거라 생각한 듯한데.

'감자는 지금 달려서 갈 수도 있을 텐데.'

─활력 넘침.

 감자 주인은 아직도 감자가 나이가 많아 기력이 떨어진 상태로 생각하고 있었다.
 아까의 활기찬 모습도 무리였다는 듯.
 하지만 정작 감자는 지금 기운이 넘쳤다.
 어쩔 수 없지.
 직접 알려줘야겠다.
 "감자야. 저기 산책 갔다 올까? 산책?"
 컹컹!
 "그래, 그래. 어때요? 감자는 가고 싶다는데요?"
 "아."
 진짜 말을 알아들은 건지 감자가 발을 동동거리며 좋아했다.
 그 모습을 감자 주인에게 눈짓하자, 그도 그제야 깨달은 듯했다.
 컹컹!
 "감자야! 천천히!"
 감자가 달리고, 그 뒤를 끌려가듯 따라가는 감자 주인.
 보기 참 좋다.
 '이제 좀 쉬겠네.'
 저쪽은 앞으로 다시 활달해진 감자 탓에 좀 고생하실지도?

물론 그만큼 더 웃음도 늘겠지만.

"근데 쟤는 왜 따라가?"

쫄래쫄래 감자와 감자 주인을 따라가는 랑이의 뒷모습에는 고개를 갸웃했다.

아무튼 이상한 고양이야.

* * *

감자와 감자 주인, 그리고 랑이가 올라간 뒤, 나는 마감을 했다.

사실 마감이랄 것도 없었다.

컵 좀 씻고 청소만 간단하게 하면 끝이니까.

텃밭의 상태도 다시 한번 보고 공터의 잡초도 좀 뽑으니까 시간은 금방 갔다.

1시간 정도 지났을까?

이제 슬슬 해도 뉘엿뉘엿 다 넘어갔을 무렵 뒷산에 올라갔던 감자와 감자 주인이 내려왔다.

"잘 다녀왔습니까?"

"예! 정말 잘 구경했습니다. 이게 얼마 만에 산책인지…… 그런데 아까 그 새끼 고양이가 어느 새부턴가 안 보이던데……."

따라오던 랑이가 안 보여서 걱정이 됐나 보다.

"잘 따라오다가 갑자기 혼자 뽀르르 내려가더라고요. 근데 여기에도……."

"아, 괜찮습니다. 여기서 놀다가 시간 되면 알아서 집에 가거든요. 돌봐 주는 애들이 있어서."
"아! 다행입니다."
랑이는 수아와 수호가 올 시간이 다 되면 알아서 간다.
걱정하는 감자 주인에게도 괜찮다 말했다.
"이제 마치나 봐요."
"아, 예. 슬슬 마무리하고 가려고요."
"차로 데려다 드릴까요?"
"괜찮습니다. 바로 요 앞마을이라."
감자 주인의 말에 손을 저었다.
집까지는 자전거가 없어도 갈 수 있다.
"뒷산은 괜찮았습니까?"
"아, 맞다. 진짜 대박이더라고요. 사진도 많이 찍었습니다."
"오."
그가 보여 준 즉석 사진에는 정상에 올라, 산수화처럼 펼쳐진 산맥을 구경하는 감자의 모습이 찍혀 있었다.
역광이라 어둡게 찍혔는데 그게 오히려 더 감성적으로 다가왔다.
감자 녀석, 모델을 해도 되겠는데?
"그리고 이건 아까 여기서 찍은 사진입니다."
감자 주인이 다른 사진도 하나 건넸다.
이건 아까 공터에서 감자, 랑이랑 뒹굴 때 찍은 사진이었다.

이것도 예쁘네.

"덕분에 좋은 추억 쌓고 가는 것 같습니다. 감자도 그렇고 저도."

"그랬다면 다행이네요."

"아 참. 이건 제 SNS인데, 시간 나시면 보세요. 아마 아까 말씀드린 건 여기에도 올릴 거 같거든요."

"오. 그럼 저도 볼 수 있는 건가요?"

"네. 누구나 다 볼 수 있습니다."

SNS라…… 동료 직원들 닦달에 가입은 해 뒀던 것 같은데.

집에 가서 찾아봐야겠다.

우선 '최현욱 작가'라고 적힌 명함을 잘 받아 넣었다.

'작가?' 역시 뭔가 이쪽 관계사람 같더니만…….

"그리고 감자랑 여행하다가 또 휴식이 필요하면 들려도 될까요?"

"얼마든지요."

원래 그런 곳이었다.

아마도 할아버지가 바라는 곳이기도 했고.

"감자도 또 놀러 와?"

컹컹!

감자의 머리를 쓰다듬으면서 말하니 알아들었다는 듯 짖었다.

역시 똑똑한 녀석이다.

진짜 알아들은 건지는 모르겠지만.

어쨌든 지금처럼 건강히 살기를.

이제 진짜 내려갈 시간이 왔다.

시골 밤길은 자동차 라이트로 밝혀도 어두우니 얼른 보내 줘야 했다.

"이제 가셔야 될 것 같은데요? 슬슬 해가 지면 정말 어둡거든요."

"아. 그래야겠네요. 감자야, 가자."

꼬리를 살랑살랑 흔들며 최현욱을 따라가던 감자가 문득 공터에서 발을 멈췄다.

그러고는 슬쩍 뒤를 돌아봤다.

헤헤!

웃는 감자의 모습에 손을 살짝 흔들어 줬다.

그러자 그 인사를 받고 싶었다는 듯 꼬리를 더 세차게 흔들더니 이내 다시 돌아섰다.

최현욱과 감자가 점점 멀어졌다.

그 모습을 끝까지 보다가 앞치마를 툭툭 털었다.

'나도 이제 갈까?'

카페 문을 잠갔다.

그리고 공터를 밝히던 전등까지 끄자 어느새 새카맣게 변한 밤하늘이 마중 나왔다.

잠시 아무것도 보이지 않던 하늘에는 이내 반짝반짝 은빛 별들로 가득 채워졌다.

'이런 모습도 있었지.'

야근할 때면 보게 되는 같은 처지의 지상의 별빛과는

다른.

이곳의 별들은 밤하늘 위에서 편히 쉬고 노는 듯했다.

'그래. 니들도 낮에 열심히 일했을 텐데 쉬어야지.'

보이지 않는 낮에 저들도 바쁜 하루를 보냈을 것이다.

그런 별들의 휴식을 방해하지 말자.

그렇게 얼른 오솔길을 내려왔다.

부르르릉!!

그때, 오솔길 앞 도로에 웬 트럭 하나가 지나가다가 멈췄다.

"응? 이장님?"

"이제 가는 건가?"

"아, 예. 오늘은 좀 늦었네요. 이장님도 이제 가시나 봐요."

"우리야 늘 이때 가지. 허헛! 아참참! 자, 이거!"

집으로 돌아가던 이장님 트럭이었다.

나를 발견하고 멈춘 듯한데.

운전석에서 주섬주섬하더니 웬 봉지를 건넸다.

"응?"

받아 보니 꽤 묵직한데?

"저장고에 있던 작년 사과여. 못생겨서 상품성은 없는데 맛이 달아."

"아이쿠. 이런 걸 다…… 잘 먹겠습니다."

"클클! 그래. 어째, 가게는 잘되고? 매일 나가는 거 보니 재미는 붙인 것 같은데."

"아, 예. 간간이 오네요. 재미도 있고요."

"다행이구만. 혹시 여기 생활하다 불편한 거 있으면 말하고. 덕분에 땅이 활기차졌어."

"예?"

"아니야. 허허! 그럼 조심히 들어가게."

"이장님도 조심히 들어가세요."

가벼운 얘기와 함께 굳이 사양하지 않고 받았다.

아마 여기 시골에 있다 보면 종종 있을 일이었다.

인성 파탄으로 굴지 않는다면 말이지.

'할아버지랑 있을 땐 매일 이랬지.'

오며 가며 인사 대신 하는 거라고 생각하면 쉽다.

이렇게 받고 나중에 나도 나눌 게 있으면 나누는 거면 충분했다.

그리고 아마,

'슬슬 저장고도 비울 때지.'

새 과일로 채우기 위해 저장고를 비우고 있나 보다.

그러고 보니 여기 온 지도 꽤 지났구나.

이제 여름도 곧 오겠네.

여름이라니.

'벌써 그렇게 됐나?'

그래도 아직은 밤이 시원했다.

샤워를 하고 대청에 나와 선선한 바람을 맞으며 밤하늘을 멍하니 봤다.

공기가 참 좋았다.

근데 감자와 낮에 열심히 놀아서 그런가?
몸이 자꾸 침대를 찾았다.
근데 또 머리가 피곤한 건 아니라 잠은 안 오고.
그렇다고 여기 와서 일은 하기 싫고.
"음."
문득 폰을 찾았다.
SNS 비밀번호가 뭐였더라.
"……."
여러 번 시도 했지만 실패했다.
남은 기회는 한 번.
결국 회사에서 쓰던 메일의 비밀번호를 넣으니 로그인이 됐다.
'감자 주인 아이디가…….'
SNS를 안 하긴 해도 UI는 익숙해서 어렵지 않게 최현욱의 계정을 볼 수 있었다.
감자 사진으로 온통 도배된 창.
최신 사진에 카페에서 찍은 감자 사진과 함께 글이 적혀 있었다.
언제 이렇게 쓴 거지?

―감자와의 여행길 중 찾은 작은 휴식처. 우연히 만난 그곳의 사장님은 예상과 달리 젊고 잘생긴 분이었지만 그럼에도 상상했던 카페와 아주 잘 어울리는 분이었다.
……

유난히도 밝고 활기찬 감자의 모습에 괜스레 설레는 하루였다. 오늘처럼 내일도, 그리고 모레도 행복하게 뛰어다녔으면.

#감자일상 #여행하는감자와현욱 #잠시쉬었다가기 #쉼터 #사장님잘쉬었다갑니다 #또올게요 #민트초코프라푸치노맛집 #당근 #블루카멜리아파이팅 #사장님도파이팅

진작 말한 것처럼 칼럼이라기보다는 일기에 가까웠다.
해시태그도 그렇고.
하긴, 칼럼이 뭐 별건가.
오늘 있었던 일들을 다른 사람의 시점에서 보니 조금 새롭다.
'근데 왜 마지막 사진을 내 앞치마로?'
그 생각은 아래 해시태그를 보자 단박에 이해가 갔다.
고나은 사인이 아주 잘 보이게 찍힌 앞치마와 블루카멜리아의 이야기.
아무래도 내가 고나은의 숨덕이라고 생각한 거 같다.
"끄응."
어째 오해를 산 듯한데.
상관없나?
보아하니 어차피 보는 사람이 많지 않았다.
앞치마 정도야.
좋아요를 한 번 꾹 누르고 껐다.
'오늘은 아우라 대신 여러 가지를 얻은 날이네.'

사진, 칼럼, 명함, 또 다른 사람의 이야기.
그리고 많은 일이 있었다.
내일은 또 무슨 일이 있을지 기대가 된다.
그때.

―better_go님이 팔로우 했습니다.
―choipotato91님이 팔로우 했습니다.

방금 폰 화면에 뭔가 뜬 것 같은데.
갑자기 졸음이 몰려왔다.
일단 오늘은 이만 자자.

* * *

다음 날.
어젠 그냥 그대로 기절해 버렸다.
찬물에 간단히 세수만 하고.
바로 집을 나와 카페로 출근했는데…….
"어?"
카페에서 낯선 것과 마주했다.
텃밭에 민트 말고 또 다른 푸른 것이 올라와 있었다.
그것도 아주 길쭉.
'이게 뭐지?'

[???]
*상태
―성장 중.

* * *

아직 열매는 맺지 않았지만 금방이라도 맺을 듯한 푸른 나무였다.

물론 쉼터 주변의 나무들처럼 크진 않았다.

손을 대니 허리춤까지 왔다.

그래도 하루 만에 이렇게 자란 건…….

'보통 일은 아니지.'

그래.

평범한 상황은 아니었다.

하지만 여기 와서 뭐 하나 평범한 일이 있었던가? 그새 적응을 했는지 놀라움도 잠시였다.

'무슨 나무지?'

종묘사에서 알고 산 씨앗과 모종에는 나무가 없었다.

그 말은 어제 본 당근〉감자〉??? 중에 '???'가 저거였다는 말인데…….

재밌게도 정체도 모르고 가져온 게 텃밭의 순환에 고리가 될 줄이야.

심지어 하루 만에 저렇게 자라다니.

[???]
―성장 중.

텃밭에 난 작은 나무에 걸린 텍스트창에 헛웃음이 나왔다.
이곳에서 많은 신비를 봤음에도 까먹고 있었다.
이곳이 신기하고 특별한 카페라는 걸.
"이렇게 직접 만질 수 있는 건 처음이라 그런가?"
뭔지 모를 나무의 가지를 조심스레 만졌다.
따뜻했다.
나무가 따뜻하다니.
이건 착각이겠지.
햇빛을 받아서 데워졌으리라.
하지만…….
또잉~ 또잉~
작은 잎사귀가 움직이는 것도 착각인가?
한 번 더.
또잉~ 또잉~
"뭐야? 진짜 움직이는 거야?"
또잉~
마치 내 말에 답하듯 반응했다.
아기가 손가락을 접었다 폈다 하는 것처럼 분명…….
에이, 아니겠지.
나무가 어떻게 말을 알아들어.

……설마 진짜라고?

아무리 신비한 곳이라지만 이건 좀…… 이 아니라, 안 될 것도 없지.

분명 잎사귀가 타이밍에 맞춰서 움직이는 걸 봤다.

혹시나 해서 다시 한번.

"……내 말도 알아듣니?"

이번엔 반응이 없었다.

그리고 그 뒤로는 몇 번 더 시도해 봐도 우연이었다는 듯 잠잠했다.

내가 너무 이곳을 다른 세상으로 봤나 보다.

하긴 훌쩍 큰 나무를 보고 많이 충격받긴 했지.

"……더 안 신기해도 되니까 잘 자라기나 해 줘."

반응이 없는 나무를 한 번 더 쓰다듬으면서 말했다.

그러고 보면 내가 직접 심은 것 중 제일 처음으로 자란 첫째였다.

여태 콘크리트, 철근이나 열심히 땅에 심었는데…….

그것들은 자라지 않는다. 오히려 주변까지 자라지 못하게 막아 대지.

그래서인가? 내가 심은 게 하루 만에 자란 걸 보니 남다른 느낌이었다.

대체 왜 이런지는 모르겠지만.

뭐가 중하겠어.

그냥 건강하게 잘 자라기만 해도 좋을 것 같았다.

'물론 열매도 맺으면 좋고.'

예쁜 꽃도 피우면 더 금상첨화겠지.

하지만 꼭 그러지 않아도 괜찮다.

아직 심은 것들이 많고 이 특별한 텃밭을 쓰는 방법도 알 것 같으니까.

'감자 녀석이 좋은 걸 알려 주고 갔어.'

착한 순환이라고 해야 할까, 건강한 순환이라고 해야 될까.

아무튼.

텃밭에 흡수된 아우라는 단순히 그걸로 끝이 아니라 이렇게 순환의 고리가 되는 듯했다.

왜냐면…….

'이곳에서 난 작물들, 당근이나 민트처럼 내 손을 타고 다시 손님들에게 갈 테니까.'

저 나무가 뭔지 몰라서 어떻게 될지 모르겠지만, 결국 어떤 식으로든 받은 걸 다시 돌려주겠지.

이 땅의 작물들이 그러하듯.

그리고 그렇게 또 손님들로부터 아우라를 얻겠지.

또잉~ 또잉~

이 나무 덕분에 이 카페의 아주 중요한 의미를 찾은 듯했다.

잘 컸으면 좋겠네.

아니, 내가 잘 키워야 하나?

그러려면…….

딸랑~ 딸랑~

"아저씨이~! 저 왔어요!"

손님을 잘 맞이해야겠지.

마침 들리는 수아의 우렁찬 목소리에 웃음이 절로 났다.

꼭 저 텃밭이 아니더라도 카페를 잘 운영하고 싶게 만드는 요소들이 많았다.

왜앵~

"너도 왔어?"

먼저 뒷마당으로 온 랑이도 그중 하나. 다리에 머리를 비비는 녀석을 잠시 쓰다듬고 있으니…….

"아저씨~!"

이크.

나를 찾는 수아의 목소리가 더 커졌다.

어째 더 목소리가 더 커질 수 있지?

저기서 더 커지면 마을까지 들리겠네.

얼른 들어가기로 했다.

* * *

안으로 들어가니…….

짧은 다리로 열심히 까치발을 세워 카운터 너머를 낑낑거리며 보는 수아의 바가지 머리통이 보였다.

처음엔 저런 모습에 놀랐는데 계속 보니 귀엽다.

근데.

'그러고 보니 수아 아우라는 처음 보나?'

그 작은 바가지 머리 위로 수아의 아우라가 보였다.

맑고 투명한 초록빛의 아우라였다.

여태까지 본 아우라들의 첫인상은 죄다 칙칙하기 그지없었는데…….

수아의 아우라는 싱그럽기 그지없는 빛깔이었다.

보통 다른 손님들은 칙칙한 아우라에서 맑은 아우라로 바뀌어도 저 정도는 아닌데.

'그만큼 좋은 상태라는 거겠지.'

정신적으로든 육체적으로든.

하긴 그냥 봐도 수아는 늘 좋아 보였다.

텍스트창도 [백수아]라는 이름만 걸려 있으니…….

그런데 그때.

문득 이런 생각이 들었다.

저런 수아의 아우라가 텃밭에 스며들면 어떨까?

조금 다른 일이 일어나지 않을까?

"아저씨 모해요?"

"어? 어어. 왔어?"

"저 몰래 뭐 먹고 있었죠?"

"먹긴 뭘 먹어. 나도 이제 왔어. 근데 수호는?"

"오늘 새벽 훈련 있다고 먼저 갔어요. 치이, 세상 혼자 바빠."

"그래?"

툴툴거리는 수아의 모습에 절로 입가에 미소가 그려졌다.

저래도 걱정하는 티는 못 속였다.

"근데 넌 아침부터 왜? 학교 안 가?"

"당연히 가죠. 으으! 아! 이거요!"

"응? 뭔데?"

"사과요!"

아침 일찍 학교 가는 걸 안 좋아하는 건 다 똑같구나.

수아는 좀 다를 것 같았는데 말이지.

그나저나 수아가 건넨 건 검은 비닐봉지 하나와 밀폐용기 하나였다.

그중에 검은 비닐봉지는 어디서 많이 봤는데?

"사과?"

어제 이장님이 준 못난이 사과와 같았다. 하긴 나한테도 줬는데 애들한테도 줬겠지.

근데 이걸 왜?

"어제 이장 할아버지가 줬어요. 근데 너무 많이 줘서 오빠가 아저씨도 나눠 드리자고 해서 가지고 왔죠."

"그래?"

일단 내색하진 않고 받았다.

참 마음이 고운 남매였다.

자기들이 받은 걸 나눠 줄 생각을 다 하다니.

아니, 그냥 내가 불쌍해 보였나…….

아무튼.

저래서 수아의 아우라도 저런 건가?

맑고 깨끗한 바람 같은.

아마 수호도 수아랑 다를 바 없겠지.
'근데 받긴 받았는데 이걸 다 어쩐다?'
집에 있는 거야 하나씩 먹으면 된다 치고.
여기 있는 것까진 좀 힘든데?
음료라도 만들어야 하나.
'응? 그러면 되겠네.'
흘러가듯 생각한 건데 생각보다 더 괜찮은 듯했다.
사과도 있고 당근도 있으니.
촤라락!
머릿속에 저장된 레시피북이 넘어갔다.
그리고 그중에 하나.
당근 사과 주스에서 멈췄다.
만들기도 쉽고 영양도 좋고.
마침 감자도 먹은 텃밭에서 캔 당근이 아직 몇 개 남았다.
"수아, 너 바로 가야 돼?"
"아니요. 이거 아저씨랑 같이 먹고 갈 거예요."
주스를 마실 시간이 있는지 물어보는데, 수아가 밀폐용기를 가리키며 말했다.
생각해 보니 이것도 있었지.
뭔가 해서 안을 보니 샌드위치 같은 게 있었다.
"샌드위치?"
"네! 내가 만들었어요. 잘했죠?"
"어. 음. 그래. 잘했네."
착한 마음씨에 상처를 줄 순 없어서 고개를 끄덕였다.

그래.

달걀, 마요네즈, 다진 채소 조금 들어간 샌드위치.

내용물이 다 튀어나왔지만 어쨌든 빵 사이에 들어갔다가 나온 거니까 샌드위치라고 하자.

"아저씨도 드세요."

"어? 나도?"

"네! 일부러 많이 만들었어요. 오빠도 새벽에 가져가고."

"아. 자기 전에 만들어 뒀구나?"

"정답! 히히!"

새벽 훈련 나가는 오빠를 위해서 샌드위치를 만드는 동생이라니.

이거 현실에 있는 남매 맞나?

아니, 지금 이럴 때가 아니지.

"그럼 잠깐만 기다려 봐. 아저씨가 음료 하나 만들어 줄게."

"앗! 민초푸!"

"맨날 먹는 민초푸 말고. 아침부터 그런 거 먹으면 속 차가워져."

사실 주스도 따뜻한 건 아니긴 한데. 찬 우유는 안 들어가니까.

게다가 당근의 효과에 민트와 비슷한 효과가 있었다.

마침 사과도 써야 하니, 레시피는 이미 머릿속에 다 있고……

바로 당근과 사과를 손질했다.

사각! 사각!

"우아! 한 번에 깎았다!"

카운터로 머리를 빼꼼 내민 수아가 구경하며 반응을 해 줬다.

이 정도야 기본이지.

물론 언제부터 이게 기본이었는지 모르겠지만.

카페에 온 뒤 그렇게 됐다.

아무튼.

껍질 손질이 끝난 당근과 사과는 갈아 내기 좋게 썰었다.

비율은 1:2가 좋으려나.

"으…… 당근 싫은데."

……당근, 사과를 1:1로 했다.

수아의 반응 때문에 그런 건 당연히 아니고.

아삭!

"음? 달달하네?"

맛을 보니 당근이 되게 달았다.

흙내 대신 신선한 향이 가득한 단맛이었다.

그래서 굳이 사과를 많이 넣지 않아도 됐다.

감자가 괜히 좋아한 게 아니었다.

"당근이 어떻게 달아요."

물론 수아는 못 믿겠다는 눈치지만.

자른 재료를 믹서에 넣었다. 그리고 물을 조금 부었다.

얼음을 넣을까 하다가 너무 찰 것 같으니 패스.

그리고 곱게 잘 갈아 주면 주스는 끝이다.

"자. 이거랑 같이 먹자."

마지막에 얼음 동동 띄워서 시원하게 한 당근 사과 주스가 투명한 컵을 통해 예쁜 색을 드러냈다.

주홍색의 빛깔이 참 고왔다.

여기에 샌드위치까지 접시에 담아내니 어느 브런치 부럽지 않았다.

"자, 먹어 봐."

당근이 싫어 입이 뾰로통 나온 수아였지만, 그래도 내가 만들어 준 거라 입에는 대어 봤다.

그러고는 눈을 휘둥그레 뜨며 빠르게 마셨다.

"맛있지?"

"우아! 엄청 맛있어요! 할아버지가 해 준 당근 주스는 맛없었는데."

"할아버지가 해 준 거?"

"네. 가끔 아침마다 해 주셨는데 맛이……."

"아아."

그래서 그렇게 싫어했구나.

하긴 레시피가 있었으니.

근데 할아버지가 쓴 당근은 이게 아니라 다른 거였나 보다.

수아는 연신 쌍따봉을 날리며 맛있다며 계속 마셨다.

그러다 덩그러니 남아 있는 샌드위치를 내밀었다.

"아저씨도 이거 드셔 보세요!"

"어? 어어. 그래."

먹어야지.

음.

흐르지 않게 조심스럽게 들어서 한 입 베어 물었다.

"오?"

생각보다 맛은 나쁘지 않았다.

누구나 아는 바로 그 맛이었다.

하긴 삶은 달걀을 으깨고 마요네즈를 버무린 건데 웬만하면 맛있겠지.

짭짤하면서 단맛이 느껴…….

으직!

'뭐지? 방금? 이 나간 거 아냐?'

열심히 씹고 있는 입안에서 뭔가 딱딱한 게 씹혔다.

막 돌처럼 엄청 딱딱한 건 아니고 살짝 부스러지는 게 왠지 달걀 껍데기 같은데…….

일단 아무렇지 않은 척 씹어 삼켰다.

수아가 잔뜩 기대하고 있는 눈으로 보고 있었다.

"음~ 맛있네."

"진짜요?"

"그래. 잠깐만. 목이."

빠른 반응과 함께 목 막힌다는 연기로 얼른 당근 사과 주스를 한 모금 마셔서 나머지를 넘겼다.

그리고 자연스럽게 마저 반응을 해 줬다.

"이야~? 제법인데? 언제 이런 걸 배웠어?"

"히히!"

주어(당근 사과 주스)를 생략하긴 했지만, 수아는 알아서 받아들인 듯 만족한 표정이었다.

그래, 둘 다 만족했으면 됐…….

우우웅!!

그때, 수아의 아우라가 요동을 치기 시작했다. 그리고 초록빛 아우라가 마치 요정이 바람을 타고 놀듯 사방으로 퍼져 나갔다.

통~ 통~

그리고 마치 반딧불이처럼 카페 안을 날아다니며 장난을 쳤다.

내 머리 위에서도, 어깨 위에도.

콧잔등에도 잠시 내려섰다가 통~! 하고 떠난 아우라는 이내 카페 이곳저곳에 스며들었다.

심지어 카페 밖으로 나가기까지 했다.

그 광경은 신비롭기 그지없었다.

마치 다른 세상에라도 들어온 듯했다.

"아저씨?"

"어?"

"너무 맛있어요? 내가 또 만들어 줄까요?"

수아의 말에 정신이 번쩍 들었다.

이렇게 넋 놓고 있을 때가 아니지.

"아냐. 다음엔 아저씨가 만들어 줄게."

"오잉? 아저씨도 만들 줄 알아요?"

"왜 못 만들 거라고 생각하지?"

수아의 말에 반박하면서 슬며시 녀석에게 달린 텍스트 창을 봤다.

[백수아]
*상태
―자신이 만든 샌드위치를 맛있게 먹어서 기분 좋음
―'당근 사과 주스' 효과 적용 중.
*효과
―활력 증진(지속)

생으로 먹었을 땐 붙지 않던 효과 '활력 증진'이 붙었다.

역시 먹는 방법에 따라 붙는 효과가 달라질 수 있는 거였다.

그리고 또 하나.

원래 맑은 아우라도 카페와 내게 흡수가 되면서 그보다 더욱 밝고 맑아졌다.

이제는 정말 요정처럼 주변을 맴도는 게 보일 정도였다. 아니, 아우라가 장난꾸러기 수아처럼 뛰어놀고 있었다.

'사람한테 빛이 난다고 하는 게 저런 걸 보고 말하는 거 아냐?'

신기했다.

저럴 수도 있다는 게.

과연 단순히 텍스트창 효과가 아니라, 저렇게 되면 어떤 변화가 있을까?

그리고 아우라는 주인을 닮는 걸까?

"근데 아저씬 빵 안 해요?"

"어?"

신비한 아우라에 집중하느라 수아의 말을 못 들었다.

"빵이요. 빵."

"아, 빵."

이번엔 제대로 들었다.

근데 생각해 보니 원래 빵이…… 있었구나?

* * *

보통 카페는 음료만 팔지 않는다.

빵을 같이 파는 곳, 디저트를 파는 곳. 심지어 가벼운 식사를 파는 곳까지 있다.

그래선지 호랑이 쉼터도 원래 빵을 팔았던 거 같다. 종류가 많지는 않았지만.

그래도.

'무리였지.'

카페가 처음인 내가 그것까진 다 하기 힘들 것 같아 오픈 초기에는 뺐다.

4장 〈257〉

근데 이제는 음료 만드는 건 손에 다 익었다.

솔직히 말하면 대부분 음료를 레시피를 한번 보기만 하면 할 수 있을 정도.

이건 내 재능도 재능이지만, 카페의 힘이 작용한 덕분인 것 같기도 한데…… 어쨌든.

방금 수아의 아우라를 보니 문득 그런 생각이 들었다.

다양한 사람들에겐 다양한 아우라가 있다.

그리고 그들의 아우라를 흡수할 수 있는 방법도 제각각.

어떤 사람은 음료로, 또 어떤 사람은 편한 휴식 공간을.

누군가는 특별한 효과가 필요하기도 했다.

물론 수아처럼 복합적인 것도 있다.

아무튼 중요한 건.

'빵도 그중 하나가 될 수 있다는 거지.'

텃밭에서 나는 재료를 쓰기에도 좋고.

가령 이번에 나온 당근도 디저트 중에 유명한 당근케이크가 있었다.

음료는 손에 익었으니 한번 해 볼까?

"빵이라……."

"아저씨, 빵 하시게요?"

"일단 생각 중. 근데 할아버지가 해 준 빵은 맛있었어?"

"할아버지요? 아저씬 못 먹어 봤어요?"

"난 할아버지 커피 맛도 몰라."

지금 생각해도 참 씁쓸한 사실이었다.

뭐 그리 잘나서 도시에 콕 처박혀 있었던 건지.

하지만 그건 이미 지나간 일이었다.

그리고 애초에 내가 아는 할아버지는 뭘 맛있게 만드는 게 없는 분이었다.

대충 다 때려 넣고 만드는 전형적인 할아버지 스타일이신데. 그래서 그런지 여기서 할아버지에 대해 들을 때마다 놀랍다.

"아하. 불 속성이셨지."

이런 내 반응에 수아가 고개를 끄덕이며 말했다.

"불?"

"히히. 그런 게 있어요."

"……내가 불효자란 말 돌려 까는 거 못 알아들을 거라고 생각해? 틀린 말은 아니지만, 팩트는 아프단다?"

"앗!"

요 녀석이.

물론 순간 무슨 말인가 싶긴 했지만 금방 이해했다.

"우우!"

수아의 통통한 볼을 잡고 찐빵처럼 만들자 녀석이 웃긴 소릴 냈다.

살살했는데 엄살은.

"푸하! 할아버지 빵은 별점으로 오점이에요!"

볼을 놔주니 잽싸게 제 손으로 가리며 필사적으로 화제

를 돌렸다.

그 장난꾸러기 조카 같은 귀여운 모습에 어쩔 수 있나.

넘어가는 수밖에.

그나저나.

"십 점 만점에 오 점? 그것밖에 안 돼?"

"아뇨? 오 점 만점인데요? 히히!"

"그러냐."

"그게 뭐예요. 치이. 재미없어."

딴에는 반전이라고 생각하고 내뱉었는데 내 반응에 김 샌 표정을 지었다.

아무튼 재미있는 녀석이라니까.

자기가 아까 맛있다고 해 놓고.

"아무튼 맛있었다는 거지?"

"네! 아! 특히 식빵이 진짜 맛있었어요. 갓 만든 식빵이었는데, 막 포실하면서 쫀득하니 엄청 고소했는데."

"그 정도야?"

"완전!"

수아가 고개를 힘차게 끄덕였다.

그렇단 말이지.

그렇담 나도 못 할 것 없지.

이미 음료도 하지 않았나.

지금은 빵도 하려면 할 수 있을 것 같았다.

'도구도 있던데.'

호랑이 쉼터의 주방은 꽤 넓은 편이었다.

그중에서 한쪽은 아예 베이커리 도구들이 세팅되어 있었다.

카페 창업하는 프로젝트를 몇 번 맡아 봐서 대충 어떤 기계인지는 알고 있으니.

"다음에 내가 식빵 만들어 줄까?"

"어? 진짜요? 으음~ 생각해 볼게요."

뭐지?

바로 좋다고 할 줄 알았더니.

"왜?"

"할아버지가 만든 것보다 맛없으면 어떡해요."

그걸 걱정한 건가?

거짓말을 못 해서 내가 상처 입을까 봐?

"제 추억의 맛도 존중해 주셔야죠."

아니구나.

"요놈이?"

"히히!"

"아! 맞다. 수아야."

"왜요?"

"너 학교 안 늦었어?"

"앗!"

시계를 본 수아가 벌떡 일어나 허둥지둥 물건을 챙겼다.

"자, 이건 들고 가면서 마시고, 이것도 챙기고."

그런 녀석의 모습에 피식 웃으며 잊지 말고 챙겨갈 수

있게 하나씩 챙겨 줬다.

그래도 아침에 녀석 덕분에 재밌었다.

아침도 먹고.

"지금 버스 놓치면 시아랑 같이 못 들어가는데, 힝……."

"후회할 시간에 일단 가는 게 맞지 않겠니?"

"으으! 역시 확신의 T……."

"T는 집에서 찾고. 얼른 가자."

역시 재미없어. 라는 수아의 중얼거림이 들렸지만 가볍게 무시했다.

그리고 녀석을 데려다주기 위해 오솔길 아래까지 내려왔다.

그런데 버스가 왠지 방금 떠난 것 같은데?

"망했어……."

"자전거로라도 데려다주랴?"

"……괜찮아요. 기왕 늦은 거 오늘 아파서 쉬는 걸로……."

"안 돼."

동조와 공범이 되어 달라는 눈빛은 외면했다.

대신…… 다가오는 익숙한 트럭을 주시했다.

트럭은 둘의 앞에 섰고, 창문이 내려가며 익숙한 얼굴이 나왔다.

"백수아~. 표정 보니, 니 또 버스 놓쳤나?"

"이장 할아버지이~!"

"허허! 얼른 타거라이. 안 그래도 읍내 가는 길이니까 태워 주마."

"아싸!"

트럭의 주인, 이장님과 수아는 이 상황이 익숙한 듯했다.

"아저씨 이건 잘 먹을게요!"

자연스럽게 히치하이킹을 한 수아가 고개를 빼꼼 내밀고 손을 흔들었다.

"그래라. 이장님 감사합니다."

"감사는 무슨, 아차차! 이거 더 가져가."

"예? 저 많은데요."

"카페니까 쓸데도 많을 거 아녀? 가져가."

수아와 인사하고 이제 가려는데 이장님이 갑자기 트럭에서 내렸다.

그러더니 짐칸에 있던 노란 바구니를 가볍게 내렸다.

과수원에서 쓰는 그 바구니였다.

그런데 거기엔 사과가 잔뜩 실려 있었다.

이걸 무슨 빈 바구니들 듯 들어?

심지어 두 개씩?

그리고 이걸 이렇게 주면 어떡해?

"그럼 가서 일 보라고~"

"아니, 이장님!"

급히 불렀지만, 이장님은 쿨하게 손을 흔들고는 그대로 트럭을 몰고 유유히 사라졌다.

나는 키만큼 쌓인 노란 바구니와 함께 길에 덜렁 남아 버렸다.

그렇게 멍하니 사과 박스를 보던 그때!

'어? 이건?'

이상한 게 보였다.

　　　　　　* * *

한편.

백수아는 오늘 아침 기분이 좋았다.

원래부터 그런 아니었다.

집을 나설 때만 해도 오빠인 백수호가 새벽 연습 때문에 혼자 등교하는 걸로 조금 그랬는데…….

'히히. 아저씨 진짜 은근히 웃기다니까?'

떠나는 이장님 트럭의 거울로 보이는 천유진의 모습에 키득키득 웃었다.

쌓여 있는 사과 바구니에 넋이 나간 것 같기도, 그냥 멍한 것 같기도 한 표정이 보였다.

평소 짓는 표정을 생각하면 웃긴 모습이 아닐 수 없었다.

저런 표정은 전혀 안 지을 것 같은데.

"기분이 좋은가 보구나?"

"네! 히히! 아저씨 진짜 재밌지 않아요?"

"허허! 그러냐? 유진이랑 잘 지내는구나?"

"얼굴은 완전 차가워 보이는데 저런 거 보면 완전 웃기잖아요."

"수아 덕분에 유진이가 점점 저기에 정을 붙이는 것 같네. 허허!"

이장은 그런 수아를 보면서 아빠 미소를 지으며 웃었다.

시골 마을에 흔하지 않은 아이와 또 젊은 청년이 사이 좋으니 기분이 좋을 수밖에.

"아 참참! 이장 할아버지는 아저씨 어렸을 때도 봤다고 했죠?"

"흐음. 그랬지?"

"진짜요? 그땐 어땠어요? 막막 자기 말로는 맨날 1등이었다고 하던데."

"으응? 1등? 뭔 1등?"

"공부요!"

수아의 말에 이장은 운전하면서 고개를 갸우뚱했다.

천유진이 공부로 1등?

글쎄.

"유진이 어릴 땐 공부 못했는데?"

"에엥?! 진짜요?"

"그놈 맨날천날 싸돌아다니기 바빴어. 사고도 많이 치고. 아주 뾰족뾰족했지."

"헐. 사고도 쳤어요? 뭔데요?"

수아는 이장의 증언에 배신당했다는 표정을 지었다.

자기한테는 맨날 1등이라고 해 놓고!

심지어 그냥 1등이 아닌 것도 아니고 사고뭉치였다니!

"뭐였더라? 기억이 잘…… 으응? 수아야 다 온 것 같은데?"
"앗!"
아쉽게도 벌써 학교 앞에 도착했다.
"지각하지 말고 얼른 가거라이~ 딴 데 새지 말고."
"네에! 감사합니다! 아 참! 나중에 또 얘기해 주세요!"
"그래. 허허!"
더 듣고 싶은 얘기가 있지만 지각이 코앞이었다.
그리고 저 얘기를 듣는 것보다 더 중요한 게 있었다.
수아는 얼른 내려서 운동장을 두리번거렸다.
'찾았다!'
그리고 한 아이의 뒷모습을 보고 얼른 달려갔다.
역시 오늘은 기분도 좋고 운도 좋았다.
"시아야!"
이 시간에만 같이 등교할 수 있는 같은 반 친구, 정시아였다.
이장님 트럭을 얻어 타지 못했다면 오늘 지각은 물론 시아와도 만나지 못했을 터.
물론.
"같이 가자!"
"응."
시아는 수아가 기분 좋게 불렀음에도 별 반응이 없었다.
그래도 멈추긴 했다.

호랑이 쉼터 아저씨와 같은 T지만 아저씨가 I 같은 E라면, 시아는 극I.

이 정도만 해도 사실 반 친구 중에서는 자신에게 제일 많이 표현하는 거였다.

실제로 발도 맞추면서 걸어 주고 있고.

아기 여우 같은 매력이 있다고 해야 하나?

예쁘기도 해서 수아는 더 시아와 친해지고 싶었다.

그렇게 해서……

"시아야. 우리 계속 친하게 지내자. 그래서 같이 아이돌 하는 거야."

미래의 걸그룹 멤버로 영입하려는 술수!

물론 아직은 멀었다.

"……싫어."

"안 돼. 넌 꼭 아이돌 해야 돼."

"왜?"

시아가 왜 하필 자기냐는 듯 봤다.

그에 수아는 잠시 예전 기억을 떠올렸다.

시아가 예뻐서 그런 것도 있지만 진짜 아이돌을 같이 하자고 하는 이유에는 다른 게 있었다.

바로 노래였다.

예전에 한 번 시아가 혼자 흥얼거리는 걸 들은 적이 있는데…….

"너 노래 잘하잖아."

"못해. 춤도 못 춰."

"괜찮아. 춤은 연습하면 돼. 그런 의미에서 오늘 연습하러 같이 갈래?"

"……아니."

"하자구? 좋았어!"

아무튼, 수아는 진짜 시아와 친하게 지내고 싶었다.

시아는 그런 수아의 모습에 작게 한숨을 내쉬었지만.

창과 방패의 대결이랄까.

그런데 고개를 돌리던 시아의 눈을 사로잡는 게 있었으니.

"그건 뭐야?"

"응? 이거? 당근 사과 주스! 이거 진짜 맛있다? 내가 전에 우리 마을에 민초푸 엄청 맛있는 카페 있다고 했잖아? 거기 완전 웃긴 아저씨 있는데, 그 아저씨가 만들어 준 거야. 너도 먹어 볼래?"

"……응."

"어? 진짜? 자!"

웃긴 아저씨가 만든 맛있는 주스?

그게 뭔 소리야.

하지만 평소 뭐든 아니라고 하던 시아가 거의 처음으로 고개를 끄덕였다.

수아는 그런 시아의 반응에 깜짝 놀라면서도 신기해하며 얼른 주스를 건넸다.

먹던 거긴 하지만.

시아는 신경 쓰지 않고 한 모금 마셨다.

"맛있지?"

"……."

자신의 말에도 시아는 대답 없이 주스만 빤히 쳐다봤다.

딱 봐도 더 마시고 싶은 눈치.

"이거 다 마셔도 돼."

"……진짜?"

"응! 나는 카페에서 아저씨가 많이 줘서 다 마시고 왔지~"

수아는 처음 보는 시아의 반응에 되레 좋아하며 컵을 넘겼다.

그리고 흐뭇한 표정으로 양손으로 컵을 꼭 쥔 시아를 봤다.

그때!

"우리 지각이야."

"응?…… 앗! 뛰어!"

덤덤한 시아의 말에 수아가 깜짝 놀랐다.

그러더니 갑자기 시아의 손을 잡고 뛰기 시작했다.

"천천히! 좀!"

"안 돼. 지각이라구!"

시아는 생각했다.

원래도 에너지 넘치는 앤데 오늘따라 더 에너지가 넘친다고.

그런데…….

"근데 시아 너 생각보다 잘 뛰네?"
"어?"
그건 수아만 그런 게 아니었다.
시아도 오늘따라 뛰는 게 힘들지 않았다.
"역시! 미래의 아이돌! 아이돌은 체력이지."
"아니야."
"오늘 연습은 걱정 없겠다. 히히!"
"……에휴."
시아는 수아를 쫓아가며 한숨을 내쉬었다.
그래도 뭐, 기분이 썩 나쁘진 않았다.
주스가 맛있어서 그런가?

* * *

호랑이 쉼터 앞 공터.
"후우—."
다 옮겼다.
호랑이 쉼터 앞에 마지막 사과 박스를 내려놓으며 숨을 골랐다.
'활력 증진이 좋긴 하네.'
그 무거운 사과 가득한 바구니를 오르막인 오솔길을 올라와 내려놨는데 그렇게 힘들지 않았다.
당근 사과 주스를 먹고 얻은 활력 증진 효과 덕분이었다.

심지어 민트 음료와 달리 '지속' 효과라 시간제한도 없었다.

하지만 이건 약과였다.

"수아 녀석이 엄청 좋은 걸 주고 갔네."

내게 붙은 텍스트창을 보며 감탄을 했다.

녀석을 마중한 덕분에 얻은 건 많은 사과 박스뿐만이 아니었다.

더 중요한 게 있었다.

* * *

오랜만에 보는 내 텍스트창에는 변화가 몇 가지 있었다.

우선.

—활력 증진(지속)
—눈 건강 향상(지속)

당근에 있던 효과가 음료와 생식을 통해 둘 다 붙었다.

눈이 맑아지고 시원한 느낌과 전신에 왠지 힘이 생긴 느낌이었다.

'지속'이라는 게 어느 정도일지는 봐야겠지만.

어쨌든 이것까지는 예상했던 거라 고개를 그냥 끄덕이고 말았는데…….

예상하지 못했던 변화가 하나 있었다.
바로 수아의 재능 흡수였다.

〉백수아의 성장

 이미 흡수한 재능들, 손재주, 매력은 얼추 확인했다.
 손을 쓰는데 마치 보정을 받는 듯한 느낌이 들고, 생전 처음 보는 강아지가 호감을 표시하는 걸로.
 '말하려니 이상하긴 한데.'
 아무튼 둘 다 카페 일에 도움이 되는 거라 만족하고 있었다.
 그런데 수아의 성장은 또 뭘까?
 조금 감이 안 오는데.
 이 나이에 내가 키가 더 크는 건…….
 "그건 좀."
 원래도 주변 사람들에 비해 큰 편이라 더 크는 건 좀 그랬다.
 그리고 그런 건 아닐 것 같았다.
 '여기 있다 보면 알게 되겠지.'
 급할 건 없었다.
 지금처럼 하다 보면 자연스럽게 알게 될 테니까.
 그보다 이런 걸 받았는데 나중에 수아한테 진짜 빵이라도 만들어 줘야 하나?
 "못 할 건 없지."

물론 한 번도 안 해 보긴 했다.

근데 카페도 어차피 처음 해 보는 건데 얼추 잘하고 있지 않은가.

그리고 일단 해 보는 게 답을 찾는데 제일 빠른 길이었다.

생각난 김에 만들어 보기로 했다.

'식빵이 제일 쉽겠지?'

레시피를 찾아봤다.

역시 그다지 어렵진 않아 보였다.

음료처럼 하면 될 것 같았다.

이곳의 특별한 보정에도 기대가 됐다.

또 어떤 기적을 보여 줄지.

스윽.

가벼운 손짓으로 재료들을 꺼냈다.

강력분 밀가루, 버터, 드라이 이스트, 우유, 소금, 설탕, 계란, 물.

다 있었다.

이걸로 반죽을 만들어서 오븐에 구우면 끝.

"생각보다 쉽네."

자신감이 차올랐다.

* * *

차올랐던 자신감이 사라지는 덴 그리 오랜 시간이 필요

하지 않았다.

"……음."

뭐라고 해야 할까…….

반죽이었던 것?

반죽으로나마 남으려고 했던 것?

오븐에서 탄생한 운석?

뭐가 됐든 아무튼 식빵은 아니었다.

그래.

비주얼보단 맛이지.

조심스럽게 식빵을 양손으로 쥐고 뜯었다.

푸석…….

딱 봐도 뻑뻑할 것 같은 빵 속에 더 할 말을 잃었다.

기대했던 건 결결이 찢어지는 부드럽고 촉촉한 식빵이었는데.

이건 뭘까.

먹을 수 있는 건가?

조심스럽게 떼어 먹었다가 얼른 뱉었다.

"……왜지?"

베이킹 실력은 둘째 치고.

뭐가 잘못된 건지도 모르겠다.

그래도 레시피대로 한 것 같은데?

혹시나 해서 원인이라도 찾아보려 하니…….

─반죽 : 지금 1도 낮은 거임? 응 안 부풀게. 어? 지금 1도 높은 거임? 응 꺼질게.

―버터 : 지금 차가운 계란 넣은 거임? 온도 안 맞아서 같이 못 놀겠네. 나 안 섞일 거임.

……반죽 온도, 버터 온도까지 맞춰야 하는 거야?

완전 까다로운 거잖아?

"베이킹이 어렵다더니 이래서였구나."

작은 빵 하나 왜 그렇게 비싸냐고 했던 과거가 떠올랐다.

특히 빵집의 마카롱.

그 조그마한 게 뭐가 그리 비싼 건지 이해를 못 했는데.

내가 만든 식빵을 보니 알겠다.

제일 쉽다는 것도 이 정도인데 그 작은 건 또 얼마나 까탈스러웠을까.

그냥 베이킹은 포기할까?

창업하는 개인 카페와 일을 해 본 적 있었는데, 거기도 그냥 사서 쓰던데.

"……그래도 하는 사람이 있으니까 만들어지는 거겠지?"

한 번 실패해 놓고 포기하기는 이르지.

실패에 대한 자조는 이쯤하고 정신을 차렸다.

한 번 해서 안 되면 두 번 해 보면 되는 거 아닐까.

물론 실패의 원인을 찾아야겠지만.

"으음."

푸석푸석한 식빵을 내려다봤다.

만들어지는 과정을 역순을 되돌아보면서 뭐가 잘못됐을까 하나하나 떠올려 보는 순간!
"어?"
식빵에 걸린 텍스트창이 보였다.
이게 왜 여기서 보이지?

[발효에 실패한 식빵]

민트처럼 상세한 설명은 없었다.
그래도 원래 보이지 않았던 텍스트창이 보인다는 게 의아했다.
특별한 재료에만 보이는 게 아니었나?
식빵에서 눈을 떼고 주변을 둘러봤다.
그러자…….
"어?"
식빵에만 보이는 게 아니었다.
다른 재료들에서도 텍스트창이 보였다.

[신선한 우유]
[상온의 버터]

등등.
원래는 보이지 않았던 것들이 보였다.
이게 어떻게 된 일일까?

아직 손님도 오지 않았는데 갑자기 변화가 생길 이유가 있나?

'하나 있긴 있지.'

머릿속을 번쩍 스치는 한 가지 원인은 바로 수아의 재능, '성장'이었다.

오늘 얻은 거라면 그것밖에 없고, 무엇보다 성장이라는 게 당장의 변화가 아니라 조금씩 변하는 거니까.

그리고 그게 맞다면 확인해 보면 될 일.

"맞네."

내게 걸린 텍스트창을 보는 순간 왜 이런 변화가 생겼는지 바로 알 수 있었다.

*개안
—수아의 '성장' 효과 적용 중.
—성장 단계 뿌리내리기—〉발아

수아의 재능은 그냥 그것 자체로 발현이 되는 게 아니라 이렇게 다른 능력에 영향을 주는 거였나?

그래서 지금 눈에 안 보이던 것들이 보이는 거고?

"진짜 이 재능의 주인도 그럼?"

문득 수아랑 친하게 잘 지내야겠다는 생각이 들었다.

보통 재능이 아니었다.

진짜 아이돌이 될 수도?

이런 거면 국내가 아니라 해외에서도 유명한 아이돌도

충분히 가능하지 않을까?

물론 재능도 그에 걸맞은 노력을 해야 하는 것 같지만.

"나도 다시 노력해 볼까."

상세한 상태가 보이는 식빵 재료를 향해 다시 손을 뻗었다.

이번엔 진짜 제대로 만들어 볼 생각이다.

밀가루와 섞는 버터의 온도도 맞추고.

계란 한 방울까지 정확하게 측정.

반죽을 만들고 습도와 온도까지 측정하면서 1차 발효를 시작했다.

타이머까지 꺼내서 시간을 맞춰 뒀다.

"느낌이 좋은데?"

땅을 너무 잘 다지고 철골을 세운 뒤 콘크리트를 붓고 기다릴 때의 느낌이라고 해야 하나?

이건 안 될 수가 없다는 느낌이다.

아니나 다를까, 시간이 점점 지날수록 발효가 잘되는 냄새가 났다.

'그래. 이런 냄새가 나야지.'

술 냄새 같기도 하고 시큼한 냄새 같기도 하지만 불쾌하지 않은 그런 냄새였다.

이거 이러고 그냥 반죽만 보고 있을 때가 아닌데?

"식빵에는 잼이지."

마침 이장님이 잔뜩 주고 간 사과가 있으니 그걸로 잼을 만들어 볼까?

바로 사과 몇 개를 집어 들었다.

그리고 빠르게 손질했다.

왠지 손이 더 빨라진 것 같은데, 기분 탓인가?

눈으로는 반죽의 발효 상태를 계속 체크하면서도 빠르게 손질된 사과는 잘게 잘려 설탕 반, 물도 반 넣어 그대로 졸여졌다.

쫀득쫀득하게 식감이 살아 있는 사과 잼이 그렇게 완성되는 순간.

[1차 발효가 끝난 반죽]

반죽의 상태를 설명해 주는 텍스트창이 변했다.

시간은 아직 남았는데.

'역시 레시피대로만 하면 안 돼.'

발효는 미생물이 숨 쉬는 거라고 했다.

그러니 자로 잰 듯 늘 똑같이 끝나지는 않았다.

이스트의 활성에 따라서 달라질 수도 있다고 하니 정말 베이킹은 예민의 끝판왕이었다.

하지만 이제 그것도 문제없었다.

이렇게 상태가 보이니.

바로 반죽의 발효를 끝내고 2차 발효를 위해 소분했다.

그리고 다시 기다림의 시간 끝에 2차 발효 및 성형까지 끝낸 반죽이 예열된 오븐에 들어갔다.

모든 과정이 완벽했지만 초조한 마음으로 오븐 속을 들

여다보길 잠시.

반죽에 걸린 시간에 비해 결과가 나오는 시간은 무척 짧았다.

"이거였네."

하지만 완성된 식빵은 완벽 그 자체.

노릇노릇하게 봉긋 솟은 식빵 모양에 손으로 잡고 뜯으면 그대로 결대로 찢어져서 고소한 버터 향을 풍기는…….

갓 만든 식빵이 왜 맛있다고 하는지 알 것 같았다.

따끈따끈한 식빵을 한입 먹어 보니 여태 먹었던 빵의 맛이 기억나지 않았다.

은은하게 빵에서 나는 발효 냄새와 버터 풍미의 조합은 빵의 신세계를 보여 줬다.

"그냥 이것만 먹어도 맛있네."

이거랑 우유면 한 끼 식사도 뚝딱일 듯.

생각 없이 먹다 보면 다 먹겠는데?

진정하고 식빵들을 꺼냈다.

갓 만든 것들은 모락모락 맛있는 냄새로 카페 안을 가득 채웠다.

결국 제빵도 해냈다는 생각에 뿌듯해졌다.

수아의 성장이라는 재능 덕분이었다.

심지어 이걸로 끝날 것 같지도 않았다.

'개안도 그렇고, 손재주나 매력도 성장이 되면…… 진짜 그때 꿈에 서 본 신선처럼 되려나.'

그 정도까진 아니겠지만, 어쨌든 평범할 것 같진 않았다.

물론 지금도 평범하진 않지만.

그렇다고 해서 지금도, 앞으로도 바뀔 건 없었다.

더 다양한 힐링을 내어 줄 수 있게 된 것뿐이었다.

딸랑~ 딸랑~

오늘 찾아온 또 다른 아우라를 가진 손님에게 도움이 될…….

"어서 오세요~"

문을 연 손님의 모습에 얼른 정리하고 카운터 앞에 섰다.

그리고 들어오는 손님의 주변에 보이는 아우라를 유심히 살폈다.

오늘은 둘이었다.

하나는 익숙한 아우라고 다른 하나는 처음인.

* * *

김하나는 요즘 일이 술술 풀렸다.

단독으로 맡은 프로젝트도 진행이 척척 되어 가고 있었다.

'그날 이후로 다 잘되는 느낌이야.'

시골에 있는 작은 카페, 호랑이 쉼터.

거길 다녀온 뒤부터였다.

물론 착각이겠지만 그 뒤로 기운도 좋았다.

밤샘이 두렵지 않다고 해야 하나?

'으으~! 그래도 요즘은 좀 피곤하긴 하네.'

밤을 새우진 않았지만, 야근은 계속하고 있었다.

자발적으로 말이다.

오늘도 어제 야근을 하고 이른 아침 출근한 참이었다.

"하나 대리. 어제도 야근? 너무 무리하면 안 돼. 프로젝트는 장기전이라고. 자, 이거 마시고 들어와. 여기 하나 대리 야근한 거 모르는 사람 없으니까 천천히 들어와도 돼."

"아. 감사합니다."

상사분들에겐 그게 좋게 보였는지 가끔 이렇게 격려 겸 마실 것도 챙겨 주셨다.

오늘은 과장님.

예전엔 다들 일 떠넘기기 바쁜 사람들인 줄 알았는데.

사람을 보는 시선도 달라졌다.

대하는 것도 그렇고.

어쨌든, 성의를 무시할 순 없으니 과장님이 준 커피를 마시며 잠깐 쉬기로 했다.

"음."

솔직히 주신 커피는 맛이 별로 없었다.

탕비실에서 내린 게 다 그렇지 뭐.

맛으로 먹나?

마실 거니까 마시는 거지.

그래도 타서 주신 게 어디야.
'호랑이 쉼터 음료 마시고 싶네.'
거긴 다 좋은데 운전이 좀 빡세다.
거리가 거리인지라.
회사 점심시간에 잠깐 갔다 올 수가 없었다.
그래서 당장 못 가고 이렇게 마음만 먹는데…….
지잉!
문자가 울렸다.
―뭐함?
다짜고짜 자신에게 이런 문자를 보낼 사람은 하나밖에 없었다.
요즘 고생하고 있는, 자신의 정말 친한 친구였다.
―회사. 왜?
―심심해. 배고파.
―예예. 작가님 심심하고 배고프시면 놀아 드리고 밥도 드려야죠. 집으로 간다?
―집 싫어.
―……어쩌라고.
―초록색. 초록색이 영감이 잘 떠오를 것 같아.
―영감 같은…….
욕이 나올 뻔하다가 참았다.
하여간 요즘 들어서 얘가 왜 이러지?
전엔 슥슥 지 알아서도 잘하던 애였는데 한참을 칙칙하게 살더랬다. 그러다 이렇게 엉기기도 하고.

아오, 나도 프로젝트 진행하느라 바쁜데. 슬슬 작가도 섭외해야 해서, 리스트 뽑아서 미팅도 가야 하는…… 잠깐, 작가?

'오호라?'

그리고 그러다 보니 한 가지 좋은 생각도 떠올랐다.

살짝 쉬고 싶다는 마음과 친구를 위한 마음을 동시에 해결할 수 있는.

—그렇지. 영감 중요하지. 그런 의미에서 출장 가실래요? 한송이 작가님?

—출장?

—초록초록하고 너 좋아하는 고양이도 있는 곳인데, 좀 멀어.

—얼른 가자. 출장 간다고 해.

—어? 진짜?

—응. 얼른.

웬일이지?

밖에 나가는 거 싫어하는 녀석이.

진짜 고양이 때문인가?

뭐, 어쨌든 잘 됐다.

합법적으로 일하다가 카페 갈 수 있게 됐으니.

* * *

살짝 놀랐다.

이제 손님들의 아우라를 보는 걸론 놀라지 않았다.

지금 놀란 건 그 때문이 아니었다.

이미 얼굴을 알고 있는 김하나가 두 손님 중 하나여서 놀란 거지.

그때 마지막으로 봤던 밝고 맑은 푸른 아우라를 그대로 간직한 모습이었다.

그렇게 왠지 살짝 뿌듯한 것도 잠시.

같이 온 다른 손님을 보니…….

사람의 얼굴보다 더 먼저 아주 칙칙한 아우라가 눈에 들어왔다.

그리고 눈에 띄는 전에도 한 번 봤던 퀭하고 초점 없는 눈동자.

마치 김하나를 처음 봤을 때 모습과 비슷한 것 같다.

아우라에 붙은 텍스트창을 한 번 보려는데…….

"안녕하세요. 사장님! 저 여기 얼마 전에 왔다가 갔는데 혹시 기억하시나요?"

"예. 당연히 기억하죠. 그때 맛있다고 테이크아웃도 하셨죠?"

"맞아요! 우와! 기억하시네요."

아우라와 상태는 나중에 보고, 일단 인사하는 김하나에게 다시 시선을 돌렸다.

손재주라는 재능을 준 사람에다가 처음 손님이었으니 기억을 못 할 리가.

아까 옆의 손님 보면서 같은 상태라는 것도 기억하지

않았던가.

김하나는 그런 자세한 사정까진 모를 테니 적당히 둘러서 말하니, 엄청 좋아한다.

"또 오셨네요."

"네! 그때 여기 온 뒤로 너무 좋아서요. 일도 잘 풀리고~ 스트레스도 싹 풀린 거 있죠? 그래서 이번엔 친구도 같이 왔어요. 잘했죠?"

"그런가요? 감사합니다."

그 뒤로도 대화는 낯선 손님이 아닌 김하나가 주도했다.

김하나는 처음 봤을 때 폐인 같던 모습과 다르게 지금 가진 아우라처럼 자신감 넘치고 생기가 넘쳤다.

"근데 빵 냄새가 엄청 나네요? 전에는 안 났던 것 같은데."

"아, 이번에 한 번 만들어 봤습니다."

"어? 정말요? 그럼 파나요?"

"음……."

맛은 보장하지만 이건 그냥 만들어 본 거였다. 나중에 수아가 오면 그때 내어 줄 요량으로.

아직 가격은커녕 기미조차 끝나지 않은 것을 돈 주고 파는 것은 조금…….

"죄송하지만 아직 판매할 정도는 아니라서요."

"아, 그래요?"

김하나가 아쉽다는 듯 입맛을 다셨다.

역시 이런 걸 보니 카페에 음료 말고 빵이나 디저트 같은 게 있긴 있어야겠다.

앞으로 김하나처럼 찾는 사람이 더 있을 테니.

"어쩔 수 없죠. 대신 민트 초코 프라푸치노 맛있게 두 개 주세요! 제가 요기 친구한테 제가 장담했거든요. 여기 음료 마시면 진짜 완전 힐링이라고. 게다가 여기 오면 없던 영감도 떠오른다고 했어요. 잘했죠?"

"아하, 친구분이셨구나. 당연히 그래야죠. 잘 오셨습니다. 자리에 계시면 준비되는 대로 부르겠습니다."

빵은 다음을 기약하고 주문부터 받았다.

그리고 나서야 김하나가 인형처럼 끌고 자리를 찾아가는 친구의 뒷모습을 잠시 살폈다.

"흐음."

[한송이]
*상태
—만성피로
—자신감 하락으로 인한 극도의 스트레스

아우라의 텍스트창 정보는 이랬다.
역시 김하나랑 비슷한 듯했다.
어디서 이렇게 같은 상태를······.
혹시 같은 회사인가?
아니, 그런 것 치고는 지금의 김하나 씨는 상태가 유난히 좋다.
 딱 봐도 차이가 느껴질 만큼.
 '여기서 힐링했던 게 좋아서 비슷한 상태의 친구를 데리고 왔나?'
 그럴 가능성이 높겠지.
 그래.
 생각해 보면 김하나뿐만 아니라 다른 사람들도 그럴 수 있겠다는 생각이 들었다.
 여기서 가진 좋은 기억을 소중한 사람과 나눠 가지고 싶을 것 같으니까.
 그게 음료의 맛이든, 이곳의 분위기와 풍경이든 말이다.
 '어떻게 보면 보람찬 일이네.'
 내가 그 일에 한 몫 한다는 게 말이다.
 그리고 그 말은 곧 저 친구가 김하나에게 소중한 친구라는 말이기도 했다.
 소중하지 않은 사람과 굳이 좋은 곳을 올 리는 없을 테니.
 "조금 뿌듯한데?"
 저렇게 데려왔는데 기대를 저버릴 순 없지.
 우선 싱싱한 민트를 뽑아 왔다.
 만드는 과정이야 이제 눈 감고도 만들 수 있었다.
 민트, 우유, 얼음, 그리고 초코를 그라인더에 넣고 갈고.

생크림을 휘핑 쳐서 올리면 끝.

혹시나 해서 양은 좀 더 많이 만들었다.

딱히 효과가 늘어나진 않지만.

김하나와 상태가 비슷하니까 이거면 되리라.

"주문하신 음료 나왔습니다."

"앗! 잠깐만요!"

김하나가 후다닥 카운터로 뛰어와서 음료를 받아 갔다.

그리고 자리로 돌아가 한송이에게 하나를 건넸다.

음료를 받은 한송이는 잠시 주저하는데…….

"얼른 먹어 봐! 여기 진짜 맛있어. 스트레스도 싹 풀리고."

김하나가 권하니 천천히 한 모금 마셨다.

꿀꺽!

음료를 마신 건 분명 한송이인데, 침을 삼킨 건 나와 김하나 같다.

둘의 시선이 한송이에게 모였다는 말이다.

그런 상황인지도 모르고 한송이는 한 모금에 음료를 꿀꺽꿀꺽 마셨다.

그리고 목을 타고 넘어가는 순간 깜짝 놀랐다.

'어?'

뭘까.

엄청 상쾌한 기분이 문득 들었다.

머릿속의 안개가 걷히는 느낌이라고 해야 하나?

시원한 민트가 들어간 음료라서 그런 걸까.

마치 노이즈가 걷히는 듯 답답했던 시야도 탁 트이는 듯했다.

하지만 그건 잠시였다.

"아……."

언제 그랬냐는 듯 무기력이 그녀를 감쌌다.

머리가 다시 무거워지며 안개로 뒤덮인 듯 먹먹해졌다.

방금의 달콤한 꿈같은 맛 때문에 지금의 답답함이 더 숨을 조이는 듯했다.

갈증이 목을 태우듯 일었다.

남은 음료를 더 마셔 봤지만, 그 갈증을 채우진 못했다.

더욱 아쉬움만 짙어질 뿐.

잠시나마 밝아졌던 한송이의 표정은 다시 어둠으로 채워졌다.

'음.'

나는 한송이의 이런 반응에 조용히 침음했다.

왜 저런 반응인지 알기 때문이다.

'효과가 붙긴 붙었어.'

민트 음료의 효과가 붙긴 했는데 순식간에 그 효과에 붙은 숫자가 줄어들었다.

이유는 간단했다.

저건 그만큼 효과에 쓰이는 힘이 많이 필요한 상황이라

는 말이었다.

예전에 잡초 뽑는다고 고생했을 때 원래 효과 시간보다 빠르게 줄었던 것처럼.

'아우라도 금방 칙칙한 아우라에 다시 뒤덮였네.'

깨진 항아리에 물 부은 경우와 같았다.

아무래도 한송이의 상태는 생각보다 더 심각한 듯했다.

저건 단순히 스트레스와 피로 누적으로 인한 상태가 아닌 것 같은데?

그저 민트 음료를 배 터지게 먹는다고 해결될 것 같지도 않고.

아니, 애초에 될 리가 없지.

'좀 더 정확한 상태를 볼 수 있으면 좋을 텐데.'

빵을 만들 때 재료의 상태가 상세하게 보였던 것처럼 좀 더 자세한 상태를 볼 수 있으면 방법이 나올 것도 같은데…….

한송이의 아우라를 자세히 살폈다.

뭐라도 건질 게 없나 싶어서였는데.

'어?'

아까 마신 민트 음료의 효과가 아예 사라진 건 아닌 걸까? 아니면 개안의 성장 덕분일까.

왠지 둘 다일 가능성이 높을 것 같은데…….

왜 그런가 하면.

[한송이]
*상태
—심리적 압박감과 자신감 하락으로 인한 재능 발현 억제

한송이의 아우라 텍스트창 내용이 변했다.
분명 기존의 상태보다 더 자세한 설명이었다.
그리고 그 상태는.
'이러니까 심각했구나.'
완전 악순환의 고리가 따로 없었다.
재능이 억제되면 일이 잘 안 풀렸을 테고, 그게 다시 더한 자신감 하락으로 이어졌을 테니.
이러니 민트 음료의 스트레스 완화와 피로 회복만으론 상태 회복이 안 됐지.
저 상태로는 악화만 될 뿐이다.
고리를 끊지 않는 이상.
그런데 어떻게?
주방을 훑었다.
수아가 아침에 내게 샌드위치를 줬었지.
엉망진창의 맛이긴 했지만…… 든든했다.
마음도 배도.
'그 덕에 만든 빵이 있지.'
아직 따뜻한 식빵에 시선이 닿았다.
물론, 저기엔 별다른 효과는 없었다.
하지만.

'효과를 내가 만들어 낼 순 없을까? 재능도 흡수하는데…….'

문득 그런 생각이 들었다.

그냥 이대로 카페가 주는 능력을 받아 쓸 수만 있는 건지.

수아의 재능 성장이 개안에 영향을 줬듯, 나 또한 그럴 순 없을까?

그런 생각을 하는 순간!

파앗—

몸속에서 뭔가 묘한 느낌이 들었다.

간질간질하면서 시원한 무언가가 눈으로 몰리는 느낌.

'어?'

그러자 눈에 묘한 것들이 보였다.

아우라로 만들어진 실이었다.

그 실들은 주방에 이리저리 연결되어 있었고…….

그중에서 빵과 연결된 실이 가장 반짝거렸다.

'혹시?'

기대를 가지고 실을 따라 시선이 움직였고.

이내 확신했다.

지금 필요한 건 이거라고.

식빵과 함께 아우라의 실로 연결된 건 직접 만든 사과잼, 그리고 민트 음료였다.

이걸 조합하면…….

[민트 초코 프라푸치노 세트]
―효과 : 피로 회복(24), 스트레스 완화(24), 재능 발현(12)

새롭게 텍스트창이 붙었다.
'그냥 있는 대로 쓰는 게 아니라 이렇게 내가 개발할 수도 있구나.'
마치 메뉴를 개발하듯이!
이름도 딱 적절하게 '세트'였다.
새로 배운 이 능력은 일단 잘 메모해 뒀다.
그리고 더 급한 불을 끄기 위해 빠르게 손을 움직였다.
식빵을 잘라 담고, 사과 잼은 작은 소스 그릇에 덜었다.
그리고 같이 트레이에 담아서 나왔다.
"실례가 안 되면 이것 좀 드셔 보실래요? 아까 만든 빵인데 손님들 입에는 어떤지 궁금해서요."
"어? 진짜요? 좋아요! 바로 주문할게요."
"시제품이라 서비스입니다. 먼 길까지 일부러 두 번이나 찾아오시기도 했고, 아직 판매까지는 조심스러워서요."
"아하! 그럼 잘됐네요. 얘 빵순이거든요. 옛날엔 빵 먹으러 진짜 부산까지 갔었다니까요?"
"오, 그럼 더 좋네요. 요 근처에서 나온 사과로 만든 잼도 있으니까 드시고 부족한 점 있으면 꼭 말씀해 주세요.

그럼."
 좋았어.
 자연스럽게 빵과 사과 잼을 주는 것까지 했다.
 민트 음료와 함께 만들어진 세트.
 내가 할 수 있는 것은 여기까지.
 이제 남은 건 다시 효과를 지켜보는 건데…….
 카운터에 돌아와 테이블 쪽을 봤다.
 어느새 홀린 듯 빵을 쨈에 발라 먹고 있는 한송이를 볼 수 있었다.
 한 입.
 두 입.
 순식간에 한 조각을 해치우더니 민트 음료로 목을 축였다.
 그리고 다시 다른 식빵 조각을 들어 몇 입 만에 꿀꺽.
 "송이야. 이것도 먹어."
 김하나는 그런 낯선 한송이의 모습에 자신의 몫까지 얼른 줬다.
 그동안 먹지 못한 것에 대한 보상이라도 받으려는 걸까.
 한송이는 사양하지 않고 홀린 듯 먹었다.
 '부족하겠는데?'
 김하나의 몫을 다 먹어도 부족할 것 같은 모습에 나도 서둘러 주방으로 향했다.
 식빵과 사과 잼을 듬뿍 담았다.

그리고 미소 지으며 그걸 슬쩍 김하나에게 건네자, 그녀도 한송이의 집중을 방해하지 않으려고 몰래 받았다.

다시 채워진 것도 모르는지 한송이는 계속 먹었다.

목이 막히면 민트 음료를 마시고 다 비워지면 다시 빵과 쨈.

근래엔 먹는 것도 제대로 넘어가지 않는다던 그녀가 맞는지 의심이 될 정도로 잘 먹었다.

'괜찮나?'

거의 통 식빵 두 개 분량을 먹을 때쯤엔 말려야 하나 걱정이 될 정도였다.

하지만 왠지 그래선 안 될 느낌이다.

그리고 다행히 그 예상이 맞았는지 한송이의 손은 어느 순간 알아서 멈췄다.

쪼로록!

마지막 남은 한 모금의 민트 음료까지 깔끔하기 비운 뒤.

빈 컵을 테이블에 내려놓은 그녀는 눈을 감았다.

무슨 생각을 하는 걸까, 그건 알 수 없지만 한 가지 볼 수 있는 건 있었다.

바로 그녀의 칙칙한 아우라가 마치 연기처럼 사라지고 있다는 거였다.

먹구름이 걷히고 황금빛 해가 뜨듯.

그녀를 감싸던 칙칙한 아우라가 걷히니 황금색의 아우라가 그 틈으로 존재를 드러냈다.

아주 밝고 맑으면서 빛이 나는 아우라였다.
'원래는 저런 아우라를 가진 사람이었구나.'
저런 게 막혀 있었으니 얼마나 답답했을까.
그런데, 저거…… 아직도 완전히 빛나지 않은 거 아니야? 계속 밝아지는 거 같은데?
그렇게 생각하는 순간.
번쩍!
갑자기 눈을 뜬 한송이와 눈이 마주쳤다.
그러자 한송이가 성큼성큼 카운터로 다가왔다.

5장

한송이는 꿈을 꿨다.

깜깜한 지하 깊숙한 곳에 홀로 있는 아주 지독한 꿈이었다.

그건 마치 늪과 같아서 빠져나오려고 버둥거릴수록 더욱 깊은 어둠으로 빠졌다.

도와주는 이 하나 없는.

적막하다 못해 자신의 목소리까지 지워지는 꿈.

시간이 지날수록 오감은 먹먹해지고, 이젠 늪 속에서 버둥거리는 것조차 힘겹다.

누가 자신의 손을 잡아 줬으면.

여기서 자신 좀 구해 줬으면.

좀 더 도움을 요청했으면 상황이 달라졌으려나?

……왜 이렇게까지 됐을까.

분명 자신에게도 빛이 환하게 비추던 때가 있었다.

데뷔작은 예상치 못한 큰 성공까지 했다.

수많은 이들이 한송이의 웹툰을 보고 좋은 반응을 보였으며, 그녀의 삶도 그대로 탄탄대로의 길을 걸을 것만 같았다.

그런데…….

대체 어디서 잘못된 건지 모르겠다.

잘 나가던 작품을 주변의 만류에도 불구하고 완결을 낸 게 문제였을까?

아니면 주변에서 잘한다, 잘한다 하는 칭찬에 너무 우쭐해서 진짜 그런 줄 착각했던 탓일까.

데뷔작은 그저 운이었을 뿐이었을까.

……모르겠다.

어느 순간부터 떠오르지 않았다.

꿈속의 이야기처럼 머릿속을 유영하던 이야기들이 노이즈에 잔뜩 껴서 보이지 않았다.

새 작품을 준비하겠다고 한 지도 일 년이 지났지만, 아직도 제자리걸음뿐.

그리고 이제…… 앞으로 나아가는 법도 잊어버렸다고 생각하던 그때!

깜깜하던 꿈속에 불쑥 달콤하면서 향긋한 사과 잼에, 고소한 버터 향이 듬뿍 나는 따끈따끈한 식빵이 나타났다.

'저게 뭐지'라는 생각이 들기도 전에 먼저 든 생각은,

'맛있겠다.'였다.

먹어도 되나?

아니, 먹자.

꿀꺽!

오랜 슬럼프만큼 잊고 살았던 식욕이 폭발하며 손을 뻗었다.

그리고 사과 잼이 듬뿍 발린 식빵을 한 입 먹는 순간!

눈앞에 다른 세상이 펼쳐졌다.

지금껏 자신을 파묻던 어두컴컴하던 늪은 어디 가고, 생기로 가득한 작은 공터가 보였다.

그 공터에는 작은 우물이 있었는데, 숲속의 친구들이 가끔 들를 법한 그런 곳이었다.

'나도, 마셔도 될까?'

알 수 없는 이끌림에 다가간 우물 앞.

이미 그곳엔 선객이 있었다.

토끼, 두더지…… 심지어 늑대와 호랑이도 다 같이 우물을 마시고 있었다.

그러자 한송이가 다가오자 그들의 시선이 모두 그녀에게 향했다.

움찔!

순간 자신감이 줄어들었다.

습관처럼 자신은 갈 수 없는 곳이라 지레짐작을 하는데…….

툭!

마침 불어온 민트향 섞인 달콤한 버터 바람에 얼떨결에 그들 사이에 꼈다.
 우려와 달리 선객들은 전혀 그녀를 피하지 않았다.
 그리고 배척하지도 않았다.
 그저 자연스럽게 하던 일을 할 뿐.
 후루릅!
 한송이도 그런 그들처럼 자연스럽게 우물을 마셨다.
 그 순간, 꿈에서 깨었다.
 "……아!"
 "한송이, 왜 그래?"
 걱정스러운 눈으로 바라보는 소중한 친구, 김하나가 바로 보였다.
 그리고 그 뒤로 펼쳐진 작은 카페의 풍경도.
 방금 자신이 사과 잼을 바른 식빵을 한 입 먹고 민트 음료를 마셨던 기억까지…….
 꿈과 함께 뒤섞이며 그동안 풀리지 않았던 이야기가 머릿속에 떠올랐다.
 벌떡!
 얼른 이 이야기가 머릿속에서 사라지기 전에 정리해야 했다.
 "응?"
 갑자기 일어나자 의아해하는 친구를 두고 주변을 두리번거리다 한 사람과 눈이 마주쳤다.
 한송이는 그 눈의 주인을 향해 걸어갔다.

자신감 없이 끌려다니기만 하던 그녀의 모습은 어디 가고, 자신감 가득한 걸음 끝에 닿은 곳에서 한송이는……．

"혹시 그, 노트북 좀 쓸 수 있을까요?"

"……예? 아, 예."

우선 카운터 안에 있는 노트북부터 빌렸다.

* * *

"저걸로 저런 게 그려질 줄은 몰랐네요."

"대단하죠? 그나저나 버리려던 태블릿이 있어서 다행이지. 얘는 참."

내 말에 답한 건 김하나였다.

지금 우리 둘은 함께 마치 예술 작품을 감상이라도 하듯 한송이의 모습을 보고 있었다.

그도 그럴 것이 한송이의 손이 움직일 때마다 화면의 그림이 살아 움직이듯 변해 갔다.

마치 0과 1로만 만들어진 세상에 생명을 불어넣고 있는 듯한 모습.

그것도 카페에 노래를 틀기 위해 가져다 놓은 작업용 노트북을 가지고서 말이다.

사양이 나쁜 건 아니었지만 저렇게 쓸 수 있을 거라고는 상상도 못 했는데……．

그걸 하고 있으니 꼭 마법 같았다.

"저분이 웹툰 작가시라고요?"

"네네. 첫 데뷔작은 크게 성공도 했어요. 사람들도 어떻게 웹툰에서 그런 작품 같은 그림을 뽑아낼 수 있냐고 막 칭찬하고. 갑자기 슬럼프만 안 왔으면…… 저렇게 잘 그리는 앤데."

웹툰에 별 관심이 없는 내가 봐도 김하나의 말에는 동의할 수밖에 없었다.

정말 잘 그렸으니까.

단 한 번의 막힘없이 슥슥 나가는 선은 유려하기까지 했다.

이쪽으로는 문외한인 내가 봐도 엄청난 재능이라는 게 절로 느껴진다.

하지만…….

'재능이 그림 실력뿐만이 아닌 것 같은데.'

어쨌든 웹툰이라는 것도 그림으로 이야기를 말하는 거니 그림 실력이 좋을수록 낫겠지.

그런데 내 눈에 한송이의 재능은 그림으로 이야기를 만드는 게 더 뛰어나 보였다.

[이야기]

회사를 다닐 때 언젠가 연수 차원에서 한 건축가의 강의를 들은 적이 있다.

천재로 유명한 젊은 건축가였는데.

재미있게도 그는 스스로 건축가가 아니라, 이야기를 만드는 사람이라고 소개했었다.

단순히 필요한 딱딱한 구조체를 만드는 사람이 아니라

건축으로 이야기를 쓰는 사람이라나?

그땐 그게 뭔 소린가 했는데······.

'천재들은 이야기를 쓰는데 그런 재능을 수단으로 쓰는 거였네.'

한송이를 보니 알겠다.

그림이란 수단으로 이야기를 쓰고 있었으니까.

필요에 의해 만들어진 단순한 건축, 그림은 쓸모가 있을 뿐이다. 하지만 저렇게 이야기를 담은 것은 무언가 감동이 있었다.

'나도 할 수 있으려나.'

문득 그런 생각이 들었다.

내가 만드는 음료와 빵, 그리고 이곳에서의 쉼 또한 그런 이야기를 쓸 수 있을까.

그런 재능이 내게 있을까 하는 생각.

피식!

그러다 나도 모르게 실소가 나왔다.

내가 뭐 저런 천재나 그런 것도 아니고 무슨 생각을 하나 싶어서.

하던 거나 잘하자.

이번만 해도 어렵게 성공한 것 같은데.

"아 참! 그런데 저희가 이렇게 오래 있어도 되는 건지······."

"뭐, 괜찮습니다. 따로 방해할 손님도 없으니까요."

마침 김하나가 미안하다는 표정으로 화제를 전환했다.

그에 손을 저었다.

마감도 아직 남았고 손님도 둘밖에 없었다.

아, 사실 하나 더 있긴 했구나.

하아아~암!

기지개를 켜며 모델처럼 한송이의 앞에 앉은 랑이.

일에 방해되진 않을까 싶었지만 전혀.

오히려 녀석을 보고 다른 영감까지 떠오른 듯 모델로 또 다른 이야기를 그렸다.

머릿속에서 스토리텔링이 숨 쉬듯 이뤄지는 모양이다.

'대단하네.'

계속 봐도 감탄이 나온단 말이지.

다른 작가들은 어떤지 모르겠지만 적어도 내 눈에는 한송이가 대단해 보였다.

아, 이번에 대단하다는 건 재능을 말하는 게 아니었다.

그것도 있지만 그보다, 이야기라는 게 그냥 나올 리는 없으니까.

이야기도 축적된 데이터가 있어야 나오는 거지, 데이터가 백지면 뽑아낼 것도 없었다.

그 말은 즉, 저렇게 떠오르는 영감을 바로 스토리화 하는 한송이는 이미 많은 데이터를 쌓고 있었다는 얘기였다.

"저분 평소에 책을 많이 읽나요?"

"송이요? 완전요. 활자 중독자 수준으로 읽었어요. 심지어 수능 전날에도 책을 읽고 있었던가? 근데 또 성적은 잘 나온 거 있죠?"

역시.

김하나의 대답에 고개를 끄덕거렸다.

재능은 그냥 꽃피우지 않는다.

꽃도 양분이 있어야 피는 거니까.

한송이의 재능은 그저 꽃봉오리로 오랜 시간 준비했을 뿐이다.

슬럼프에 빠져 허우적거리면서도 노력을 한 이의 재능이 빛을 발하고 있는 모습은 참 멋있었다.

"흐음……."

근데 이 사람은 또 왜 이러지?

옆에서 같이 한송이를 보던 김하나가 심각한 표정을 지었다.

뭔가 고민이 생긴 듯했다.

갑자기 왜 이래?

혹시나 해서 아우라의 텍스트창을 보니 딱히 스트레스나 피로가 쌓인 건 아닌데…….

"후우—!"

그때 한송이가 잠시 쉬려는 건지 숨을 고르며 노트북에서 손을 놨다.

그러자 김하나가 급히 달려가더니…….

"한송이 작가님?"

"어? 나?"

"우선 제 명함부터 받으시고요."

"뭐야? 갑자기? 이거 전에 줬잖아."

"그건 친구한테 준 거고. 이번엔 작가님에게 준 겁니다."

한송이에게 작업을 걸었다.

그 모습을 뒤에서 꽤 흥미롭게 지켜봤다.

"이번 프로젝트 시안부터 보내 드릴 테니까 한 번 보고 얘기하실까요?"

"프로젝트? 하나 네가 처음으로 한다는 그거? 그걸 왜 나한테…… 설마?"

"예상하는 게 맞을 겁니다. 작가님. 협업, 다른 말로 콜라보. 어떠세요? 아니다, 그러지 마시고 일단 시안도 보고 얘기 좀 나눠 보실까요?"

한송이는 얼떨떨한 표정으로 김하나를 봤다.

친한 친구 사이라서 더욱 일과 사적인 것은 구분하는 친구였다. 그런데 그런 친구가 갑자기 협업을 제안하다니.

"나는 아직 아무것도 없는데?"

"있습니다. 제가 지금 작가님 포텐을 아주 잘 봤거든요."

"뭐야. 진짜 왜 그래? 농담이지?"

"농담으로 보이세요?"

김하나는 아주 진지해 보였다.

아까부터 계속 존대도 하고 있지 않은가.

엄격, 진지 그 자체.

'요즘 웹툰은 여기저기 협업도 많이 한다더니 진짠가 보네.'

오랜만에 보는 비즈니스 풍경이 묘한 향수를 불러일으켰다.

나도 한때는 저 치열한 세계에 살았는데 말이지.

사실 시간이 엄청 지난 것도 아닌데 참 오래전 같다.
"이건 일단 돌아가서 다시 얘기하자. 하던 건 다 했어?"
"응!"
"이제 좀 괜찮아 보이네?"
"완전. 꿈에서 깬 것 같아."
"다행이다. 정말."
다시 친구 사이로 돌아온 둘은 잠시 담소를 나눴다.
그리고 이내 자리를 정리했다.
"오늘 정말 고마웠습니다."
"고마울 게 뭐 있나요. 저는 그냥 일을 한 건데."
"노트북도 빌려주시고, 또 서비스도 주셨잖아요."
한송이가 노트북을 건네며 말했다.
죽어 있던 눈빛이 맑게 살아나니 외모도 한층 밝게 보였다.
근데 미인이었네.
"아무튼, 감사합니다!"
그런 한송이가 꾸벅 고개까지 숙여서 인사하니, 어쩔 수 없이 고개를 마주 끄덕였다.
잘 쉬었다가 간다니까, 뭐 다행이지.
"사장님 오늘도 잘 쉬었다 가요! 다음에도 또 올게요!"
김하나까지 인사를 하고 둘은 문을 열었다.
그리고 그 순간 기다렸던 맑은 아우라가 나가는 한송이에게서 날아왔다. 그녀의 금발처럼 황금색의 아우라였다.

밝게 빛나는…….
 그런 아우라는 카페 곳곳에 스며들다가 내게까지 닿았다.
 스르륵!
 간질간질 묘한 감각이 아우라가 스며든 곳부터 온몸으로 퍼졌다.
 이건 좋으면서도 간지럽다.
 그리고 뭔가 각각의 아우라가 다른 것처럼 느낌도 묘하게 달랐다.
 이번엔 머리 쪽으로 아우라가 몰리는 느낌.
 아우라가 모두 흡수가 되고 카페에 떠돌던 것들도 다 사라졌을 때쯤에야 그 느낌도 사라졌다.
 그리고 드는 생각.
 이번엔 또 무슨 재능을 흡수했을까.
 궁금한 건 바로 확인해야지.

―한송이의 그림

"흐음."
 뭔가 예상했던 재능이었다.
 근데 음…….
 이것도 카페 일을 하는데 도움은 되려나?
 아니지.
 수아의 재능도 도움이 될까 싶었지만 결국 이번에 제대로 도움을 주지 않았던가.

결국 쓰는 사람이 어떻게 쓰는 건지 중요한 거였다.
그런 의미에서 이것도 쓰일 데가 있겠지.
그리고 사실.
'쓰일 데가 없어도 상관은 없고.'
보답은 이미 받았다.
아주 뿌듯하게.
"이건 또 언제 그렸대?"
노트북 화면에 떡하니 배경 화면으로 자리 잡은 그림 하나.
아까 본 한송이의 실력이었다.
배경 화면엔 호랑이 쉼터를 배경으로 한 나와 랑이의 모습이 떡하니 놓여 있었다.
"내가 이렇게 생겼나?"
뭔가 내 모습을 그린 그림을 보니 아까 아우라를 흡수할 때보다 더 간질간질한 느낌이다.
누군가가 나를 관찰하면 이런 느낌인가.
"……정리나 하자."
그림이 보이게 노트북을 펼쳐 놓고 정리를 시작했다.
창밖으로는 노을이 어느새 서서히 물들고 있었다. 하루가 이렇게 지나가는구나.
"아! 근데 우유 다 썼지."
그렇게 오늘을 정리하다 보니 내일 할 일이 생겼다.
오늘 빵을 만든다고 우유를 많이 썼다.
민트 음료도 만들고.

슬슬 떨어진 재료도 사야 하니.
사야 할 것들을 하나씩 메모했다.
추가할 메뉴들도 있으니 그것도 좀 사야겠지.
근데 할아버지는 어디서 사셨지?
기왕이면 같은 제품을 쓰고 싶은데.
딸랑~ 딸랑~
"응?"
카운터와 수납장을 이리저리 찾아보는데, 문이 열리는 소리가 났다.
누구지?
손님?
아, 수아인가?
"수아…… 어?"
"안녕하십니까! 봉황 마트에서 나왔습니다!"
손님도, 수아도 아니었다.
웬 붉은 조끼의 배달 기사 같은 옷을 입은 건장한 남자였다.
뭐지?
뭘 시킨 적이 없는데…….

* * *

방금 저 남자가 들어오면서 뭐라고 했더라?
아, 봉황 마트에서 왔다고 했지.

어디서 들어 본 것 같은데 어디서 들었지?

'배홍석 할아버지?'

순간 흔히 볼 수 없는 고급 명함에 새겨져 있던 글씨가 머릿속을 스쳐 지나갔다.

그러자 새록새록 명함을 받을 때의 기억도 떠올랐다.

할아버지를 떠나보냈다는 슬픔에 잠겨 있을 때 이장님과 함께 위로해 준 분이었다.

카페를 이어서 한다고도 전화도 드렸다.

그때 고맙다면서 나중에 꼭 한 번 오겠다고도 했는데…….

배홍석 할아버지 대신 그 회사 직원이 왔다?

"아, 예. 그런데 무슨 일로?"

근데 보아하니 손님으로 온 것 같진 않고…….

뭐지?

"앞으로 여길 제가 담당하게 돼서 인사도 드릴 겸 필요한 물건이 있으신가 해서 왔습니다!"

"담당이요?"

"어? 모르셨습니까? 그럼, 이것부터 보시죠."

남자는 잠깐 당황하는 듯하다가 이내 웬 서류를 가지고 와서 건넸다.

뭔가 해서 보니.

'계약서?'

납품에 관한 서류였다.

그런데 조금 이상한 게 있었다.

"납품 계약서 같은데…… 저는 이런 걸 한 적이."

"아! 이건 개인 계약이 아니라 여기 호랑이 쉼터와 저희 회사 간의 거래입니다!"

"……설마 제가 여길 이어서 하면 자동으로 연장되는?"

"맞습니다! 호랑이 쉼터가 계속 이어지면 계약도 유효하죠!"

"그렇군요."

할아버지는 정말 어디까지 내게 아무것도 알려 주지 않으신 걸까.

혹시 무슨 저당이라도 잡힌 건 아닌지 서류를 자세히 훑었다.

그런데 그렇게 살펴본 계약서가 너무 편파적이었다.

납품 계약서에 왜 돈과 관련된 조항이 하나도 없지? 건축 업계에 일하면서 정말 별의별 독소 조항은 많이 봤지만 이런 건 또 처음이다.

이건 아예 무료로 그냥 다 주겠다는 건데?

독소긴 한데 받는 쪽에게 기울어진, 일방적으로 이쪽에 유리한 계약서였다.

너무 그래서 의심이 될 정도.

"여기 단가 같은 건 없네요?"

"돈을 받지 않으니까요."

"……왜요?"

"어, 그게…… 저도 정확히는 모릅니다만, 계약 자체는 선대의 약속 같은 거라 보시면 될 것 같습니다."

뭐 그런.

내용도 황당한데 이런 내용이 된 이유는 더 황당했다.

"하하, 저도 결국 그냥 시키는 걸 하는 사람이니까요. 정의심되시면 한 번 알아보시고 다시 연락 주셔도 됩니다!"

"아, 예."

이 사람은 참 밝고 긍정적이네.

일단 한번 확인해 보라는데 굳이 거절할 필요는 없어서 그러겠다고 했다.

다짜고짜 선대의 계약이라고 그대로 내가 이어 갈 이유는 없으니까.

나중에 변호사님하고 이야기해 봐야지.

물론 이상이 없는 계약이라면 좋은 조건, 아니 그냥 무조건 해야 하는 조건이었다.

재료를 무료로 제공한다는데 거절할 필요가 없지.

"연락은 여기로 주시면 됩니다!"

"어디 보자 배⋯⋯ 배준호 씨? 혹시 배홍석 할아버지와는 어떤?"

"조부님 되십니다!"

"아."

배달 알바가 후계자임을 숨김?

이쪽도 할아버지 일을 물려받은 건가?

뭔가 살짝 동질감이 들지도.

"그럼 오늘은 이만 돌아가 보겠습니다!"

"예. 조심히 가세요."

배준호는 꾸벅 인사를 한 뒤 나갔다.

꽤 정신이 없는 타입이었다.

그래도 성격이 좋은 것 같아 영업은 잘할 것 같다. 회사에 저런 후임이 있으면 참 편한데.

'나도 퇴근이나 하자.'

그만둔 회사보다 호랑이 쉼터에 신경 쓸 게 더 많았다. 물론 오늘은 이만 퇴근이지만.

카페를 잠그고 오솔길을 따라 내려오니…….

"어? 아저씨!"

마침 버스에서 내렸는지 그 앞에 서성거리는 수아의 모습이 보였다.

녀석은 잠시 두리번거리다가 이내 나를 발견하고 와다다 뛰어온다.

"다친다."

"히히! 저 운동 신경 완전 좋은데요?"

"까분다."

"치이……! 아 참! 아저씨. 근데 아까 그 잘생긴 오빠는 누구예요?"

"잘생긴 오빠?"

"카페에서 내려오던데 몰라요? 살짝 붉은 머리카락이던데."

잔소리에 볼을 부풀리던 수아가 의아한 말을 했다.

카페에서 나 말고 내려올 사람은…… 배준호 씨밖에 없는데.

모자를 쓰고 있어서 머리카락 색은 모르겠지만 왠지 그

를 말하는 것 같았다.

"마트에서 온 사람이라는데? 아, 수아 너 혹시 봉황 마트라고 들어 봤어? 읍내에는 없던데."

말이 나온 김에 정보를 좀 알아내 볼까 싶었다.

수아는 할아버지가 카페를 운영할 때도 왔으니 혹시 알지 않을까?

물론 그런 세세한 것까진 모를 것 같긴 해지만.

"홍 할아버지 마트요?"

"어? 알아? 홍 할아버지? 그분은 누군데?"

"네! 배홍석 할아버지요! 봉황 마트 회장 할아버지인데 우리 오빠 장학금을 거기서 받거든요."

"아, 배홍석 할아버지…… 근데 배홍석 할아버지인데 왜 홍 할아버지야?"

"그냥 그게 편해서 그렇게 불러요. 히히!"

그건 별 이유가 없구나.

그나저나 수호 장학금을 거기서 준다고?

이건 또 의외인데?

장학금을 후원하는 곳이라니.

여기서 그렇게 연결될 줄이야.

"처음에는 디게 무서운 할아버지였는데, 알고 보니까 완전 착한 할아버지더라구요. 우리 오빠 장학금 말고도 여기저기 기부 많이 하신다던데요?"

"누가 그래?"

"오빠가요."

수호의 말이면 신뢰가 좀 되지.

내가 직접 본 배홍석 할아버지도 괜찮은 분이었다.

마주 잡은 손에서 느낀 따뜻한 마음을 담은 온기는 아직도 기억날 정도였고.

'음, 그럼…….'

문득 수아의 말을 듣고 나니 그런 생각이 들었다.

배홍석 할아버지가 호랑이 쉼터에 재료를 공급해 주는 것도 수호에게 후원해 주는 것과 비슷한 게 아닐까?

'왠지 맞는 것 같은데.'

그때도 계속 할아버지에게 은혜를 입었다고 뭐든 필요하면 말하라고 했었지.

아무래도 전화를 한번 드려야겠다.

어중간하게 의심할 바에 그게 빠를 것 같다. 괜히 오해도 안 하고.

"근데 홍 할아버지는 왜요?"

"아까 네가 본 잘생긴 오빠가 그 할아버지 손자야."

"……대박."

옆에서 수아가 내 말을 듣고 입을 떡 벌리며 뻐끔거렸다.

그게 그렇게 입을 떡 벌리고 놀랄 일인가.

"잘생겼는데 재벌 3세. 하나 빼고 다 가졌네."

"재벌?"

"홍 할아버지 엄청 부자잖아요. 몰랐어요?"

"뭐, 대충 부자신 거 같긴 했는데…… 근데 그건 그렇다 치고 빠진 하나는 뭔데?"

"저요."

"……."

조금 진지한 생각을 하고 있었는데 옆에서 이러니까 살짝 어이가 없었다. 덕분에 정적이 생겼다가 이내 실소가 나왔다.

아무튼 웃긴 녀석이라니까.

그렇게 수아를 보며 웃고 있던 그때!

지잉! 지잉!

"어?"

마침 전화가 왔다.

발신자를 보니 배홍석 할아버지였다.

―허허. 오랜만이구먼.

"예. 어르신. 안 그래도 연락 드리려고 했는데. 잘 지내셨습니까?"

― 덕분에 잘 지내고 있다네. 바쁘기도 하고 말이지. 한 번 쉼터에 가 봐야 하는데 영 시간이 나질 않아.

"제가 뭘 했다고요. 언제든 편할 때 오세요."

잠깐의 인사 뒤에.

본론으로 들어갔다.

저쪽에서도 마치 예상이라도 했다는 듯 가볍게 답해 주었다.

―알겠지만 그 계약은 일종의 후원이라네.

"안 그래도 그런 것 같더라고요."

―그러니 괘념치 말고 받으시게. 내가 받은 거에 비하

면 별것 아닌 것이니.

뭐, 그렇다면야.

"예. 감사히 받겠습니다."

―허헛! 그래. 그래. 괜히 오해할까 봐 걱정했는데 역시 천 영감이랑 똑같구먼.

"제가요?"

이건 전에 김도현 변호사한테도 들었는데.

참 묘했다.

할아버지와는 많이 달라서 만나면 싸우기만 한다고 생각했는데…….

주변에선 다들 닮았다고 하니.

뭐, 그거야 아무튼.

―그럼 다음에 또 연락하겠네.

"아. 저도 자주 연락드리겠습니다."

―바쁜 사람이 뭘. 가끔 생각나면 하게나. 허허!

그리 길지는 않은 짧은 통화가 끝날 무렵.

"어? 홍 할아버지예요? 저도! 저도 바꿔 주세요!"

"너도?"

바쁘신 것 같아서 수아의 말에 안 된다고 하려는 순간, 배홍석 할아버지가 들었는지 괜찮다고 해서 결국 폰을 넘겨줬다.

"할아버지~ 저 수아예요! 히히! 아 참! 할아버지 혹시 아이돌 손자며느리는 어떠세요?"

조잘조잘.

한참 어른에게도 잘도 떠드는 수아의 모습에 고개를 절레절레 저었다.

저 넉살은 도대체 뭘까.

쟤는 뭐가 돼도 될 애 같다.

"나중에 꼭 봐요! 네!"

그렇게 수아의 밝은 인사와 함께 통화는 끊겼다.

"뭐라셔? 아이돌 손주며느리 좋대?"

"그냥 웃으셨어요. 히잉."

"……품!"

아, 웃을 뻔한 걸 겨우 참았네.

들키기면 왠지 삐질 것 같으니 얼른 손에 들고 있던 것부터 건넸다.

"이거나 먹어라."

"엥? 뭐예요?"

"식빵. 오늘 구웠어."

"어? 진짜요?!"

"수호랑 같이 먹어. 안에 쨈도 같이 넣어 놨으니까."

"우아! 대박!"

이게 뭐 대단한 거라고.

그래도 저렇게 좋아해 주니 기분은 좋았다.

"다음에 오면 갓 구운 식빵 만들어 줄게."

"네! 좋아요!"

오늘 하루는 수아 덕분에 시작되고 마무리되는 느낌이다.

결국 재료 공급 문제도 해결하고, 또 한송이도 덕분에

힐링하고 갈 수 있었고.

거기에 지금 나도 녀석 덕분에 웃었으니…….

기분 좋게 퇴근할 수 있겠다.

"앗! 오빠다!"

수호가 오는 모습에 수아가 또다시 뽀르르 달려갔다.

나를 봤는지 꾸벅 인사하는 수호에게 손을 흔들어 준 뒤 집으로 발길을 옮겼다.

* * *

씻고 누워서 대청마루에 누웠다.

어느새 떠오른 달빛이 밝혀 주는 밤하늘 아래, 선선하게 불어오는 바람을 맞으며 잠시 휴식하는데…….

그러다 오늘 왔던 새로운 손님, 한송이가 떠올랐다.

"음. 웹툰 작가라고 했지?"

친구인 김하나 말로는 대박 작품이 있다고 했는데 한번 찾아볼까?

"오. 진짜네."

웹툰 같은 걸 잘 보는 스타일은 아니라서 잘 모르지만, 상위 순위에서 바로 찾을 수 있었다.

완결이 났는데도 이렇다는 건 진짜 대박인 거 아니야?

필명 '송이' — 작품 '도깨비 호텔'.

자연스럽게 첫 화를 눌러서 한 번 봤다.

'와. 아까 본 것도 잘 그렸다고 생각했는데 이건 더 잘

'그렸네?'

제대로 된 장비로 그린 건지 아까랑 비교해도 그림이 달라 보였다.

장인은 장비를 탓하지 않는다지만, 그 장인은 이미 좋은 장비를 가지고 있기 때문이라는 말이 생각나는 그림이었다.

'내용도 재밌네.'

그림에 감탄하며 처음 보기 시작했지만 이내 빠져드는 건 스토리였다.

2000년대 초반의 대학생 시절을 배경으로 쓴 이야기.

그 시절의 낭만을 담은 연애와 실제로 일어났던 일들, 그리고 판타지 같은 호텔을 적당히 각색했다.

'호오? 그래. 옛날엔 그랬었지.'

주제는 연애라서 사실 취향이 아니긴 했지만.

읽으면 읽을수록 단순히 연애 얘기가 아니라 사람 사는 얘기라는 걸 알 수 있었다.

내 학창 시절보다는 조금 이르지만 그래도 공감할 수 있는 부분이 많았고.

그래선지 술술 읽혔다.

댓글 반응을 보니 시대가 다른 어린 친구들도 재밌게 보는 듯했다.

레트로 감성에 판타지를 섞은 느낌이라나.

아무튼 재미있었다.

"어휴, 안 되겠다. 이거 이렇게 보다가는 밤새우겠어."

적당히 5편 정도까지만 보고 오늘은 그만 보기로 했다.
그런데 웹툰의 상단 페이지에 'N'표시와 함께 공지가 하나 새로 떠 있었다.
이미 완결된 건데 새로 뭘 올렸나?
"아. 새 작품 공지구나."
돌아가서 바로 새 작품에 들어간 모양이다.
잘됐네.
공지가 올라가자마자 많은 사람이 몰려와 댓글을 달았다.
대부분 기대한다는 얘기.
기다린 사람들이 많았던 모양인데, 그런 댓글 중에서 눈에 들어오는 것이 있었다.
바로.

―작가님 이야기에 예전 추억을 많이 떠올려요. 이젠 돌아올 수 없는 시간이지만 덕분에 힐링합니다. 다음 작품도 잘 됐으면 좋겠어요.
―바쁜 일상 중에 짧지만, 하루의 고달픔을 씻어 내는 힐링하고 갔었는데, 다시 돌아오신다니 기쁘네요.

이런 내용들이었다.
한송이의 웹툰으로 힐링을 했다는 사람들.
'괜히 나도 기분 좋네.'
역시, 열심히 해야겠다.
메뉴도 더 넣고.

'근데 이건 뭐지?'

내일 할 일을 위해 이제 댓글 창을 끄고 공지도 나가려는데…….

마지막에 스케치인지, 낙서인지 모를 그림을 발견했다.

처음엔 뭔가 싶었다.

그런데 집중해서 보자 신기하게 어딘가 부족했던 그림이 머릿속에서 완성됐다.

'이건?'

새로 얻은 재능의 힘인가?

그보다 이 그림…….

아무래도 차기작도 많은 사람에게 힐링을 주는 작품이 될 것 같다.

머릿속에 그려진 따뜻한 그림이 맞다면 말이지.

"아. 늦었다."

옅은 미소와 함께 이번엔 진짜 폰을 놨다.

그리고 나도 오늘처럼 세트로 구성하든, 메뉴를 개발하든 더 준비해야겠다고 생각하며 잠들었다.

* * *

다음 날.

나름 빠른 출근이라고 생각했는데 더 빠른 사람이 있었으니.

'새벽 배송이었습니까?'

동에 번쩍 서에 번쩍하는 사람이네.
카페에 오니 배준호가 놓고 간 재료들이 먼저 맞아 줬다.
어제 문자로 남겨 둔 건데…….
뭐, 덕분에 어제 거의 다 떨어졌던 재료들을 이른 아침에 다 채웠다.
오늘은 읍내에 나가야 하나 싶었는데 잘됐다.
'할 것 많으니.'
우선 메뉴판을 바꿔야 했다.
원래는 할아버지가 쓰던 걸 그대로 썼는데 메뉴도 바꾸고 추가하는 것도 있어서, 그대로 쓰면 너무 누더기가 된다.
'메뉴판을 쓸 나무는 뒷마당에 있을…… 아!'
잊고 있던 게 생각났다.
뒷마당 텃밭의 나무.
어제 한송이의 아우라를 듬뿍 흡수했으니…….
재료를 넣어 두고 곧장 뒷마당으로 나갔다.
그리고 발견했다.
"어!?"
이젠 키를 훌쩍 넘어선 나무를…….

* * *

거의 텃밭의 기둥처럼 하늘로 쭉쭉 뻗어 있는 나무.
어제도 많이 자랐다고 생각했는데…….
지금 보니 한참 더 자랄 것 같다.

"생각보다, 더 잘 크는구나?"

살랑~ 살랑~

가벼운 산들바람에 날리는 푸른 나뭇잎이 마치 대답을 대신하는 듯했다.

이 정도 존재감이면 이름이라도 붙여 줘야겠는데?

뭐가 좋을까.

"음. 쑥쑥이?"

쑥쑥 크고, 앞으로도 쑥쑥 크라는 의미였다.

내가 지었지만 괜찮은 것 같다.

살랑~살랑~

"그래. 쑥쑥이로 하자."

나뭇잎이 흔들리는 걸 긍정적인 의미로 받아들이며 나무의 이름은 쑥쑥이로 확정했다.

생각할수록 괜찮다.

이름표라도 만들어 줄까?

'안 그래도 텃밭에 뭐 심었는지 위치랑 이름을 표시하려고 했는데…….'

나무를 잠시 보다가 창고에 들어갔다.

목수였던 할아버지는 여기저기 쓰기 좋은 적당한 목재를 종류별로 늘 창고에 두셨다.

아니나 다를까, 바로 판판한 목재를 찾을 수 있었다.

"딱 적당하네."

깔끔하게 다듬어진 나무판이었다.

때문에 더 손댈 것도 없었다.

창고에서 나오며 옆에 있는 페인트와 붓도 꺼냈다.

문득 어릴 적 할아버지 작업실에서 많이 했던 게 생각났다.

할아버지가 옆에서 뭘 만들면 항상 붓을 들고 거기에 낙서를 했었는데…….

"킥."

그때를 생각하니 피식 웃음이 나왔다.

참 성가셨을 텐데도 할아버지는 웃으며 좋아하셨지.

'물론 나중엔 혼도 났지만.'

아무튼, 그때의 기억을 떠올리며 나무의 이름표부터 붓으로 적어 봤다.

스윽! 슥!

"어?"

뭐지?

악필까진 아니지만 그렇다고 엄청 예쁜 글씨를 갖고 있지 않았는데 제법 그럴싸한 이름표가 됐다.

깔끔하게 쓰인 것은 물론이거니와, 손이 물 흐르듯 움직이면서 묘하게 힘 조절이 되어 선의 강약이 절묘한 느낌을 자아냈다.

마치 배운 적도 없는 켈리그래피를 잘하는 사람처럼.

'한송이의 재능 덕분이구나!'

기본적인 손재주도 있지만 이건 아무래도 한송이의 재능을 흡수한 덕분이 분명했다.

"좋은데?"

그 재능은 또 어디에 쓸까 싶었는데 이런 곳에 쓰는구나.

어릴 적 낙서와는 비교할 수 없는 양질의 이름표는 계획했던 것처럼 나무에 걸었다.

그러자……!

사라랑~

[쑥쑥이]를 걸자 나무에 불어온 바람에 잎이 흔들렸다.

마치 이름을 가져서 기쁘다는 듯……?

"응? 그냥 느낌이 아니네?"

어제는 그냥 혼자 의미 부여하는 건 줄 알았는데 아니었다.

바람과 함께 나무에서 아우라가 잠시 일렁거렸다.

그리고 난 뒤, 나무는 새롭게 보였다.

[쑥쑥이(???)]
*상태
—성장형
*효과
—병충해 방지

물음표 가득했던 텍스트창에 보이는 쑥쑥이란 이름과 여러 정보들.

한송이가 준 재능은 그냥 단순히 붓 솜씨만 좋아지게 만드는 게 아닌 듯했다.

이런 효과도 내다니.

'신기하네.'

놀란 마음을 가라앉히고 자세히 쑥쑥이를 살폈다.

이름을 가진 녀석은 뭐가 달라졌을까.

'병충해 방지 효과?'

오, 이러면 텃밭에서 이것저것 키우기 더 쉬워진 건가?

원래도 텃밭은 이것저것 자라기 쉬운 편이긴 했는데 더 쉽게 자랄 수 있게 될 거 같았다.

왜, 원래 밭일은 병충해와의 싸움이라고도 하니까.

그걸 혼자서 맡아 준다니…… 벌써부터 기특하다.

그 밖에도 아직 '성장형'이라는 상태도 있었는데…….

'그래서 아직 나무 종류는 뭔지 모르는 건가?'

성장형이라서 어떻게 성장할지 아직 정해지지 않았다는 뜻일지도.

뭐, 아무렴 이 정도만 해도 좋았다.

앞으로 더 기대도 되고 도움이 되는 효과 생겼으니.

툭툭.

"효자네, 효자야."

쑥쑥이를 어깨 두들겨 주듯 가볍게 툭툭 두들겼다. 그리고 서비스로 물도 줬다.

"더 잘 커라."

이게 바로 농부의 마음인가?

도시에도 농부처럼 본격적인 건 아니지만 간혹 식물을 키우는 식집사가 보이긴 했다.

건물 인테리어 할 때도 그런 건축주들이 있어서 거기에

맞는 설계도 해 봤고.
 그땐 귀찮게 왜 그런 걸 하는지 몰랐는데.
 이제 좀 알 것 같기도 했다.
 뭔가 보람이 가시적으로 확 온다고 해야 하나?
 물론 그때 했던 식물들이 다 얘 같은 것은 아니었겠지만, 왠지 비슷한 느낌일 거라고 짐작이 됐다.
 그렇게 쑥쑥이를 보며 감상에 젖어 있던 그때!
 왜애앵~
 "응? 아! 너무 시간을 많이 썼네."
 오늘도 시간 맞춰 출근한 랑이의 울음소리에 시간을 봤다.
 별거 안 했는데 아침 시간은 금방 간다.
 당장 확인해 볼 것을 위해서 안에 들어갔다.
 왜앵~
 언제 들어왔는지 냥냥거리며 달려온 랑이가 다리에 머리를 비볐다.
 "너도 참 칼출근이구나."
 간식 하나 까서 주니 잘도 먹는다.
 이 맛에 오는 거겠지.
 자, 그럼 간식 먹는 녀석은 두고…….
 '아까 궁금했던 걸 확인해 봐야지.'
 바로 그림 재능의 효과를 확인하기로 했다.
 캘리그래피도 그림의 재능인지, 그리고 그 재능으로 효과가 붙는 건지.
 안 그래도 갱신하려고 했던 메뉴판으로 해 보기로 했다.

기존에 쓰던 나무로 된 메뉴판은 두고. 지웠다 쓸 수 있는 작은 블랙 우드로 만든 보드판을 꺼냈다.
그리고 수성마카도.
'오늘의 추천 메뉴.'
과감하게 적어 내렸다.
스르륵!
쑥쑥이 이름표를 만들 때처럼 부드럽게 휘어지는 붓.
손이 가는 대로 그렇게 한참 집중한 끝에!
"됐나?"
그림 재능의 보정을 받은 나만의 독특한 글씨체로 적힌 메뉴판이 만들어졌다.
음, 여전히 명필이네.
근데 뭔가 조금 아쉬운데?
왜앵?
"잉크 묻어. 가까이 오면 안…… 잠깐만?"
간식 다 먹고 구경을 온 랑이를 제지하다가 좋은 생각이 떠올랐다.
호랑이 쉼터니까 그게 있어도 좋겠다.
"랑아, 잠깐만?"
왜앵?
잉크를 그루밍해서 먹으면 안 되니까, 우선 랑이의 앞발에 랩을 씌우고.
거기에 잉크를 살짝 묻힌 뒤 그대로 메뉴판에 꾸욱!
"오?"

잘 나왔다.

랑이가 의외로 이런 건 또 순둥해서 협조를 잘한 탓에 선명하게 고양이 발자국이 찍힌 것이다.

자기가 뭘 한지 모르는 랑이는 어리둥절한 표정으로 올려다봤다.

"잘했어. 간식 더 먹자."

왜앵~

보상은 바로바로 지급해 주는 게 좋지.

랑이에게 간식을 주고 완성된 메뉴판을 한 번 슥 훑어봤다.

혹시나 오타가 있으면 안 되니까.

그런데…….

'진짜 내 솜씨가 맞나?'

볼수록 이곳이 주는 재능의 힘이 대단하긴 대단했다.

메뉴판이 아니라 하나의 작품처럼 보일 정도였다. 게다가 끝에 랑이의 발자국까지 보는 순간!

"역시……."

[호랑이 쉼터 메뉴판]
*상태
—한눈에 알아보기 쉬운 메뉴판.
*효과
—???(선택 가능한 효과— 매력)

이름표에 이어서 여기도 텍스트창이 보였다.

역시 한송이가 준 그림 재능 덕분에 이런 일이 생기는 듯했다.

확인하려던 건 확인했고······.

그런데 이름표랑은 조금 다르네?

"효과를 선택할 수 있어?"

물론 할 수 있는 효과가 하나밖에 없긴 했지만.

그래도 아까 쑥쑥이에겐 없던 거였다.

쑥쑥이는 생명이고, 이건 아니라서 그런가?

'매력으로 선택.'

일단 가능한 효과를 선택해 봤다.

그러자 메뉴판에 '매력'이란 효과가 붙었다.

이건 완전 좋은데?

메뉴판에 붙은 효과로 '매력'은 더없이 좋았다.

여기 오는 사람들의 이목을 끌 수 있을 테니까.

게다가 나중에는 내가 원하는 효과도 바꿔 넣을 수 있으면······.

대박일지도.

물론 느낌상 아무거나는 아니고, 내가 가진 재능 중 하나를 부여하는 효과일 거 같긴 했지만 그게 어딘가.

새로운 재능은 대만족이었다.

"이걸 또 어떻게 써야 잘 썼다고 소문이 나려나?"

메뉴판은 카운터 위에 잘 보이게 두고 주방으로 들어왔다.

그리고 이번엔 지금 알아낸 새로운 재능을 써 볼 곳을

찾았다.
 그건 바로.
 '라테 아트.'
 이것도 그림이라면 그림이 아닐까?
 샷을 내린 잔에 스팀을 친 우유로 그리는 거니까.
 물론 예전이라면 딱히 시도해 보지 않았을 기술이었다.
 쉽지 않으니까.
 그냥 붓으로 그림을 그리는 것도 어려운데 우유를 부어서 그리라니…….
 일반인이 시도해 볼 일은 아니긴 하지.
 하지만 왠지 지금은 될 것 같았다.
 커피 샷을 내리고, 아침 일찍 배준호 씨가 배달해 주고 간 우유를 스팀 쳐서 조심스럽게 담았다.
 부드럽게 움직이는 손놀림에 잔은 점점 하얗게 물들어 가고.
 "응?"
 자신 있게 했지만 만들어진 건 아트가 아니라 그냥 커피에 우유를 끼얹은 모양새였다.
 이거 생각보다 더 어려운데?
 당연하게도 텍스트창은 보이지 않았다.
 "아무래도 연습이 필요하겠네."
 그래, 재능이 있다고 뭐든 호락호락한 건 아니니까.
 전에도 말했듯, 재능도 노력을 할 때 빛을 발하는 법이다.

숨 쉬듯 나오는 스토리텔링을 위해서 한송이가 많은 책을 읽은 것처럼.
 '손재주 재능도 있으니까 연습하면 될 거야.'
 여기도 효과가 붙을 진 모르겠지만.
 한번 해 보기로 했다.

 * * *

 손을 몇 번 슥슥 움직이면 잘게 부서진 하얀 거품이 커피잔 안으로 들어간다.
 커피의 풍미를 살리면서 우유의 고소하고 부드러움까지 더하는 맛.
 라테는 매력 있는 음료였다.
 너무 진한 커피를 좋아하지 않는다면 추천하기 좋았다.
 여기서 단맛을 더 원하면 바닐라 시럽을 넣어 바닐라 라테로.
 우유를 섞지 않고 그 위에 풍부하게 올려서 커피와 우유의 맛을 각각 잘 살린 카푸치노도 좋다.
 어쨌든 커피와 우유는 참 잘 어울리는데…….
 "크으, 모양내는 게 쉽지 않네."
 그냥 손으로 그리는 것과는 확실히 차이가 있었다.
 자칫하면 우유 거품이 그냥 커피랑 섞이기 일쑤였고.

그게 아니더라도 손으로 그린 듯 모양을 잡는 게 쉽지 않던 것이다.

"음……."

물론 손재주와 함께 그림 재능은 금세 그걸 가능하게 만들어 줬다.

근사한 모양의 라테 아트.

하지만 만족은 하지 못했다.

내가 원하는 건 단순히 예쁜 라테가 아니니까.

'이것도 실패네. 이제 좀 속 쓰린데.'

하지만 버리긴 아까우니.

실패한 라테를 입으로 처리하려다가 멈칫했다.

오솔길 입구에서 인기척이 느껴졌다.

등산복을 입은 남자였다.

모자 밖으로 난 머리가 희끗희끗하지만 깔끔한 인상.

나이는 아버지가 살아 계셨다면 딱 저 정도 되지 않을까 싶은 정도?

딸랑~ 딸랑~

"어서 오세요~"

"이거 실례합니다. 여기 혹시 사유지입니까?"

"아, 예. 여기부터 위쪽은 사유지긴…… 하죠? 혹시 무슨 일이라도 있으신가요?"

"아, 아니요. 저쪽으로 올라가려 했는데 길이 없어서요."

그의 손끝을 보자 카페 뒤편과 연결되어 있었다.

"아아…… 거기는 저희 카페 텃밭 쪽이에요."

"아아. 그렇군요. 이거 미안합니다. 제가 길을 잘못 들었나 봅니다."

남자의 말에 복장을 한 번 봤다.

배낭까지 멘 등산복 차림.

아무래도 여기 산을 타려고 왔다가 길을 잘못 들었던 모양이다.

그런데 의문인 점이 있었다.

"괜찮습니다. 그런데 혹시 아래에 팻말이 없었습니까?"

"아. 팻말이 있었습니까? 이런, 제가 못 본 모양입니다."

"아닙니다. 제가 깜빡하고 안 뒀던 것 같네요. 저 산에 산행하시려고 오신 거면 저쪽 뒷길로 갈 수 있으니 내려서 돌아가지 마시고 바로 올라가시면 됩니다."

"아이고. 감사합니다."

그나저나 한참 어른임에도 제 실수라고 하면서 사과부터 하시다니, 대단하신 분이네.

제 잘못을 인정하는 것은 쉬우면서도 쉽지 않은 일이다.

그것도 저보다 나이가 어린 이에게는 더더욱 말이지.

게다가 사실 뭘 잘못하신 것도 아니다.

실수한 것일 뿐이니까.

밑에 팻말도 없었다고 하잖나.

그나저나······.

'팻말도 확인해 봐야겠네.'

있는데 못 본 거면 어쩔 수 없지만, 문제가 생겼을 수도 있으니 손님이 가면 확인해 보기로 했다.

그나저나, 남자는 바로 떠나지 않고 잠시 주저하다가 안으로 들어왔다.

그리고 안을 둘러보더니 물었다.

"그나저나 여기 향이 아주 좋습니다."

"그런가요? 감사합니다."

"라테를 만들고 있는 겁니까?"

"어? 어떻게 아세요?"

"저기 보이는군요."

"아아."

난 또 향으로 그걸 느꼈나 싶었더니.

그게 아니라 아까 만들다 실패한 라테를 무심결에 들고 나왔는데, 그걸 보고 얘기하신 거였다.

뭔가 조금 부끄러운걸?

"하하. 이렇게 된 거, 한 잔 주문해도 될까요? 시간이 조금 이른 거 같긴 한데······."

"물론 됩니다. 영업하고 있으니까요. 뭐로 주문하시겠습니까?"

새로운 손님은 언제나 환영인지.

손님의 시선이 메뉴판을 향했다.

정확히는 아침에 블랙 보드에 적어 놓은 메뉴판이었

다.
'매력'이란 효과가 작용하는 듯했다.
'아!'
그걸 보자 문득 그런 생각이 들었다.
그냥 메뉴판에 끌리게 만드는 것뿐이 아니라, 손님의 아우라 상태를 보고 거기에 맞춰서 음료를 적어 두면?
그럼 이전처럼 어색하게 서비스로 주지 않아도 된다.
매력이 작용하니까 자연스럽게 유도할 수 있는 것이다.
'어디 보자. 오늘 손님은……'
금방 나갈 것 같아서 유심히 보지 않았던 손님의 아우라를 살펴봤다.
칙칙한 정도는 아니지만 탁한 아우라가 보였다.
그리고 텍스트창에 보이는 상태는.

[박대산]
*상태
—아들이 출가한 뒤 본인도 알 수 없는 우울함이 찾아옴

상태를 보자 떠오른 건 할아버지였다.
내가 도시로 가고 혼자 남았을 당신도 저런 감정을 느끼지 않았을까.
물론 할아버지의 성격을 생각하면 금방 털어 냈을 것

같긴 하지만.

워낙 이것저것 많이 움직이는 분이셨으니까 내 생각을 할 겨를도 없었을지도…….

'그래도 마음 한구석에는 남아 있었겠지.'

지금 내가 할아버지를 떠올릴 때마다 이러는 것처럼 말이다.

평소에 바쁘고 일이 즐거워서 모르다가도 문득문득 떠올랐으니까.

아마 박대산 씨도 지금 그런 상태와 비슷하지 않을까?

무언가 한구석 비어 버린 자리에서 오는 공허. 그리고 거기서 오는 우울함.

다행인 건 아직 아우라가 탁하긴 해도 칙칙하진 않다는 거였다.

'뭘 해 드리면 좋을까.'

스트레스 완화에 좋은 민트?

지금 보드에 적어 놓은 메뉴는 마침 민트 초코 프라푸치노이긴 했다.

음료를 선뜻 고르지 못하고 고민하는 모습에 한 번 권해 보기로 했다.

"이건 어떠세요? 민트 초코 프라푸치노라고 요즘 많이들 찾으시는 건데, 우리는 생민트를 사용해 스트레스도 풀고 피로 회복도 돼 직장인들에게 좋습니다."

"오…… 그런데 프라푸치노면 차갑겠지요?"

"예. 아무래도."

"제가 이가 시려서 찬 음료는 힘들겠습니다."

거절당했다.

안 그래도 연령대가 있으니 따뜻한 걸 더 선호할 것 같았다. 그래도 혹시나 해서 추천한 건데.

보드에서 시선을 뗀 박대산 씨는 원래의 메뉴판을 훑었다.

그런데 묘하게 그의 시선이 다른 쪽을 향하는 것 같은 느낌은 착각인가?

"따뜻한 게 괜찮으면 라테로 드릴까요?"

"예, 따뜻한 라테. 그걸로 부탁드리겠습니다."

"예. 금방 준비해 드리겠습니다."

아까부터 메뉴판과 함께 내가 만든 라테를 번갈아 보는 것 같아서 어렵지 않게 맞췄다.

그렇게 주문을 마친 박대산 씨는 자리를 찾아 두리번거렸는데. 그 모습에 머릿속에 번뜩이는 아이디어가 있었다.

"편하시면 여기 앉으셔도 됩니다."

"어, 여기 말입니까?"

"예. 물론 어디든 편하신 곳에 앉으시면 됩니다. 우리 카페는 편히 쉬기 위해 오는 곳이니까요. 대신 라테는 만드는 것도 재미있으니 권할 뿐입니다."

"허헛. 그렇군요. 그럼, 여기 앉겠습니다."

카운터 옆에는 바 좌석처럼 된 주방과 마주 보는 테이블이 있었다.

아마 할아버지는 손님과 얘기하는 걸 워낙 좋아해서 만든 것 같은데. 친한 분이나 대화가 필요한 분들이면 좋을 곳이었다.

그리고 지금 손님의 상태는 빈자리로 인한 우울. 이런 분들은 혼자 있는 것보단 이렇게 소소하게 대화 나눌 수 있는 게 좋았다.

다행히 손님도 크게 불편해하지 않고 좋아하며 자리했다.

'음. 근데 좀 긴장되네.'

대화하기 좋은 점도 있지만 아무래도 주방이 보이는 곳이었다.

한마디로 잘해야 한다는 거지.

물론 자신은 있었다. 모양을 내는 건 성공했으니까.

효과가 붙지 않아서 그렇지.

음…… 그게 더 문제인가.

그렇게 생각하니 문득 효과를 넣는 방법은 따로 있을 것 같다는 느낌이 들었다.

단순히 모양만 내는 게 아니라.

'이름표, 메뉴판은 되고 이건 안 되는 이유가 뭘까.'

이유 없는 결과는 없다.

차이점을 찾으면 알 수 있을 텐데.

'안 되겠다. 일단 시간을 끌어 보자.'

그냥 효과 없는 음료를 만들어 주는 건 너무 아쉽다.

나중에 알아내서 서비스로 드린다고 하는 것도 한두 번

이지.

마침 카운터 앞에 자리를 잡은 박대산 씨는 대화가 필요한 상태인 듯하니.

"혹시 향긋하고 산뜻한 맛과 묵직하면서 고소한 맛 중에 어떤 맛을 더 좋아하는지 여쭤도 될까요? 원두 종류가 여럿 있거든요."

자연스럽게 말을 걸었다.

음료를 만드는 것과 관계가 없는 주제도 아니니 이상하게 보지도 않게.

"산뜻하고 새콤한 원두를 좋아하긴 합니다만 라테에는 역시 묵직하고 고소한 맛이 어울리겠죠. 그걸로 부탁드립니다."

"아! 예. 그런데 왠지 커피에 대해서 잘 아시는 것 같네요. 그러고 보니 아까 향만 맡고 원두가 좋다고도 하셨고."

"허허. 저야 그냥 주워들은 거지요. 젊은 사장님이야말로 대단합니다. 이제 저희 아들이랑 비슷한 나이로 보이는데. 이런 곳을 차리다니요."

"아, 제가 차린 건 아니고. 원래 할아버지가 하던 곳을 물려받았습니다."

예상대로 박대산은 대화를 피하지 않았다. 오히려 카페에 대해 관심이 있는 눈치였다.

잘 됐다.

대화 화제가 좋았다.

이곳만의 여유로운 분위기와 함께 대화까지 천천히 나누면서 재능의 비밀을 알아보기로 했다.

어차피 나는 이런 장단 맞추는 게 어렵지 않았다.

상대했던 건축주들 대부분이 저 정도 연령 아니면 좀 더 높은 연령이었는데, 다들 대화 상대를 해 주면 좋아했으니까.

특히.

"아들이 계신가 봐요."

"허허. 예. 하나 있죠. 얼마 전에 결혼도 했습니다."

자식 얘기라면 어떤 무표정한 사람이라도 경계심을 풀고 대화를 시도할 수 있었다.

"오? 저는 그게 더 대단하네요."

"사장님은 혼자십니까?"

"윽! 아픈 곳이네요."

"어이쿠! 이렇게 잘생기고 키도 크신데 혼자일 줄은 몰랐습니다. 이거 실례했군요."

"하하! 괜찮습니다."

내 반응에 박대산 씨도 장난인 걸 알고 과장해서 손사래를 쳤다.

사실 우울함은 이렇게 사람과의 대화로도 어느 정도 풀 수 있다. 박대산 씨의 상태라면 더욱.

물론 여기에 음료의 효과까지 더하면 더 좋을 터.

대화를 하면서도 동시에 나는 머릿속으로 어떻게 라테에 효과를 넣을 수 있을지 고민했다.

'쑥쑥이 이름표를 만들 때, 그리고 메뉴판을 만들 때랑 뭐가 차이가 날까?'

뭔가 잡힐 듯 잡히지 않는 힌트. 원두를 갈면서도 끊임없이 생각했다.

"저도 사장님 나이쯤 안사람을 만나서 아들을 낳았죠."

"아, 정말요? 그럼 저도 가능성은 있네요."

"그럼요. 허허! 사장님은 이런 근사한 곳까지 차렸으니 저보다 낫겠습니다. 저도 이런 곳을 갖는 게 꿈이었는데."

"카페요?"

"뭐, 한참 전에 지나간 꿈이었죠."

꿈이라…… 어쩌면 박대산 씨의 공허에서 오는 우울함은 단순히 자식이 출가해서 생긴 게 아닐지도 모르겠다.

얘기하는 걸 보아 아들이 생긴 뒤 꿈을 포기하고 현생에 열중했던 모양인데, 그렇게 삶의 전부 같던 아들이 출가했으니 그 빈자리가 얼마나 클까.

또 지나간 꿈이 얼마나 그리울지 짐작할 수 없었.

'내가 여기서 해 줄 수 있는 위로가 있을까?'

문득 들고 있는 샷 추출기로 시선이 갔다.

피식.

잘할 수 있는 방법이 바로 여기 있는데 여태 왜 고민을 했을까.

달칵!

샷을 추출한다.

그리고 동시에 우유에 스팀을 친다.

수분이 많이 들어가지 않게, 그리고 거품은 부드럽게 데워진 우유와 딱 맞춰서 추출된 샷.

샷이 든 컵을 기울여 일정한 유량으로 우유를 붓는다.

그림이 잘 그려지려면 일단 샷 속에 우유를 꾹 누르듯 넣어, 안정화를 잘 시키는 게 중요했다.

그리고 그렇게 안정화가 됐으면 컵을 세우며 살짝 띄운다는 느낌으로…….

스르륵!

톡! 톡!

살살 흔들어 그림을 그려 주면 라테 아트 완성.

요새는 사진까지 만들어 주는 프린터가 있다고 하는데, 내 손으로 만든 것도 그에 못지않게 정교했다.

그리고 무엇보다 이번엔…….

'됐다!'

[라테 아트—새싹]
*효과
—의욕 향상(12)

효과가 붙었다.

효과가 붙지 않았을 때와 차이점은 손재주와 그림 재능에 있지 않았다.

그건 똑같았다.

차이점은…… 바로 내가 어떤 생각으로 만드냐였다.

이전에는 그저 잘 만들고 싶은 라테 아트였다면, 이번엔 박대산 씨에게 주고 싶은 응원을 담았을 뿐.

하지만 바로 그 차이로 생긴 변화였다.

"오! 범상치 않은 곳이라 사장님도 평범하진 않을 거라 생각했는데…… 정말 재주가 좋습니다."

"그런가요? 감사합니다. 여기 따뜻한 라테 나왔습니다."

주방을 볼 수 있는 자리에 앉아 있었기에 이 과정을 모두 본 박대산이 아이처럼 신기해하는 모습으로 라테를 받았다.

그리고 라테 위로 우유 거품으로 그려진 새싹을 보며 말이 없어졌다.

"맛도 한 번 보세요. 보기만 좋은 게 아니거든요."

"허허! 그럴까요?"

무슨 생각을 하는지.

한참 그렇게 보고만 있기에 잠시 기다려 줬다가 천천히 조심스럽게 권했다.

그러자 박대산 씨는 은은한 미소를 띠며 그제야 천천히 입을 가져갔다.

후루룩!

"……음. 역시 좋네요. 에스프레소는 적당히 진하면서 풍미가 깊고, 우유는 물을 많이 머금지 않아 고소합니다. 잘 만든 라테입니다."

한 모금 마시고 조심스럽게 입을 뗀 박대산의 평가에 나도 미소를 지었다.

"다행이네요."

"허허! 제가 딱 좋아하는 스타일입니다. 우유도 좋은 걸 쓰시는 것 같은데. 대단합니다. 허허!"

"대단하긴요. 뭘."

"대단하지요. 재주가 있어도 사실 아무나 쉽게 내릴 수 있는 선택은 아니지 않습니까? 보아하니 도시에 있던 젊은 분이, 이런 시골에서 무언가 한다는 것 자체가 쉽지 않을 텐데…… 이제 은퇴할 시기가 가까운 저도 쉽게 못 할 선택인데, 이렇게 잘하고 계시니 대단하지요."

참, 대화를 하면 할수록 기분이 좋은 상대였다.

상대를 존중하는 게 몸에 배어 있는 사람이랄까? 이런 상사 밑에 있었으면 아마 아직도 더 회사 생활을 했을지도.

근데 계속 듣기엔 아직 나는 조금 민망하긴 했다.

사실 이곳에 남기로 할 당시에 큰 고민을 하지 않았다.

수아에게 음료를 해 줬을 때, 그때 느낌이 좋아서.

받는 수아도, 해 준 나도 함께 힐링되는 그 느낌을 또 받고 싶어서 선택했다.

지금도 사실 박대산 씨를 위해 만들었지만 나도 기분이 좋지 않은가.

그러니 살짝 화제를 바꿔 보기로 했다.

"하다 보니 재미있습니다. 물론 어렵기도 하지만요. 같은 커피라도 변덕이 심하다고 해야 하나? 이 사람에겐 이런 맛이, 저 사람에겐 또 다른 맛으로 느껴지는 것 같더라고요."

"오! 맞습니다. 이게, 꼭 사람을 닮았죠. 어떤 것은 연하고, 어떤 건 진하고. 또 향긋한 것이 있고 묵직한 것도 있는 게 사람을 상대하는 것과 진배없으니 확실히 어려운 일이죠. 하지만 그래서 재미있는 거기도 하지요. 허허!"

내 말에 맞장구치며 커피에 대해 얘기하는 박대산의 표정이 무척 밝았다.

앞선 대화들과 그것을 녹인 라테 한잔.

이제 결정적으로 박대산에게 응원을 담은 한마디를 하려던 그때!

지잉! 징!!

박대산의 폰이 진동을 울렸다.

여유롭게 발신자를 보던 박대산은 확인한 뒤에는 **빠르게** 받았다.

"어이쿠! 어, 아들…… 뭐!?"

아까 말했던 나와 비슷한 연령이라는 아들이구나.

사라랑~

그 전화를 받는 박대산의 주변에서 맑게 변한 아우라가 일렁거렸다.

* * *

박대산은 우직하게 한 길만 파던 사람이었다.

집, 회사, 집, 회사.

누군가 보면 참 재미없는 생활이었으나 정작 박대산은 그렇게 생각하지 않았다.

회사에서 지친 몸을 이끌고 집으로 돌아가면 자신을 반겨 주는 이가 있었으니까.

그거 하나면 이 세상 누구보다 부럽지 않았다.

물론…… 마냥 행복한 일만 기다리는 건 아니었다.

아내와 사별했다.

그때 아이는 이제 겨우 유치원을 가는 나이.

홀로 아이를 키워야 하는 부담은 그의 어깨를 짓눌렀고 생활은 더욱 단순 반복이 되었다.

회사, 집, 회사, 집.

자신의 꿈은 포기했다.

'부족함 없이 키워야 돼.'

먼저 보낸 아내에게, 그리고 남겨진 아이에게 자신이 할 수 있는 최선이었다.

하지만 현재.

퇴근하고 돌아온 텅 빈 집을 보자 알 수 없는 우울함과 공허함이 찾아왔다.

아들은 결혼까지 해서 출가했다.

바르게 컸고 좋은 사람도 만났으니 참 다행인데.

왜 이렇게 쓸쓸할까.

문득 시선에 아내와 단둘이 찍은 사진이 걸렸다.

지금은 카페지만 그땐 다방이라고 불렸던 장소가 배경

이었다.

여기서 커피의 매력에 빠졌지.

아니, 미쳤었다는 말이 더 잘 어울리겠구나.

원두 하나 찾겠다고 신혼여행을 아프리카로 갔을 정도니.

"흐음."

물론 지금은…… 언제 적인지 가물가물할 정도로 희미해졌다.

이후 사업은 성공하여 부족함이 없어졌고.

하나 있는 아들도 출가한 지금은 시간도, 돈도 여유가 있지만.

결정적으로 그때 같은 열정이 없었다.

"……등산이나 해야겠구먼."

텅 빈 집에 혼자 계속 있다간 괜히 더 우울하기만 해질 듯했다.

이럴 땐 몸을 써서 땀을 쫙 빼는 게 좋지.

풍광 좋은 곳도 보고 말이다.

근데 주변 산은 다 올라가 봐서 흥미가 안 당기는데…….

'아! 지난번에 누가 거기 좋은 산이 있다고 했는데 어디더라.'

생각났다.

조금 멀긴 한데 드라이브 겸 갔다오는 것도 좋을 듯했다.

그리고 그렇게 찾은 산을 자신만만하게 올라가는데…….

잘못 올랐다는 걸 알아챈 건 얼마 지나지 않아서였다.

길을 잘못 들었다. 나오라는 산은 안 나오고 웬 공터와 카페가 나왔다.

그것도 좋은 커피 향이 물씬 풍기는…….

오랜만에 옛날 향수를 느끼게 하는 그런 향에 그는 자신도 모르게 카페에 들어갔다. 그리고 그곳에서 나왔을 땐…….

"생각보다 빨리 내려오셨군요. 대표님, 산행은 즐거우셨습니까?"

"아니, 산은 타지 않았지만 좋은 시간이었네. 우선, 빨리 집으로 가지."

"네, 알겠습니다."

출발하는 자동차에서 그는 생각했다.

즐거운 시간, 그리고 즐거운 소식.

그는 다시 한번 핸드폰에 들어온 문장을 꼼꼼히 읽어 보았다.

―아버지! 저 아빠가 됐어요!

우울하던 기분이 씻겨 나가던 순간 들려온 행복한 말은 마른 가슴을 뛰게 만들었다.

오늘 산에 올라갔다면 바로 이렇게 내려오진 못했겠지. 길을 잃고, 그곳에서 짧게나마 시간을 보낸 덕에 바로 확인할 수 있는 소식이었다.

"하하, 이거 참."

방금 자신을 위해서 이런저런 말을 해 주던 카페 사장

의 모습이 떠오른다. 요즘 보기 드문 청년이었는데…….

"나중에라도 한번 다시 와서 고맙다 해야겠어."

그의 눈에는 어느새 생기가 돌아와 있었다.

* * *

스르륵!

"역시 맞네."

박대산 씨를 생각하며 만든 곰이 라테에 그려졌다.

누구보다 강인하지만, 무엇보다 가족을 위해 더욱 강해지는 모습과 잘 어울리는 '뚝심'이 담긴 라테.

누가 만들었는지 참 잘 만들었어.

효과도 잘 붙었다.

"잘 갔으려나."

라테에서 시선을 떼어 문 쪽을 봤다.

박대산 씨는 전화를 받고 금방 기쁜 기색으로 떠났다.

산을 타러 오셨다면서 수다 떨고 커피만 마시고 간 거다.

'뭐, 힐링했으면 됐지.'

밝은 표정으로 돌아갔으니 꼭 산을 탈 필요는 없었다.

박대산 씨는 이곳에 왔을 때만 해도 남아 있던 꿈에 대한 미련을 다 털어놓고 갔다.

자신의 삶에서 꿈만큼 소중한 것을 깨달았으니까.

바로 가족.

부러운 단어였다.

아들의 전화에 환하게 웃던 박대산 씨의 모습만 봐도 그가 얼마나 행복한 삶을 살았는지.

다음엔 가족들하고 같이 오겠다며 나가는 뒷모습에 알 수 있었다.

'꼭 다시 왔으면 좋겠네.'

아무튼 나도 그렇게 손님이 돌아갔으니 기분은 좋았다.

재능을 활용하는 새로운 방법도 배웠으니.

그냥 라테를 미적으로 바라보고 만들었을 땐 효과가 붙지 않았다.

하지만 마음을 담았을 땐 달랐다.

진심으로 박대산 씨를 응원하는 마음으로 만든 라테에는 효과가 붙었다.

그것도 내가 원하는 효과였다.

내가 지닌 효능 중 하나를 붙이는 효과…… 지금 내가 얻은 재능만 손재주, 매력, 성장, 그림에 이어 박대산 씨의 재능 '뚝심'까지 다섯 가지였다.

당근 음료로 얻은 효과도 붙는 것 봐선, 눈 건강 향상과 활력 증진까지 총 일곱 가지나 다름없었다.

재능을 얻을 수 있을 뿐 아니라 손님들에게 다시 그 재능을 줄 수 있다니…….

'거기에 세트 메뉴처럼 기존 메뉴 조합으로 또 효과를 붙일 수도 있으니까.'

가능성이 정말 넓어졌다.

여기에 텃밭의 특별한 작물과 쉼터의 공간까지 더하면 더 많아진다.

문득 박대산 씨가 했던 말이 생각났다.

커피를 다루는 건 사람을 상대하는 것과 다름이 없다고.

미묘하게 다른 커피, 그리고 비슷한 듯하지만 다른 고민들을 가지고 있는 사람들을 생각하면 공감이 됐다.

'나도 그랬지만, 요즘은 몸이 아픈 것 말고 마음이 아픈 사람들이 많아.'

이 카페의 신비로운 능력들은 여전히 의문이 많았지만 그걸 모두 제쳐 둘 만한 사실이었다.

그건 바로 새로 얻은 능력을 쓸 곳이 확실하다는 점이었다.

여긴 호랑이 쉼터니까.

지금은 그거면 됐다.

이미 도시에서 회사 다녔던 때가 생각이 나지 않을 정도로 이곳이 좋았다.

'10년이라고 했으니까.'

지금 와서 드는 생각이지만 아마 할아버지가 굳이 그렇게 한 이유가 있지 않을까?

그게 이곳에 대해서 알 수 있는 기간, 혹은 그 시간이 지나면 깨달을 수 있을 거라고 짐작해 본다.

어쨌든 지금 중요한 건…….

왜앵~

"응?"

어디서 랑이 소리가 나는데 어디지?

고개를 이리저리 돌려 찾아보는데, 텃밭에서 랑이가 울고 있는 걸 발견했다.

그런데.

"……넌 누구야?"

텃밭에 앉은 랑이의 품에 웬 하얀 털 뭉치가 있었다.

뭔가 싶어서 자세히 보는 순간.

뽁뽁!

주먹만 한 하얀 털 뭉치에서 귀 두 개가 솟았다.

저게 뭐야?

* * *

"저리 가서 놀아, 이놈들아!"

왜앵~

아까는 머리 쪽을 랑이에게 파고들고 있어서 자세히 못 봤는데, 하얀 털 뭉치는 바로 토끼의 엉덩이였다.

꿍실꿍실.

엉덩이가 돌아가며 보인 얼굴을 보니 확실했다.

아직 새끼인 듯 솜털이 보송보송하고 복슬복슬한 것이 꼭 솜사탕 같았다.

분홍 코에 귀는 아직 어려서 그런지 한쪽이 꺾여 있었다.

'귀엽긴 한데.'

아직 주먹만 한 크기의 녀석이 어쩌다 여기까지 내려왔는지 모르겠다.

물론 주변이 산으로 둘러싸여 있으니 이상한 일은 아니었다.

아니, 이상한가? 겨울도 아닌데 하얀 토끼라니······.

하지만 그보다 중요한 게 있었다.

그건 바로 두 녀석이 뒹굴고 있는 곳이 텃밭이라는 것.

녀석들이 뛰어노는 모습에 조마조마하던 그때!

"잠깐! 거긴 안······!"

폴짝!

"돼애······ 끄응."

다행히 씨앗을 심은 곳은 폴짝 뛰어 넘어갔다.

하지만 녀석들이 텃밭에서 뛰어놀고 있는 동안에는 계속 이런 위기가 있을 터.

저러다 심어 놓은 씨앗이 싹도 못 나고 다 밟히는 게 아닌가 싶다.

하지만 저놈들, 얼마나 재빠른지 쫓아갈 수가 없다.

무리해서 들어가 쫓아내면 쟤들이 아니라 내가 텃밭을 망칠 것 같아서 그것도 안 되고······.

"자, 여기 봐라? 맛있는 사과 있네?"

이럴 땐 역시 먹을 걸로 유인.

못난이 사과를 하나 썰어서 가져와 흔들었다.

삐?

랑이는 어차피 관심이 없고, 대신 아기 토끼가 반응을 보였다.

고개를 갸우뚱하면 사과를 봤다.

"그렇지. 냠냠. 맛있겠지?"

휙!

열심히 연기도 했지만, 녀석은 냉정하게 고개를 돌렸다.

저 밤톨만 한 녀석이…….

슬슬 열이 치솟으려는 순간.

'음?'

갑자기 머릿속이 차분해지고 흔들림이 사라졌다.

왜인가 싶었는데, 새로 얻은 박대산의 재능이 생각났다.

[뚝심]

이게 이렇게도 되는 모양인데, 감정에 쉽게 흔들리지 않는 느낌이다.

이건 좋은데?

요즘 살아가는데 필요한 사람이 많을 재능이었다. 여기저기 휩쓸리기 쉬운 세상이니까.

나도 방금 사실 별거 아닌 거에 그럴 뻔하지 않았던가.

'사실 쟤가 밟는다고 땅이 무너지는 것도 아니고.'

솜털 같은 녀석이었다.

일부러 땅을 파지 않는 이상…….

파바박!!

"저!…… 후우—."

보란 듯이 땅을 파긴 했지만 말이다.

아기 토끼의 모습을 보다가 주방으로 들어왔다.

그리고 작은 칼을 꺼냈다.

스윽!

다시 텃밭으로 돌아와서는 작은 칼로 사과를 썰었다.

사각! 사각!

금방 모양이 잡힌 사과 조각은 마치 미니 당근 같은 모습이었다.

'매력'

거기에 그림 재능으로 매력까지 불어넣으면…….

삐?

사고뭉치 아기 토끼도 홀리지 않을 수 없었다.

통통 뛰어서 다가온 녀석은 경계심도 없이 손에 쥔 당근 모양 사과를 향해 두 발로 섰다.

분홍 코가 열심히도 씰룩거린다.

아까는 관심도 없더니.

"자."

삐!

그런 녀석에게 사과를 건네주니 앞발로 야무지게 쥐고는 옴뇸뇸 먹는데…….

그 모습에 잠깐 시선을 뺏기는 것도 잠시.

얼른 녀석을 잡았다.

놈? 놈놈!

근데 이 녀석, 그러거나 말거나 손에 잡힌 채로 사과에 푹 빠졌다.

"뭐 이런 녀석이 있어?"

야생 토끼가 사람을 전혀 경계하지 않는다니.

하긴, 그랬으면 랑이랑 놀지도 않으려나.

삐?

"……귀엽긴 하네."

손바닥에 드러누워서 아기처럼 사과를 먹는 토끼의 모습에 울컥했던 마음은 다 누그러졌다.

쳐다보니 세상 순수한 표정으로 고개를 갸우뚱하는 녀석에게 화를 내서 뭐 할까.

텃밭은 뭐…… 어차피 쑥쑥이 말고는 싹도 안 난 걸 봐선 실패인 듯했다.

다시 심든가 해야 될 것 같으니 그냥 애들 놀게 두기로 했다.

"자. 놀아."

작은 사과 조각을 다 먹은 녀석을 풀어 주니 어리둥절하다가 이내 다시 랑이랑 뛰어놀기 시작했다.

근데 보다 보니 참 웃긴 조합이었다.

고양이랑 토끼가 같이 놀다니.

야생에선 천적 관계일 텐데.

'사이좋은 친구 있으면 좋지.'

안 그래도 랑이가 조금 심심해하는 것 같아서 신경이 쓰이긴 했다.

일하는 동안 지붕에서 뒹굴거나 공터에서 벌레를 잡으며 혼자 노는 모습이 꼭 내 어릴 적 같기도 하고.

파바바박!

폰을 꺼내 열심히 땅을 헤집고 노는 모습을 살짝 사진에 담아 뒀다.

흰 토끼라서 되게 잘 찍히네.

그리고 정말 무해 한 모습이 찍혔다.

작은 텃밭에 뛰어노는 두 솜뭉치들이라니. 귀엽……어?

'이게 뭐지? 뭐가 묻었나?'

사진을 띄워 놓은 화면에 이상한 게 보여서 손으로 문질러봤다.

하지만 없어지지 않았다.

그렇다면 화면에 문제가 있는 게 아니라 사진에 있는 거라는 건데.

사진에 있는 거라면 실재한다는 말.

시선을 돌려 아직 녀석들이 뛰어놀고 있는 텃밭을 봤다.

그러자 확실히 보였다.

토끼가 땅을 파고 있는 곳에 보이는 푸른 새싹이.

"싹이 났어?"

눈을 비비고 봐도 푸릇한 싹이었다.

분명 아침에 쑥쑥이에게 이름을 붙여 줄 때만 해도 아무것도 없었는데…….

토끼가 땅을 파헤쳐서 그런 걸까? 어쩌면 싹은 열심히 땅 아래서 자라고 있었는데 내가 몰랐던 걸 수도.

삐?

갑자기 다가오자 고개를 갸우뚱하는 토끼를 뒤로하고 싹 앞에 쪼그리고 앉았다.

그리고 주변을 훑었다.

싹은 하나가 아니라 여기저기 보였는데, 다 토끼가 헤집은 곳들이었다.

"……우연이라고 봐야 하나."

아무것도 모른다는 표정의 토끼를 보면 우연이 맞는 것 같기도 한데.

따로 얘가 싹을 뜯어먹거나 하지도 않았다.

그냥 심심해서 팠을 뿐.

음, 그게 원인인가?

'그동안 너무 쑥쑥이처럼 알아서 자라 주길 바란 건가.'

이렇게 관리도 하고 관심도 줘야 자랄 수 있었던 걸지도.

지금만 해도 흙만 살짝 걷어 내 줘도 싹이 더 힘차게 올라올 수 있지 않은가.

좀 더 관심을 가지고 키워야겠다.

"비료도 주고, 물도 줄게. 잘 자라라. 아, 그리고 니들도 잘했어. 상으로 간식이다."

새로 난 싹에게 말하며 토끼와 랑이에게도 잘했다고 칭찬해 줬다.

맨입으로 싹 닫는 게 아니라 간식도 줬다.

토끼에겐 사과, 랑이에겐 츄르를 주고, 나는 텃밭에 다시 앉았다.

이번에 난 싹을 자세히 보니 한 줄로 나 있었다. 한 종류의 씨앗이라는 얘기였다.

그리고 다행히 쑥쑥이와 다르게 뭘 심었는지 바로 알 수 있었다.

[영양 만점 토마토 새싹]

텍스트창에 나와 있었으니까.

꽤 여기저기 쓸 수 있는 작물이었다.

토마토면 브런치에도 쓰기 좋고, 음료도 만들 수 있으니 일석이조.

아마 종묘사 할머니가 추천해 줬던 것 같은데…….

역시 전문가 말은 듣고 봐야 했다.

"무럭무럭 자라서 얼른 토마토를 맺으렴."

주변 흙들을 잘 골라 준 뒤, 물을 주려고 일어섰다.

그런데 간식을 먹던 토끼가 안 보인다?

"얘 어디 갔어?"

왜앵?

모른다는 듯 갸우뚱하는 랑이 주변과 텃밭 주변을 모두

훑었지만, 토끼는 그새 어디 갔는지 보이지 않았다.
 아무래도 어느새 집으로 돌아간 모양.
 뭔가 갑자기 사라지니 요정이라도 왔다 간 것 같은 기분인데…….
 "……뭐, 또 오겠지?"
 왠지 그럴 것 같은 느낌이라 걱정은 안 됐다.
 그리고.
 쿠르릉!
 마침 하늘이 어둑어둑한 것이 비도 올 것 같았다.
 괜히 비 맞기 전에 집으로 간 걸 보면 잘 돌아갔을지도…….
 "이제 봄이 다 지나갔나."
 아마 시기상 마지막 봄이자 여름의 시작을 알리는 비가 아닐까 싶었다.
 "우리도 얼른 들어가자."
 비가 올 테니 물은 따로 안 줘도 될 듯했다.
 랑이를 데리고 안으로 들어왔다.
 아, 그전에 땅에 굴렀던 녀석을 털어 내니 우수수 흙이 떨어졌다.
 비가 올 것 같은 날씨만 아니면 밖에 두는 건데…….
 랑이도 상황을 아는지 웬일로 지붕 위로 안 가고 카운터 위에 자리를 잡았다.
 "거기 얌전히 있어."
 왜앵~
 하품을 하는 폼이 한바탕 낮잠을 자려는 모양.

참 팔자가 좋단 말이지.
'나도 저렇게 살려고 했는데…… 또 일이 많아졌네.'
이게 내 팔자인가 보다.
그래도 예전과 다르게 재미있으니 후회는 없었다.
이건 뚝심 덕분이 아니라더라도 확실했다.
이 일이 너무 즐겁다.
그렇게 머릿속을 정리하던 그때!
투둑! 투두둑!!
"아, 비 오네."
쏟아질 것 같더니 안에 들어오자마자 비가 온다.
호랑이 쉼터에서는 처음 맞는 비 오는 날이었다.
그리고.
딸랑~딸랑~
오늘의 두 번째 손님이 오는 날이기도 했다.
이번엔 박대산 씨와 다르게 먹구름 같은 기운을 품은 손님이었다.

(회사 때려치우고 카페 합니다 2권에서 계속)